中国语言文学文库·典藏文库

吴承学　彭玉平　主编

文艺心理学

陆一帆　著

中山大学出版社
·广州·

版权所有　翻印必究

图书在版编目（CIP）数据

文艺心理学/陆一帆著． —广州：中山大学出版社，2018.11
（中国语言文学文库·典藏文库/吴承学，彭玉平主编）
ISBN 978 – 7 – 306 – 06405 – 9

Ⅰ. ①文…　Ⅱ. ①陆…　Ⅲ. ①文艺心理学—研究　Ⅳ. ①I0 – 05

中国版本图书馆 CIP 数据核字（2018）第 172925 号

出 版 人：	王天琪
策划编辑：	嵇春霞
责任编辑：	王　璞
封面设计：	曾　斌
版式设计：	曾　斌
责任校对：	周　玢
责任技编：	何雅涛
出版发行：	中山大学出版社
电　　话：	编辑部 020 – 84110283，84111996，84111997，84113349
	发行部 020 – 84111998，84111981，84111160
地　　址：	广州市新港西路 135 号
邮　　编：	510275　传　真：020 – 84036565
网　　址：	http://www.zsup.com.cn　E-mail: zdcbs@mail.sysu.edu.cn
印 刷 者：	佛山市浩文彩色印刷有限公司
规　　格：	787mm×1092mm　1/16　14.75 印张　250 千字
版次印次：	2018 年 11 月第 1 版　2019 年 10 月第 2 次印刷
定　　价：	62.00 元

如发现本书因印装质量影响阅读，请与出版社发行部联系调换。

中国语言文学文库

主　编　吴承学　彭玉平

编　委（按姓氏笔画排序）

　　　　王　坤　王霄冰　庄初升

　　　　何诗海　陈伟武　陈斯鹏

　　　　林　岗　黄仕忠　谢有顺

总　序

吴承学　彭玉平

　　中山大学建校将近百年了。1924 年，孙中山先生在万方多难之际，手创国立广东大学。先生逝世后，学校于 1926 年定名为国立中山大学。虽然中山大学并不是国内建校历史最长的大学，且僻于岭南一地，但是，她的建立与中国现代政治、文化、教育关系之密切，却罕有其匹。缘于此，也成就了独具一格的中山大学人文学科。

　　人文学科传承着人类的精神与文化，其重要性已超越学术本身。在中国大学的人文学科中，中国语言文学学科的设置更具普遍性。一所没有中文系的综合性大学是不完整的，也几乎是不可想象的。在文、理、医、工诸多学科中，中文学科特色显著，它集中表现了中国本土语言文化、文学艺术之精神。著名学者饶宗颐先生曾认为，语言、文学是所有学术研究的重要基础，"一切之学必以文学植基，否则难以致弘深而通要眇"。文学当然强调思维的逻辑性，但更强调感受力、想象力、创造力和语言表达能力。有了文学基础，才可能做好其他学问，并达到"致弘深而通要眇"之境界。而中文学科更是中国人治学的基础，它既是中国文化根基的重要组成部分，也是中国文明与世界文明的一个关键交集点。

　　中文系与中山大学同时诞生，是中山大学历史最悠久的学科之一。近百年中，中文系随中山大学走过艰辛困顿、辗转迁徙之途。始驻广州文明路，不久即迁广州石牌地区；抗日战争中历经三迁，初迁云南澄江，再迁粤北坪石，又迁粤东梅州等地；1952 年全国高校院系调整，始定址于珠江之畔的康乐园。古人说："艰难困苦，玉汝于成。"对于中山大学中文系来说，亦是如此。百年来，中文系多番流播迁徙。其间，历经学科的离合、人物的散聚，中文系之发展跌宕起伏、曲折逶迤，终如珠江之水，浩浩荡荡，奔流入海。

康乐园与康乐村相邻。南朝大诗人谢灵运,世称"康乐公",曾流寓广州,并终于此。有人认为,康乐园、康乐村或与谢灵运(康乐)有关。这也许只是一个美丽的传说。不过,康乐园的确洋溢着浓郁的人文气息与诗情画意。但对于人文学科而言,光有诗情是远远不够的,更重要的是必须具有严谨的学术研究精神与深厚的学术积淀。一个好的学科当然应该有优秀的学术传统。那么,中山大学中文系的学术传统是什么?一两句话显然难以概括。若勉强要一言以蔽之,则非中山大学校训莫属。1924年,孙中山先生在国立广东大学成立典礼上亲笔题写"博学、审问、慎思、明辨、笃行"十字校训。该校训至今不但巍然矗立在中山大学校园,而且深深镌刻于中山大学师生的心中。"博学、审问、慎思、明辨、笃行"是孙中山先生对中山大学师生的期许,也是中文系百年来孜孜以求、代代传承的学术传统。

一个传承百年的中文学科,必有其深厚的学术积淀,有学殖深厚、个性突出的著名教授令人仰望,有数不清的名人逸事口耳相传。百年来,中山大学中文学科名师荟萃,他们的优秀品格和学术造诣熏陶了无数学者与学子。先后在此任教的杰出学者,早年有傅斯年、鲁迅、郭沫若、郁达夫、顾颉刚、钟敬文、赵元任、罗常培、黄际遇、俞平伯、陆侃如、冯沅君、王力、岑麒祥等,晚近有容庚、商承祚、詹安泰、方孝岳、董每戡、王季思、冼玉清、黄海章、楼栖、高华年、叶启芳、潘允中、黄家教、卢叔度、邱世友、陈则光、吴宏聪、陆一帆、李新魁等。此外,还有一批仍然健在的著名学者。每当我们提到中山大学中文学科,首先想到的就是这些著名学者的精神风采及其学术成就。他们既给我们带来光荣,也是一座座令人仰止的高山。

学者的精神风采与生命价值,主要是通过其著述来体现的。正如司马迁在《史记·孔子世家》中谈到孔子时所说的:"余读孔氏书,想见其为人。"真正的学者都有名山事业的追求。曹丕《典论·论文》说:"盖文章,经国之大业,不朽之盛事。年寿有时而尽,荣乐止乎其身,二者必至之常期,未若文章之无穷。是以古之作者,寄身于翰墨,见意于篇籍,不假良史之辞,不托飞驰之势,而声名自传于后。"真正的学者所追求的是不朽之事业,而非一时之功名利禄。一个优秀学者的学术生命远远超越其自然生命,而一个优秀学科学术传统的积聚传承更具有"声名自传于后"的强大生命力。

为了传承和弘扬本学科的优秀学术传统，从 2017 年开始，中文系便组织编纂中山大学"中国语言文学文库"。本文库共分三个系列，即"中国语言文学文库·典藏文库""中国语言文学文库·学人文库"和"中国语言文学文库·荣休文库"。其中，"典藏文库"（含已故学者著作）主要重版或者重新选编整理出版有较高学术水平并已产生较大影响的著作，"学人文库"主要出版有较高学术水平的原创性著作，"荣休文库"则出版近年退休教师的自选集。在这三个系列中，"学人文库""荣休文库"的撰述，均遵现行的学术规范与出版规范；而"典藏文库"以尊重历史和作者为原则，对已故作者的著作，除了改正错误之外，尽量保持原貌。

一年四季满目苍翠的康乐园，芳草迷离，群木竞秀。其中，尤以百年樟树最为引人注目。放眼望去，巨大树干褐黑纵裂，长满绿茸茸的附生植物。树冠蔽日，浓荫满地。冬去春来，墨绿色的叶子飘落了，又代之以郁葱青翠的新叶。铁黑树干衬托着嫩绿枝叶，古老沧桑与蓬勃生机兼容一体。在我们的心目中，这似乎也是中山大学这所百年老校和中文这个百年学科的象征。

我们希望以这套文库致敬前辈。

我们希望以这套文库激励当下。

我们希望以这套文库寄望未来。

2018 年 10 月 18 日

吴承学：中山大学中文系学术委员会主任、教授，长江学者特聘教授
彭玉平：中山大学中文系系主任、教授，长江学者特聘教授

目　录

绪　论 …………………………………………………………… 1
　一、文艺心理学的兴起 ……………………………………… 1
　二、文艺心理学的研究对象 ………………………………… 3
　三、文艺心理学的历史和现状 ……………………………… 6
　四、研究文艺心理学的方法 ………………………………… 16
第一章　审美心理的产生及艺术起源 ………………………… 19
　一、关于艺术起源的各种观点 ……………………………… 19
　二、审美心理的产生 ………………………………………… 21
　三、艺术的产生 ……………………………………………… 25

文艺家体验生活心理

第二章　入与出 ………………………………………………… 35
　一、美学史上的"距离"说与"入出"说 ………………… 35
　二、入 ………………………………………………………… 40
　三、出 ………………………………………………………… 45
第三章　迁想 …………………………………………………… 49
　一、文艺所表现的自然是情化的自然 ……………………… 49
　二、迁想妙得 ………………………………………………… 53
第四章　通感 …………………………………………………… 58
　一、通感的性质及种类 ……………………………………… 58
　二、通感的作用 ……………………………………………… 62
　三、通感的生理基础 ………………………………………… 63

第五章　文学的透视法 …………………………………… 66
　一、什么是文学的透视法 ………………………………… 66
　二、文学家如何运用透视法 ……………………………… 68

文艺创作心理

第六章　文艺的形象思维 ………………………………… 75
　一、文艺的形象思维与一般的形象思维的区别 ………… 75
　二、文艺的典型化 ………………………………………… 79
第七章　灵感思维 ………………………………………… 88
　一、灵感是一种思维方式 ………………………………… 88
　二、灵感思维过程 ………………………………………… 93

文艺的心理功能

第八章　文艺的情感功能 ………………………………… 107
　一、情感的性质、种类及其产生 ………………………… 107
　二、情感的作用 …………………………………………… 110
　三、情感的调养 …………………………………………… 112
　四、文艺的情感功能 ……………………………………… 116
第九章　文艺的共鸣 ……………………………………… 122
　一、什么是共鸣 …………………………………………… 122
　二、欣赏者如何进入忘我境界 …………………………… 124
　三、共鸣的条件 …………………………………………… 129
第十章　壮美艺术的心理功能 …………………………… 132
　一、壮美的特点 …………………………………………… 132
　二、壮美感的结构及其产生 ……………………………… 135
　三、壮美的心理功能 ……………………………………… 138

第十一章　优美艺术的心理功能 ………………………………………… 143
　　一、优美的特点 ……………………………………………………… 143
　　二、优美感的结构及其产生 ………………………………………… 146
　　三、优美的心理功能 ………………………………………………… 149

第十二章　悲剧的心理功能 …………………………………………… 152
　　一、美学史上关于悲剧心理功能的论述 …………………………… 152
　　二、悲剧感的结构及其产生 ………………………………………… 154
　　三、悲剧的道德教育作用 …………………………………………… 162
　　四、悲剧"大团圆"结局的心理功能 ……………………………… 163

第十三章　喜剧的心理功能 …………………………………………… 167
　　一、喜剧的特点 ……………………………………………………… 167
　　二、笑的心理过程 …………………………………………………… 171
　　三、讽刺喜剧的共鸣规律 …………………………………………… 176
　　四、讽刺喜剧的道德力量 …………………………………………… 180

文艺欣赏心理法则

第十四章　审美探究心理 ………………………………………………… 187
　　一、探究是人类的一种本性 ………………………………………… 187
　　二、审美探究心理 …………………………………………………… 189
　　三、审美探究的生理基础 …………………………………………… 193

第十五章　审美习惯心理 ………………………………………………… 196
　　一、习惯 ……………………………………………………………… 196
　　二、审美习惯 ………………………………………………………… 197
　　三、审美探究与审美习惯的对立与统一 …………………………… 202

第十六章　审美对比心理 ………………………………………………… 207
　　一、对比的心理过程 ………………………………………………… 207
　　二、对比心理在文艺创作中的运用 ………………………………… 209

第十七章　审美心理节奏……………………………………213
　　一、审美心理节奏………………………………………213
　　二、审美心理节奏与艺术节奏…………………………215
整理后记……………………………………………………221

绪　　论

一、文艺心理学的兴起

近来，文艺心理学正在我国兴起，美学界和文艺界都开始对它产生兴趣。报刊上陆续刊登了一些文章，有的大学开设了文艺心理学课，刊印了讲义，其他一些大学也正在准备开设这门课。文艺心理学在我国既是新鲜的又不是新鲜的。说它新鲜，这是因为我们很少接触它，对它很生疏，有关这方面的书很少见。说它不新鲜，是因为早在1936年朱光潜先生就已出版了一本《文艺心理学》，对文艺心理学的一些问题做了详细的介绍和论述。这个问题在西方早在100多年前就提出来了，并且受到了比较广泛的注意。过去，我们对这门学科是不注意的。除了朱先生的《文艺心理学》以外，再没有别的有关专著了。

为什么近来大家对文艺心理学忽然感起兴趣来呢？我以为有如下几种重要原因。

（一）美学的发展

近几年来美学有较大的发展，大家都说中国出现了"美学热"，一点不假。文艺心理学作为美学的一个分支，它既研究人们欣赏艺术的心理过程，又研究艺术美的创作过程。随着美学热的兴起，自然也就受到相应的重视。文艺心理学是美学的一个重要分支，它与整个审美意识是连在一起的，不深入研究文艺心理学，对整个审美意识就无法彻底了解。当大家对美学有了一定的研究之后，要想进一步深入了解文艺创作和欣赏的心理过程，就得研究文艺心理学。

（二）过去文艺学研究之不足

过去我们的文艺理论研究取得了很大成绩，但是这种研究侧重于社会学方面，可以说是文艺社会学。其内容主要是文艺与经济基础的关系、文艺与政治的关系、文艺与人民的关系、文艺与哲学的关系、文艺与社会的关系等，多是文艺的外部规律。应该承认，这些方面的内容是十分重要的，我们的研究也是比较深入的，在这方面西方美学比不上我们。过去我们也研究文艺的内部规律，如文艺的典型化过程、形象思维、文艺家对生活的体验、文艺家的主观因素对创作的影响、灵感、文艺欣赏的规律、文艺的心理功能等，但是对这些问题研究得很不深入。由于这些都是文艺内部规律问题，对文艺创作影响也很大，当文艺的外部规律已经清楚之后，大家就要求深入它的内部规律了，就对过去的文艺理论感到不满足了，就要求突破了。这种紧迫感使人意识到，要对文艺内部规律的研究有所突破，开拓出一个新的局面，必须借助于心理学这一武器，要着重从心理学角度去研究它们。因为这些内容都是人的心理过程。虽然它们不是一般的心理过程，而是特殊的心理过程，但毕竟不能完全脱离一般的心理过程，它们不能不与普通心理学有密切的关系。只有运用心理学的原理，才能深入解决这些问题。因此，大家便重视起文艺心理学来了。

文艺心理学这门学科在西方早已出现，西方许多美学家都从心理学角度去研究文艺问题，写出了不少著作，有不少真知灼见。但是，这些著作不少是属于唯心主义体系的，在说明文艺的创作过程和欣赏过程时做了唯心主义的解释。于是在我们许多人的心目中，产生了这样的印象：文艺心理学是唯心主义的学科，从心理学角度去研究文艺问题会自然而然地滑到唯心主义的泥坑中去。于是，大家都不敢从心理学的角度去研究文艺，不敢去探讨文艺心理学，把文艺心理学这一块沃土完全让给西方美学家、文艺家去耕耘。其实，肥田沃土，种瓜得瓜，种豆得豆。在文艺心理学这块土地上，只要你播下的是好种子，就会长出好苗子。

（三）重视美育

早在 20 世纪 20 年代，蔡元培就大力倡导美育，但没有什么效果。在那个年代里，广大人民处于水深火热之中，饥寒交迫，哪里还顾得上美育的事？现在推行美育的条件已经具备了，所以有关方面一旦提出，就受到大家的重视，认真实行起来。美育就是审美教育，通过审美教育，使人的思想情感、品格情操健康美化起来。审美教育的内容包括一切美的事物，主要是美的艺术。艺术确实是丰富人的思想情感的重要手段。艺术有什么心理功能呢？它如何激发人的情感，宣泄人的情感，平衡人的情感？它如何净化人的心灵，提高人的道德境界？它如何帮助人认识真理呢？这些都是美育深入研究的问题。如果对艺术的心理功能不了解，不懂得艺术对人起作用的规律，怎么进行美育呢？要进行美育，不仅要懂得艺术的心理功能的一般规律，还要懂得各种不同艺术体裁、不同艺术美的形态对人所产生的不同心理作用。文学与音乐、绘画的作用是不完全相同的；文学中诗歌与长篇小说的作用也有较大的差异；壮美的作用不同于秀美，悲剧的心理效果不同于喜剧；青年人的艺术趣味与老年人大不相同，工人与农民的趣味也相差不少。所有这些都应该分别把握。根据不同类型的人采用不同的艺术品种去熏陶，才能收到应有的效果。因此，可以说文艺心理学是美育的基础，只有运用欣赏心理的各种规律，美育才会卓有成效。过去文艺理论也谈艺术的社会作用，说明艺术有美感、认识、道德教育三种作用。这当然是对的，但是太笼统。这三种作用还有其比较复杂的过程，对此，文艺理论不一定要深入阐述，这是文艺心理学的任务。美育受到重视，并认真开展之后，文艺心理学必然会突显出来了。

（四）心理学的发展

文艺心理学是运用心理学来研究文艺，没有心理学也就不会有文艺心理学。20世纪50年代至60年代初期，心理学在我国是受到重视的。60年代中期以后，心理学因被视为唯心主义的学科而遭遇厄运，失去了存在的权利。粉碎"四人帮"以后，心理学得到了新生和发展，某些应用心理学也得到了发展，文艺心理学自然也随之而受到重视。

近来文艺心理学的发展，除了上述四种原因之外，还有一个因素，就是外国文艺心理学的影响。近几十年来，文艺心理学在我国没有受到应有的重视，可是在国外却日益引起学者们的极大兴趣，而且不断取得新的成果。有些成果陆续被介绍进来，这对我国的文艺心理学的发展起到了促进作用。

二、文艺心理学的研究对象

文艺心理学是一门新的学科，虽然这个名称出现了好久，但至今尚未成为一门系统的科学。过去的文艺心理学著作都是只论述文艺创作或艺术欣赏中某些局部的问题、个别的过程，没有一本称得上系统的著作。对于这门学科研究的对象应该是什么，更无统一的认识。有的人认为文艺心理学就是"美的心理学""试验美学""心理美学"。这种理解是根据"美学是研究艺术的科学"而引申出来的。笔者以为美学并不只是研究艺术，所以文艺心理学不完全等同于美学心理学。美学心理学是从心理学角度去研究美学，范围很广；文艺心理学是从心理学角度研究文艺，范围窄得多，它只是美学心理学的一部分。

文艺心理学是运用心理学的原理去研究文艺的科学，因此，一切文艺现象都在它的研究范围之内。其主要内容应该是：①艺术本体心理学。这里包括审美心理的产生和艺术的起源，艺术的本质，艺术家的个人心理因素与艺术的关系，社会心理与艺术的关系，民族心理与艺术的关系。②艺术家观察生活心理。这是文艺创作前的准备阶段，文艺家观察体验生活自有一套办法或法则，如"人与出""迁想""移情静""通感""透视法"等。③创作心理。这主要包括文艺家构思、孕育艺术形象和表现形象的过程，即形象思维过程。④艺术的心理功能。这里包括情感对人的作用，艺术在宣泄、滋养、陶冶情感方面的作用，艺术的认识作用和道德教育作用，艺术的共鸣，壮美、秀美、悲剧、喜剧等各种艺术美形态的心理效果，音乐、绘画、文学、戏剧等各种艺术形式的心理效果。⑤艺术欣赏心理。这里包括人们欣赏艺术的全部心理过程，以及其中一些特殊的心理法则，如探究、对比、习惯、节奏等。⑥艺术风格、流派形成、发展的心理因素。⑦个别文艺家的创作心理，个别作品的创作心理。⑧各种艺术的创作心理。这是研究各种不同艺术品种创作过程中的特殊心理规律，如绘画心理学、音乐创作心理学、电影创作心理学、文学创作心理学等。⑨不同类型的人对艺术的特殊爱好和特殊的欣赏心理过程。例如，少年、青年、中年、老年不同的欣赏规律，工人、农民、学生、社会青年不同的艺术欣赏规律。

由此可见，文艺心理学的内容是十分丰富广泛的。一定有人会问：这里所列举的许多问题，也是文艺理论研究的对象，你现在把它们划入文艺心理学的范围内，有什么必要呢？你既然说，一切文艺现象都是文艺心理学研究的范围，那么，它和文艺学岂不是完全等同了吗？还有什么必要另立文艺心理学呢？这个问题是需要说明的。文艺学和文艺心理学的研究对象有许多重合之处，但是二者研究的角度、侧重点不同。文艺学着重于文艺客体的研究，即着重研究文艺作品本身表现出来的特点，对这些特点加以描述和说明；文艺心理学则着重于创作文艺的人，着重研究创作者的各种主观因素在创作中的作用，创作过程中的各种心理活动，包括观察体验生活的心理活动。文艺学总是注意从各种各样的文艺现象中总结概括出文艺的规律，说明文艺有这样那样的特点；文艺心理学不仅限于此，而且还要进一步揭示这些规律、特点形成的心理奥秘。

例如，文艺学告诉我们，文艺作品的人物形象应该是经过典型化了的典型形象。这个典型形象不是生活中某个真实人物的写照，而是集中了许多同类人的共同特征于一身，它比生活中的人更概括、更具有普遍性。文艺家怎样进行典型化？文艺学只根据一些作家的经验告诉我们，典型化就是把许多人的共同特点集中在一个人物身上，同时要进行个性化。如果从文艺心理学角度去研究这个问题，除了做这样的说明之外，还需要进一步从心理活动过程来揭示塑造典型人物的形象思维过程，说明作家如何获得最初的人物表象，然后如何运用表象进行思维，最后孕育出典型人物来。再如，文学作品中常常出现一些夸张的有趣的描写："黄河之水天上来。""唯见长江天际流。"文艺学从这些形象本身去看，认为这是大胆的夸张，是浪漫主义精神或手法。这当然说得对。如果从文艺心理学的角度来研究，就不能只停留在这样的说明上，还要进一步揭示出造成这种文学现象的心理奥秘。原来这并非作家心血来潮想出来的，也并非某作家具有浪漫气质才大胆想出来的，而是由于作家用绘画透视法观察生活所得的结果。作家用透视法观看黄河上游，上游最远处与天相连接，于是觉得水是从天上流下来的；作家站在长江岸边向下游看去，到最远处看到天与江水连在一起，江水似乎向天上流去。又如，谈艺术节奏，文艺学只谈节奏在作品中的表现，它是怎么样的，如何构成的，等等。文艺心理学谈节奏，不仅谈艺术作品中的节奏，还谈这种节奏与人的生理节奏、心理节奏的关系，前者如何与后者和谐，从而引起情感上的共鸣。

总之，文艺心理学说明各种文艺现象，不会停留于文艺客体本身，还要深入阐明文艺所包含的心理过程，并尽可能把产生这些心理过程的生理机制说清。这正是文艺学所没有或者缺乏的。

文艺是一种特殊的意识形态，其形成过程是一个复杂的心理过程，这个过程只有用心理学及生理学的研究成果才能说明清楚。马克思曾经说过，只有数学进入某门学科才标志着这个学科的成熟。《新亚美利加百科全书》中的"美学"条目也说："美学科学现在还处于幼年阶段。……我们还不知道，在建筑、雕塑和绘画中，'美的线条'究竟是什么，也不知道这种美的线条凭哪些契合因素在我们的心灵中引起同情共鸣。我们还不知道，某一旋律的魅力在哪里，它怎么会在我们的灵魂中唤起这样的感情。我们也不知道，是什么东西使诗的每一节奏、辞藻、形象和语言的声音具有迷人的力量。……我们必须有一门以数学为基础的、更完善的心理学。"传说这个条目可能是马克思写的。不管是谁写的，它所提及的问题确实值得我们深思。它说明要彻底解决艺术创作和艺术欣赏问题，必须运用数学和心理学的法则，才能使这些文艺问题达到更精确更科学的境界。当然，这并不是说要把艺术和数学抑或心理学等同起来，二者各有自己的特点，是等同不了的。

文艺心理学的兴起和发展，标志着文艺理论将出现新的飞跃，文艺理论将会趋于更加精确。过去文艺创作和欣赏中许多不知道的奥秘将会陆续被揭示出来。现在，文艺空前繁荣，新的问题新的规律有待探讨，心理学也有了较大的发展，所以文艺心理学的前景是十分可观的。

文艺心理学正处在开创时期，想要建立一个完整的体系是很难的，笔者不敢做这样的奢想。在这本书里笔者打算着重谈四个问题：①文艺家体验生活心理；②文艺创作心理；③文艺的心理功能；④文艺欣赏心理法则。当然，这四个问题也未必就能谈得很系统。

三、文艺心理学的历史和现状

文艺心理学作为一门独立的学科，是在19世纪后半叶开始形成的。它和心理学几乎同时产生。在这以前文艺心理学虽然未形成一门独立的学科，但已有大量的研究资料和观点，散见于哲学、美学、文艺学等学科当中。我国文艺心理学思想出现很早，而且很丰富。我国先秦时代儒、墨、道三家对美感享受的问题所进行的长时间的争论，就涉及了人的情感的产生、情感的作用，文艺对滋养、平衡、陶冶情感的作用，文艺产生的心理因素，等等。这场大论争就是着重从心理学角度去看待文艺的，各家各抒己见，唯物、唯心的观点都有，甚至西欧近代的移情论派、快乐论派、弗洛伊德派，都能从这里找到与自己相同或相近的观点。荀子的《乐论》和公孙尼子的《乐记》都对美感和艺术的本质做了精辟的论述。魏晋南北朝时期，陆机的《文赋》和刘勰的《文心雕龙》对形象思维的论述相当具体、深刻；在《文心雕龙》这部巨著中，有丰富的文艺心理学思想，它的作者比较注意探讨创作和欣赏中的心理特点和心理活动过程。后来大量出现的诗论、画论,对形象思维、艺术创作和欣赏心理都有过很多简要而精彩的论述,界定了许多富有我国民族特色的美学范畴,如神韵、气韵、兴趣、妙悟、意境等。《闲情偶寄》等剧论还探讨过观众心理问题。外国的许多哲学家、美学家、文艺家都在自己的著作中,论述过文艺创作和欣赏的心理过程。所有这些都是我们借鉴的珍贵资料。

19世纪后半叶文艺心理学开始从哲学、文艺学中分离出来,成为一门独立科学。此后,陆续出现许多著作,有些著作名叫"美学",实际上基本上是文艺心理学。这时期的文艺心理学由于研究方法或观点上的不同,分为许多不同流派,主要有实验派、快乐派、精神分析派、格式塔派等。

(一) 实验文艺心理学

实验文艺心理学为德国心理学家费希纳(G. T. Fechner,1801—1887)所首创。他著有《美学导论》。他把科学实验的方法运用到文艺研究上来,认为这是"从下而上"的方法,即从特殊到一般的方法。他用这方法代替旧的形而上学的方法,即"从上而下"的推理演绎方法。属于这一派的著名人物还有屈尔佩,著有《关于实验美学的现状》;齐亨,著有《美学讲话》;华伦亨,著有《美的实验心理学》。他们的实验方法有:选择法,即从一大堆几何图形中,选择自己所喜爱的图形;制作法,让受试者画出他们所喜爱的图形;常用物测量法,测量受试者每天日用的东西的大小比例;表现法,用来检查受试者审美时生理上的反应,如看了某种图形,听了某种声音后,脉搏、呼吸、手势动作的反应如何。除此以外,还有别的一些方法。他们的试验得出了许多结论,例如,线条以抛物线为最美,圆形以椭圆形最受人喜爱,方形以符合黄金律的长方形最能令人愉快。对于颜色,他们认为儿童大半喜欢鲜明的颜色,红、黄两色是一般儿童的偏好;颜色的偏好因种族、年龄、文化修养的不同而表现各异。

实验文艺心理学最重视音乐,研究的成果也特别丰富。这一派将音乐的实验材料分为四类:①听音乐者反应的类别;②音乐与想象的关系;③音乐与情感的关系;④音乐与生理的关系。这些材料对我们今天来说是颇有价值的。例如,他们的实验证明,音乐不仅感动人类,同时也能触发动物。音乐唤起的人的情绪,随乐调而异,每种乐调各表现出一种特殊的情绪。这一派分析当时流行的七种乐调,认为E调安定,D调热烈,C调和蔼，B调哀怨，A调发扬，G调浮躁，F调淫荡。他们还证明，音乐不仅对人的精神起作用，对人的生理也起作用。音乐不仅能影响神经，还能影响全身的筋肉和血脉运动。

实验文艺心理学的出现，是西方美学史上一大转折点。在这以前，"自上而下"的推理演绎方法占主导地位；在这以后，是自然科学和心理科学的方法，"自下而上"的方法占主导地位。这种"自下而上"重视实验的方法，有其优点，它比较重视人们的审美实践经验，力图通过科学的实验找出一些艺术和审美规律，这些方面无疑是值得肯定的。但这一派也有很大缺陷。首先，它只用实验的方法，而不同时兼用理论思维方法，这就使其只能认识事物的现象，而不能深入认识事物的内在本质。其次，人的审美心理过程十分复杂，不仅牵涉人的生理，而且关系到人的心理因素，关系到人的文化知识、世界观、阶级立场、爱好、心境等。欣赏同一个艺术作品，不同心理因素、不同观点立场的人会有不同的反应，甚至是完全相反的反应。实验文艺心理学派只注意到人的生理反应，很少考虑到人的复杂的意识。所以，他们的实验至多能对简单的线条、图形和声音，做出正确的测定，不能测定检验较为复杂的艺术对象，当时，许多美学家已看到它的这些缺陷。

（二）快乐派文艺心理学

这是文艺心理学的一个庞大而又重要的分支，这一派的代表人物有马歇尔（H. R. Marshall），著有《美》和《美学原理》；波伦那（M. Porena），著有《什么是美》；桑塔亚那（G. Santayana），著有《美感》；格兰特·艾伦（Grant Allen），著有《生理学美学》；詹姆斯·萨利（James Sully），著有《论人类的心灵》。快乐派把生理上的快乐当作审美快感，从这个原则出发去论述美和艺术。马歇尔认为，什么地方对于刺激做出反应的力量大于刺激的力量，我们就感到快乐；什么地方对于刺激做出反应的力量小于刺激的力量，我们就感到不愉快；什么地方这两种力量恰好相等，我们就处于一种完全中立的或者不关心的状态。但是，如果所有快乐的来源和原因都是一样的，那么，它们持续的时间长度就使它们产生了深刻的差别。在不断的刺激下，我们发现从低级的感官所取得的快乐很快就消失了，并且转变成它的对立面——痛苦。眼和耳则不然，它们是长久的享受的源泉。像这样一种"稳定的快乐"，正好是艺术所提供的特殊的快乐。

"美就是相对稳定的,或者真正的快乐。"马歇尔把艺术当作一种特殊冲动,即"艺术本能"的产物。这种本能不同于回避的本能、模仿的本能或者亲近的本能,它驱使我们盲目地去做那些使我们感到愉快的事情。所以,艺术在人类社会发展中起促进团结的作用。

艾伦提出一种关于快乐与痛苦的生理学理论,然后再分解出一种特殊的愉快的感情,即我们称之为审美的那种快乐。艾伦认为,痛苦是由于营养不足或者神经组织的实际破裂而产生,快乐则伴随着器官或肢体的健康活动而来。这些器官或肢体通向脑脊髓神经,它们的活动不超过神经系统所具有的正常恢复能力。因此,快乐的程度,大致与涉及的神经纤维的数目成正比,而与刺激的自然频率成反比。这一点说明了为什么我们最敏锐的快感是来自饮食和性器官的活动。审美快感是不能从对生命有用的功能上明显地探索出来的,美是"在与生命功能并不直接发生联系的过程中"的那种给我们的神经系统提供最大量的刺激和最小的消费的东西。正因为这样,所以,我们对于美的欣赏,经常被说成是与利害感无关。作为快乐的供应者的视觉和听觉,其优越于低级感官的地方,在不小的程度上是由于它们的感觉纤维的数目较大、种类较多。此外,还由于它们在刺激之后,恢复极为迅速。视觉纤维和末梢器官每秒钟修正 17 次,听觉神经每秒钟修正 33 次。

快乐派文艺心理学从生理的角度对快乐这种情感做了比较具体的论述,对艺术审美心理也做了一些有益的探讨,这是应该肯定的。但是,他们把生理上的快感与艺术审美快感等同起来,这是不足取的。美感与生理快感是不同的东西,这是用不着过多论证的。美感也并非纯粹的快乐,例如,悲剧感不仅有快乐,而且还有悲伤和痛苦,还有愤怒、仇恨。欣赏艺术不仅要求得到快乐,有时还要培养悲、苦、恨等其他各种情感。因此,快乐派是无法正确解释美感问题的。

(三)精神分析文艺心理学

精神分析心理学派是奥地利心理学家弗洛伊德(Sigmund Freud, 1856—1939)所创立。他还把精神分析的理论运用于文艺,创立了精神分析文艺心理学。这方面的论著有《作家与白日梦》《图腾与禁忌》《文明与缺憾》《达·芬奇的童年回忆》等。此外,他的一些心理学专著如《梦的解析》《妄想与梦》《精神分析引论》《诙谐及其与无意识的关系》

等,也论及文艺问题。属于这一派的著名心理学家还有荣格(C. G. Jung),著有《心理学与文学》;博顿(C. Baudouin),著有《艺术的精神分析》《精神分析与美学》;奥托·兰克(Otto Rank),著有《论艺术家》《论诗歌和古代传说中的乱伦主题》。这派的文艺观点基本相同,其中也有一些差异,如荣格的观点与弗洛伊德的观点就有好些明显的区别。这里我们只论述弗洛伊德的观点。

弗洛伊德与其他心理学有很大区别,他把无意识的精神过程当作心理学的研究对象,无意识的理论贯穿于他的全部理论之中。他认为精神过程本身都是无意识的,而那些有意识的精神过程只不过是一些孤立的动作和整个精神的局部。他还肯定有"类似无意识的思维、无意识的意志这样一种东西"。他向人们担保,"只要认可无意识的过程,你们就已经为世界和科学的一个决定性的新倾向铺平了道路"。他反对把心理学界说为"意识内容的科学"。他列举精神病患者为例,来说明无意识的存在。例如,患者在催眠状态下按照指令所做的事,醒来之后完全没有意识到;许多患者能在催眠状态中回忆起清醒时完全遗忘的经历。可见这些经验是存在的,只不过是存在于无意识之中而已。计划、思维、意志等过程都在无意识中进行。他认为无意识的心理过程是一种特殊的精神过程,不能用一般心理学的观点来解释和说明,它比有意识的心理过程的作用更复杂、更奇妙。

无意识这个特殊的精神领域究竟是什么东西?它与意识有什么关系?弗洛伊德认为,无意识这个精神领域窝藏着原始的、野蛮的、目无道德法纪的动物性本能冲动。这种本能冲动是人类社会的伦理道德、宗教法律所不能容许的,是见不得人的,这就是性欲冲动。性欲从婴儿时代就已经存在。这种野蛮的欲念由于不为社会道德所容,遂被压抑在意识的底层。他认为无意识包含两部分——前意识和隐意识。隐意识是不能被召回到意识上来的,是被压抑着的;前意识则是较合理的东西,容许表现出来,但其最终是否成为意识,还要得到指令的批准。弗氏做了一个浅显的比喻:无意识住在一个大庭里,各种精神的冲动挤在一起。这个大庭有个门口通向会客室,这门口站着一个看门人,大庭里的无意识要得到看门人的准许才能进入会客室。被准许进入会客室的就是前意识。前意识再提升一步就是意识,前意识变为意识是较容易的。不容许进入会客室的就是隐意识,它是被压抑在底层的东西。这种区分未免比较模糊,谁是看门人也不明确。

弗洛伊德后期明确地把人格结构改成为三部分，即本我、自我、超我。本我是人格的原始部分，包括一切与生俱来的本能冲动，主要是性欲冲动。本能冲动受快乐原则支配，盲目地追求行为上的满足，是人格的动力。然而，混沌的欲望，是不能与现实接触的，必须通过自我表现。自我是现实化的本能，是从本我中分化出的一部分，是有意识的。自我最初也以快乐为追求目的，但在现实的教育下，从经验中懂得环境的危险，懂得要遵循现实的原则。它不仅要追求快乐，还要避免现实所给予的痛苦；为了免遭痛苦，它就减少对快乐的追求，只在现实允许的条件下去获取快乐。自我控制着本我，不让本能欲望为所欲为。超我是道德化了的自我，是从自我中分化出来的，是人格最后形成的最文明部分。它包括两个方面：一方面是通常所说的"良心"，另一方面是"自我理想"。"良心"负责对违反道德标准的行为进行惩罚，"自我理想"确定道德行为的标准。超自我的主要职能就在于指导自我去限制本我。

　　本我的本能冲动既然受到自我和超自我的限制和压抑，它被允许表现出来的只能是很有限的一部分，其余大部分都是被压抑在无意识的领域之内的。这种本能冲动虽被压抑，但不是被消灭，它仍然存在，并且常常进行乔装打扮，避开自我和超自我的监督表现出来，以求得到欲念的满足。它可以化成为梦，化成为日常心理的变态，化成为神经病者的迷狂，还可以借升华作用渗透于文艺、宗教和其他意识形态之中。这些无意识虽然经过乔装打扮，化成各种形式表现出来，但仍可以通过分析看到它的真面目，这就是精神分析法。精神分析派对精神病的治疗要诀，"就在于用有意识代替无意识，就在于把无意识翻译为有意识"。

　　弗洛伊德根据这种无意识的理论来说明文艺的创作和欣赏。他认为，文艺只不过是无意识的一种表现。前面说过，人的内心充满着本能特别是性本能的冲动，因不合社会道德而被压抑成无意识，这种冲动太强烈，若得不到发泄，就会导致神经症。文艺家通过文艺作品把内心本能的冲动表现出来，从中得到满足。他认为创作不过是做白日梦。他认为每个人都有幻想，人的欲望在现实中得不到满足，就产生幻想，从幻想中获得精神上的满足。例如，一个穷苦的孩子幻想自己成为一个富翁，虽然不是真实的，只是虚构和想象，但也会感到愉快。幻想也是白日梦。这一点，文艺家和普通人是一样的，大家都用幻想来满足自己内心得不到实现的本能欲望。但是，普通人不懂得幻想是一种普遍现象，为自己的幻想感到羞羞而将欲念藏匿起来,不愿告诉任何人。作家却敢于把自己的白日梦写出来让人家知道,作家所写的作品都是作家的自我表现,一篇作品就像一场白日梦。有许多虚构的作品与天真幼稚的白日梦相距甚远,但也还能通过一系列不间断的过渡事例与它联系起来。在心理小说中,作家用自我观察的方法,将他的"自我"分裂成许多"部分的自我",结果就使他自己精神生活中冲突的思想在几个主角身上得到体现。有些小说看来同白日梦的类型形成很特殊的对比,但只不过是同白日梦相似的变体,在这些作品中,作者以扮演旁观者的角色的方式来满足自己。有些题材不是作家自己虚构的,而是取自神话、传说,这类作品也还是"整个民族寄托着愿望的幻想,和人类在年轻时代的长期梦想"。

　　文艺作品是作家的白日梦,作家自己通过创作得到精神满足而感到愉快,其他人读了作品也感到愉快。如果普通人把他做的白日梦告诉其他人,其他人会感到讨厌,至少感到没意思。为什么作家写出来的白日梦令人感到愉快?最根本的原因是作家用艺术技巧来克服人们的厌恶感。这里有两种方法,一是作家通过改变和伪装来减弱他利己主义的白日梦性质;二是通过优美的艺术形式来吸引人,从而把读者收买了。读了作品,人们感到愉快,是由于人们的精神紧张得到解除。人们从作品中享受到自己的白日梦,而又用不着自我责备和害羞。

　　弗洛伊德就是用这种观点去分析各种作品的,他认为所有的作品都是作家的白日梦,是被压抑了的无意识的表现。现在让我们看看他是如何分析古希腊悲剧《俄狄浦斯王》的。我们一般都认为这个剧是个命运悲剧,主人公受到神的安排不自觉犯了罪,但他自己自觉地惩罚了自己,表现了道德的胜利,所以能感动人。弗洛伊德却认为,这个作品表现了人类潜意识中的恋母情结,人类在婴孩时期都普遍具有这种情结。作者自己也有,而且通过这个题材得以表现出来。读者读这个作品之所以受到感动,是因为他们心中也有这种欲念,平日得不到发泄;这个剧本为他们把这内心欲念表现出来了,读了以后便得到了幻想中的满足。

　　弗洛伊德的这套精神分析心理学有一些积极的东西,如扩大了心理学的研究领域;对无意识、梦等问题进行研究,对任何精神现象都追根问底,加深了心理学的深度;在心理学的研究方法方面也有较大的贡献。这都是应该肯定的。但是,它强调了性本能冲动的无上重要作用,认为人出生时就开始有性的要求,人的各种活动甚至在日常生活中的微小行动都受到性欲的支配，这是荒谬的。关于这一点，连弗洛伊德的最初合作者也反对他，和他分了手。因此，他那套派生于精神分析心理学的文艺理论，其大前提自然也是错误的。他把文艺创作当作无意识的表现，作家是为着求得性欲的满足才进行创作的，文艺作品都是作家个人的白日梦，没有什么客观的社会内容的论断，都是不符合实际的，是反理性的，特别是把性欲作为创作的动机，更是荒唐。当然，他的文艺理论中也不是没有一点值得肯定的东西，他认为文艺创作可以使作家从中得到愉快和精神上的满足，文艺作品可以使读者也得到同样的满足，这是不错的。他的心理学有一些合理的内核，我们可以批判地吸收过来，运用到文艺研究上，可以解决一些问题。

（四）格式塔文艺心理学

格式塔心理学是20世纪初叶发源于德国的一个心理学派。格式塔是德语Gestalt的译音，是"完形"的意思。格式塔心理学的基本观点是，对心理现象的解释强调整体组织，反对构造主义心理学对意识进行元素分析的做法。他们认为，每一种心理现象都是一个"被分离的整体"，整体不等于部分的总和。事物是由许多元素组成的，当许多元素结合在一起时，便会出现具有全新性质的新事物。人们在曲调、空间图形等方面，会看到所有孤立的内容的总和以外，还附加有别的东西。曲调、空间图形大于孤立内容的总和，若把同一的若干部分依不同方式配合起来，则得到具有不同特性的不同整体。例如，把若干音符按一种次序和旋律进行配合得到一种调子，按另一种次序配合则得到另一种调子。曲调不存在于个别的音符中，只存在于整个配合中，我们不能把曲调理解为个别音符的总和。又如，四方形是由四条直线组成的，但不能说四方形只是四条直线的总和。它是具有全新性质的图形。四条直线可按不同的次序排成不同的图形，如菱形、长方形等。

格式塔派又把事物的整体性及形状完全归结为神经系统的组织作用。在他们看来，客观世界中各种事物都是有组织的整体，但它们对外界的刺激却是无组织的和各自独立的。我们所以会知觉到外界各种事物的整体性及其形状，完全归功于神经系统的组织作用。这种神经系统的组织作用，与经验知识毫无关系，完全是先天生成的。他们归纳出一套组织作用的规律：相似性（凡相似的部分都倾向于组成单元，而不相似的部分彼此分离)、接近性（距离相近的部分倾向于组织单元，较远的部分趋向于分离)、连续性（彼此连续的部分更易于组织单元）和闭合性（某一部分有闭合的趋向，就更易于组织单元）。规律还有许多，不只是这些。人的神经系统依靠这些组织原则，就可以把对外界事物的知觉组成一个整体。

他们还把物理学的"场"概念引进到心理学中来。物理学上的"场"，是物质存在的一种特殊形式，它通过物质的相互作用而表现出来。场是肉眼看不见的，但它具有物理的真实性。格式塔心理学家宣称，他们的场心理学所必须采取的第一个步骤就是对"环境场"的研究。这个场依存于地理环境，地理环境能够影响动物的感官。他们界定出一系列的场："物理场"（地理环境方面的场)、"环境场"（行为环境方面的场)、"行为场"（意识或直接经验方面的场)、"生理场"（生理过程方面的场）和"心物理场"（总括行为场和生理场的广义场）。物理场以外的各种场被统称为"心理场"。

格式塔文艺心理学家根据格式塔心理学的基本原理来说明文艺问题。他们认为事物的形体结构与人的生理、心理结构相似。审美对象所以能唤起人的情感，使人能对它进行移情，就是由于这个原因。微风中的柳树不是由于审美主体想象它类似悲哀的人才显得悲哀，而是由于它摇摆不定的形体结构，与人悲哀时的形体结构相类似。悲哀的音乐之所以显得悲哀，不是欣赏者的情感投射于音乐所使然，而是由于音乐中力的结构与悲哀的情感活动本身的力的结构相似。事物形体结构和运动本身包含着情感的表现。任何线条也可以有某种表现。艺术就要善于通过物质材料造成这种结构完形，唤起欣赏者身心结构上的类似反应，不要只以题材内容使观众单单了解其意义。这一派文艺心理学家的著名代表是美国的鲁道夫·阿恩海姆（R. Arnheim），他著有《艺术与视知觉》。

格式塔心理学是现代西方心理学界的一个影响广泛的心理学派，成绩显著，对心理学的发展做出了积极的贡献。它强调整体不等于部分的总和，引进物理学的新概念以促进心理学的发展，对知觉的研究建树颇多。它的缺陷是：把人完全简化为一种既不能追求未来目标，也不能汲取过去经验的机械体系，纯然受制约于神经系统的先验机能，毫无主观能动作用。这一派的文艺心理学是有成绩的，它正引起理论界的注意。

以上介绍的只是几种心理学派的文艺心理学，有许多文艺心理学著作并没有隶属于某一心理学派，而是运用各种心理学原理来说明文艺问题，这方面的文艺心理学著作比上述几派文艺心理学的著作多,成绩更突出。

我国的文艺心理学研究比较落后,这门学科长期以来没有引起人们的注意,所以著作极少,20世纪以来似乎只有两部,一部是朱光潜的《文艺心理学》,一部是金开诚的《文艺心理学论稿》。《文艺心理学》是1936年出版的,此书对审美认识方面的某些问题进行了比较深入的论述,材料丰富,观点鲜明,写得生动活泼,富有吸引力。书中有一些唯心主义观点。这本书拥有众多读者,影响较大。《文艺心理学论稿》出版于1982年,主要内容分为五部分:"反映论篇""表象篇""思维篇""情感篇"《欣赏心理篇》。这是中华人民共和国成立以来文艺心理学研究上的一个可喜的收获。在我国荒芜的文艺心理学园地里,出现了这样一朵花,虽然不算娇艳,但却令人高兴。

近几年来,我国也翻译了几本国外文艺心理学著作,主要有:

《文艺创作心理学》,苏联科瓦廖夫著,1982年由福建人民出版社出版。这本书的基础是列宁格勒大学哲学系文学艺术创作心理学专题课的讲义。它主要论述文学创作心理过程,同时也谈一点文学欣赏。其纲目是:文学创作是反映现实的特殊过程,作家的个性和创作,文学的才能,创作过程的基本阶段,文学艺术作品的感受和理解,共六章,13万字。这本书有些章节写得不错,多数则写得较平淡,流于一般文学理论,心理学内容较少。

《文艺创作心理研究》,苏联尼季伏洛娃著,这是一个试译本,1981年内部发行。本书共四章:①形象概括的过程。这一章是重点,约占全书一半篇幅,主要谈绘画创作过程,有许多实验材料,论述得比较精彩,有独到见解。②作家倾向的形成问题。③文学构思的心理学问题。④托尔斯泰想象活动的若干特点。后三章实际上是谈个别作家的创作心理特点,其方法是根据作家的传记材料或手稿进行分析。

《音乐家心理学》,英国柏西·布克著,1982年由人民音乐出版社出版。全书10万字,专谈音乐创作心理,比较通俗、具体。

1959年科学出版社出了一本译著,名为《绘画心理学》,是苏联的一本论文集,共收录7篇论文,专谈绘画的创作心理,材料很丰富,有实验的材料,也有画家的各种手稿草图,论述详细具体。1926年商务印书馆还出版过一个译本,名为《艺术欣赏的心理》。

从上面可以看出,迄今为止,国内关于文艺心理学的论著和译本都是很少的。

四、研究文艺心理学的方法

文艺心理学是一门新学科，还处于很幼稚的阶段，大家都在摸索当中，谁也没有一套成熟的研究方法。尽管如此，一些零碎的不成熟的经验包括失败的经验还是有的。既然大家在摸索、探究，自然会有这样那样的经验和体会。究竟如何研究文艺心理学？笔者个人的体会还是很粗浅的，这里不妨抛砖引玉，求教于大家。

（一）要以辩证唯物主义和历史唯物主义作指导

可能大家觉得这是老生常谈，但笔者觉得对文艺心理学研究来说，它确实是一条极为重要的方法。文艺心理学是研究创作和欣赏心理过程的科学。心理过程是不容易捉摸得到的，以往有些心理学家和文艺学家往往就对它做了唯心主义的解释，给它涂上种种神秘色彩。有鉴于此，我们必须坚持用辩证唯物主义做指导去研究心理问题，坚持反映论，承认物质第一性、意识第二性。审美心理是人类特有的心理，这种心理是人类历史发展的产物，它不仅具有生理性，更重要的是具有社会性。审美心理是和社会思想、文化修养、个人生活等各种因素紧密结合在一起的。有些人不这样认为，他们把人和一般动物等同起来，只注意人的生理性，不注意人的社会性，因而把美感当作生理快感，把审美心理过程简单化。这是由于缺乏历史唯物主义观点所造成的结果。有些人不是把人当作有思想情感、有意志的人，而是把人当作一种无意识的物体或机器人，把审美心理活动的复杂过程归结为单纯的物理过程。这是一种机械唯物论的表现。如果我们有马克思主义哲学做指导，就不会犯这些错误。

（二）要掌握心理学原理并善于应用

文艺心理学是一门应用科学，要以心理学为基础，所以必须要懂得心理学的各种原理，各种心理学都要懂得。首先，要学习普通心理学，每一章都要熟读，切实了解当代普通心理学的最新和比较正确的观点；要了解人的心理器官，特别是大脑两半球的生理结构和活动规律；了解心理的发生和发展；了解感觉、知觉、表象、记忆、想象、思维、情感、意志、注意、个性的特点及规律，还要知道它们的生理机制。所有这些内容都与文艺创作和欣赏心理有极密切的关系，文艺心理活动规律就是一般心理活动规律的特殊表现。其次，要学习发展心理学。它研究个人各种心理现象从发生、发展到衰退的过程和规律，并且着重研究各个发展阶段的心理特点，包括儿童心理学、青年心理学、成年心理学、老年心理学。学习了发展心理学，就可以应用它来说明审美心理的发生发展问题，说明各种年龄层的审美趣味、审美规律。最后，要学习社会心理学和民族心理学，用它们来说明社会心理、民族心理对创作的影响，说明文艺的民族性和欣赏上的民族心理特点。

当然，我们还要学习各种学派的心理学。心理学有许多学派，例如，联想主义心理学、构造主义心理学、机能派心理学、行为主义心理学、格式塔派心理学、精神分析派心理学等，都是著名的心理学派。各种心理学派都有自己的特点和贡献，否则，就不会引起广泛的注意。但是，它们都有自己的局限和缺陷，有许多学派的思想、体系是唯心主义的。在它们那里，精华与糟粕往往同时存在。我们不要怕它们，诸如弗洛伊德的精神分析心理学，不要远而避之。我们应该学习它们，了解它们，对它们进行批判地吸收。弗洛伊德的心理学大力鼓吹性欲的作用，把它说成是人的各种行为的推动力，这是荒谬的。但他的心理学有许多积极的东西，可应用于文艺创作和欣赏。例如，他的无意识理论，把人的心理结构看得相当复杂，这对我们了解人的内心世界，对文艺家表现人物的内心活动很有帮助。无意识与创作灵感有没有关系？笔者认为值得深入研究。弗洛伊德说人的精神受到压抑，就会采取各种防卫机制。这个观点有助于说明作家的写作动机，有助于说明文艺的心理功能。

掌握了各种心理学原理以后，还要善于运用其来说明文艺问题。文艺心理学不等于一般心理学原理。如果不能用心理学原理具体说明文艺问题，只是把它原封不动地搬过来，硬套到文艺现象上去，汤是汤，药是药，这是不行的。在开始进行文艺心理学研究的时候，最容易出现这种现象。另一种现象恰好与此相反，只是一般地论述文艺问题，很少运用心理学的原理，名为文艺心理学，却很少有心理学味。这两种倾向我们是要注意避免的。

（三）调查研究

调查研究是研究文艺心理学的一个重要方法。通过调查研究可以了解文艺家的创作心理过程：文艺家是怎样取得题材，孕育主题，如何构思，如何想象、联想，如何表现的。所有这些过程我们可以向文艺家本人、其家人亲友及有关的人调查；作家的日记、回忆录、创作经验谈等，则是现成的材料。文艺家的草图、手稿是研究创作过程的很珍贵的材料，在这些手稿、草图上留下的作者极其鲜明的印迹，有时比作者本人的描述更有说服力。外国的著名文艺家一般都保留齐全的手稿；我国文艺家的手稿保存得不多，这似乎与社会斗争的频繁有关。

文艺家所创作出来的作品是调查研究的主要对象，作者的意识活动过程都集中体现在作品身上，所以我们要认真分析研究。

关于文艺的社会作用及欣赏心理特点和规律，也要进行调查。通过调查可以了解一系列问题：文艺的情感、认识、思想教育作用，各种不同艺术形式的作用，不同年龄的人喜爱哪一类题材、形式的作品，各有何欣赏心理特点，等等。现在社会上出现什么文艺现象，大家都比较注意。例如，古装戏不大受城市青年的欢迎，有些轻音乐很受人们的欢迎。但是，为什么出现这种现象，却很少有人进行深入的调查研究。我们经常见到经济、技术、人事组织等各方面的调查报告，却很少见到文艺方面的调查报告。没有文艺的调查报告，对文艺问题的研究就不会精确。

除上述几种方法以外，实验法、内省法也可以用。文艺心理学的研究方法不应该单一，而应该多种多样。

第一章 审美心理的产生及艺术起源

一、关于艺术起源的各种观点

关于艺术起源的理论很多，其中著名的有模仿说、游戏说、表现说、巫术说、劳动说等。模仿说是西方出现最早影响也最深远的理论，最先由亚里士多德提出。他认为，诗的起源出自人的模仿天性。人生来就有模仿的本能，这是人和动物的区别之一。人对于模仿的作品总是感到愉快，即使是引起痛感的事物，由于模仿得惟妙惟肖也引起我们的愉快情感。这种模仿说一直到18世纪末浪漫主义文艺兴起之前，都占主要地位。这种观点也有一定道理，但并未说出艺术起源的主要原因。因为原始人最初创作艺术主要不是为了欣赏。席勒和斯宾塞提倡的游戏说，认为美感起源于游戏的冲动，人在游戏中可以练习自己的各种器官，发泄过分的精力，可以使自己的本能在想象中得到满足，获得快感。看来，这种观点比模仿说较接近真理。但把艺术起源完全归于游戏也不符合实际，因为原始人创作艺术，在更多情况下不是为了游戏消遣，而是为着实际利益和需要。

正因为如此，于是有人提出劳动说。如托马斯·芒罗、毕歇尔、希尔恩、柯斯文等都主张这种观点。他们认为艺术起源于劳动。原始人集体劳动时为了使动作协调，便要有一定的节奏，这劳动节奏就成为舞蹈动作的节奏，他们发出的有节奏的呼喊声就是歌声，成为诗，劳动工具的撞击声就成为器乐。原始人的舞蹈、绘画、雕塑都是为了劳动的需要而产生的，都是服务于劳动的。这种观点无疑有许多事实根据和理论根据，有说服力。但是，它也只能说明一部分事实，而不能概括原始艺术的全部。有相当一部分原始艺术并不起源于劳动，而是起源于休息、战争、性爱和图腾崇拜等。因为，劳动虽然是当时生活中的主要内容，但其他几项也是必不可少的，这些生活内容也能产生艺术。鲁迅在指出劳动产生"杭育杭育"派诗歌的同时，也明白地说："有史以前的人们，虽然劳动也唱歌，求爱也唱歌，他却并不起草，或者留稿子。"（《门外文谈》）许多图腾艺术除了与劳动有关系以外，还与其他许多方面的生活有关系。"劳动说"说明了艺术与劳动谁先谁后的关系，但未具体说明艺术创作的心理动因，即人们创作艺术的动机。原始人画一头野牛，可能出于要认识它，以便更好地捕捉它；可能因为牛是他们氏族的图腾，画出来是为了崇拜，以获得神灵的保佑。所以，光说明艺术与劳动的先后关系，不能算作真正解决了艺术的起源问题。

表现说认为艺术的本质在于表现情感，如果艺术家不是借作品来表现自己的情感，他便不成其为艺术家，他的作品也便不成其为作品。表现说认为艺术创作的动力就是表现，人们为了要表现内心的情感才创作艺术。表现说主要在于阐述艺术的本质，而不在于阐述艺术的起源，它较少具体分析原始艺术如何起源于表现。它还把人的情感与社会生活割裂开来，取消了情感的社会内容，把情感看作本能的孤立绝缘的东西。这自然不能解决艺术的起源问题。

巫术说认为艺术起源于巫术。原始人以为万物有灵，为了控制自然和祈求自然的恩赐，普遍进行巫术活动。而艺术本身就是一种巫术活动，如跳舞、文身为得神保佑，画牛为诅咒牛以便捕获，等等。"巫术说"是颇有道理的，由此而生的艺术叫作图腾艺术。图腾艺术在原始社会是普遍存在的大型艺术，如大型的绘画、雕刻、舞蹈、歌咏等，都是巫术活动，或者与巫术有密切的关系。但能否说艺术起源于巫术？可以这么说，但不全面，巫术只是原因之一。从休息、娱乐、劳动、爱情等活动所产生出来的艺术，并非都有巫术意义。例如，人们休息时唱唱歌、跳跳舞，以及为了表达爱情的歌舞，并不是巫术活动。人们劳动时有节奏的动作和呼喊声，如"杭育杭育"派诗歌，也与巫术无关。

上述几种艺术起源的理论都有一定道理，概括了某些方面的事实，但都是不全面的、有缺陷的。它们都是各执一端，不及其余。事实上，艺术产生的原因多种多样，不会只是一种原因，既有巫术、劳动的因素，也有游戏、表现、模仿等因素。这是我们研究艺术起源时首先应该注意的。另外，我们应该力图依据原始人所创作出来的艺术品去探索创作者的心理动因，不要只停留在对艺术品的形象分析上。因为，一个原始艺术作品，以现在的眼光看来，是一个完整的纯粹的艺术品，但若深入探究其创作动机，就会发现，这艺术品根本不是为观赏而作的，它不过是一个咒符。所以，我们研究艺术起源，应该说明它的心理因素。这样做无疑是困难的，因为历史留给我们的只是艺术品，作者心里是怎样想的，我们无法把握，我们只能从他的作品本身去捉摸其心理动机。时间相距几万年，这只能带着一种猜想的性质，要十分确切是难以办到的。一部近现代的文艺作品尚且争论不休，何况几万年前的作品。

研究艺术起源只从原始艺术去研究还是不够的，还应该研究人类的审美心理如何产生。人在尚未创造出艺术以前，已经产生了审美心理；审美心理先于艺术而存在。原始人欣赏的对象不限于艺术。艺术出现以前，人们已经欣赏一些自然物了。如供他们吃的动物，就曾引起他们的喜爱。欣赏艺术的心理就是由欣赏自然的心理发展而来的，而且只有欣赏自然的心理才能使后来的欣赏艺术的心理得到迅速发展。这是因为：第一，美感享受虽然不是艺术产生的主要原因，但却也是一个原因，许多原始艺术都包含着审美心理因素。第二，美感因素在原始艺术中逐步增多，后来成为主要因素。正因为如此，当原始艺术失去了巫术的意义以后，才发展成为独立的艺术。所以，我们研究艺术起源应该分两步走，第一步研究审美心理的产生，第二步研究艺术的产生，这样才能弄清艺术产生的来龙去脉。

二、审美心理的产生

所谓审美心理也就是审美态度、审美情感、审美认识等。凡是从欣赏的角度去对待事物的心理活动都叫作审美心理。人有低级情感和高级情感，美感属于高级情感。美感与起于本能的快感不同：①美感是精神上的，快感是生理上的。②美感由于精神需要得到满足而引起，快感由于物质需要得到满足而引起。③快感的时间一般比较短，如食佳肴，吃饱了以后就不感兴趣了。美感的时间长，美的东西长时间引起人们的兴趣。④快感只是单纯的生理反应，美感往往伴随着其他精神活动，如思想、认识、想象等。这是我们现代人的分法。这种区分是必要的。这样可以把美感与其他非美感的情感严格区别开来，以利于促使美感的发展。

但是，这种区分在原始时代是没有必要的，也是无法区分的，因为那时候人的意识是十分简单的，人的情感不像现代人这么复杂，原始人的"人化"程度还很低。马克思说："人的眼睛的感受和享乐不同于粗野的非人的眼睛，人的耳朵的感受和享乐不同于粗野的不发达的耳朵。""只有当对象对于人成为人的对象或对象化了的人的时候，人在这个对象中才不会失去自己本身。""人的感觉，感觉的人性，——都只凭着相应的对象的存在，凭着人化了的自然，才能产生。五官感觉的形成，是已往的整个世界历史的工作。被粗糙的实践的需要所支配的感觉，只具有被局限的意义。"（马克思、恩格斯：《论艺术》第一卷，第203～205页）原始人刚从动物演变过来，虽然成了人，但他们的五官感觉基本上还是"非人"的，是很粗野的。当时不可能区分美感和快感，即使是快感，也是非常粗糙的，非常简单的，很多事物都不是他们欣赏的对象，引起不了他们的反应。

我们从婴孩情感的产生和发展，也可以看到人类情感是从简单到复杂的。据心理学家的考察，初生婴儿的情绪反应是笼统的，除了恬静状态以外，所谓情绪，只不过是一种激动状态而已。此后逐渐分化，约生后3个月，激动状态分化为苦恼和愉快两种基本情绪。在3个月至6个月之间，苦恼分化为愤怒、厌恶、恐惧三种情绪。在6个月至12个月之间，愉快情绪再分化为得意与喜爱两种情绪，前者对物，后者对人。到18个月左右，原来的苦恼情绪中又分化出嫉妒的情绪，喜爱情绪又分化为对成人的及对儿童的两种。约在2周岁时，快乐的情绪才分化出现。据研究者发现，婴儿从初生到2周岁期间，其情绪发展即使有个别差异现象，但其发展的基本轨迹大致相符。这些基本情绪的表现和发展，多受成熟因素的支配，不是靠学习得到的。

巴甫洛夫曾经说过，有时候我们很难把高级的情感和本能的情感明显地区别开来。他说："有谁能够在极复杂的无条件反射（本能）方面把生理的身体的现象和心理的现象，也就是和饥饿、性恋、忿怒等强烈的情绪的体验加以分隔呢？我们的愉快的、不愉快的、轻松的、艰苦的、快乐的、痛苦的、胜利的、失望的等情感，有时是和极强的本能及其刺激物的转变为反应动作的进程联系着的，有时是和对它们的抑制作用联系着的，是和发生于大脑两半球内的神经过程在进展时的一切顺利或受阻的变化联系着的。"（转引自杨清《心理学概论》，第415页）巴甫洛夫说的是现代人的情况。现代人的高级情感与生理本能情感有时尚且无法区分，那么，在原始人那里就更不用说了。

笔者认为美感的发展分为三个阶段。最早的美感就是一种本能的快感，它是从动物那里发展来的。动物也有这种本能的快感。我们且把这种美感叫作本能美感吧，一来说明它是一种美感，二来又说明这种美感还未达到现代人的美感高度，它带有生理本能的性质。笔者认为本能美感与一般生理快感的区别在于：一般生理快感是由一般的物质需要得到满足而引起的，本能美感不是由一般的物质需要得到满足引起，而是由颜色和有节奏的声音引起，不是饱人口腹，而是饱人耳目。如果不把它叫作本能美感，就会把它与现代所说的美感混同起来，这是大家都不能同意的。达尔文就提出过动物也有美感的主张，他把动物的本能美感视为一般的美感，所以被大家所反对。只要把本能美感与一般的美感区别开来，我以为应该让本能美感有存在的权利。因为这种东西不仅原始人有，现代的人也有。

关于动物有本能美感的问题，达尔文已经为我们提供了大量的可靠材料。他在《人类的起源和雌雄淘汰》一书中记录了大量他所观察到的材料。例如：

关于鱼类的本能美感："许多种雌雄类饰以鲜美颜色；或雄类较雌类更为鲜美。雄类有时具附诸属物，对于彼寻常生活似无所用，若孔雀之尾羽然。……求偶与展示美色更显著之例，乃中国之赤鲤鱼其雄类之颜色最美丽，胜过雌类。当生殖时季，彼等为占有雌类之故相竞争，展开其斑点且以美光线装饰之诸鳍。"

关于鸟类的本能美感："彼等以极殊异之声乐或乐器取媚雌类。彼等有各种肉冠、肉垂、肉瘤、角、气囊、顶结、裸羽轴、羽毯、长羽等为装饰，突起子身体之一切部分。咀及头上无毛处皮肤以至羽毛，常具有极美之颜色。雄类为求媚之故，或跳舞，或于地上及空中作滑稽状态。"

关于哺乳动物的本能美感："各种毛冠、毛丛及毛衣之限于牡类或在牡类更发达者，虽有时为对竞争诸牝类防御之用，而在多数例中似仅为装饰品。鹿之枝角及一定羚羊之美角，虽原为攻击或防御武器，然亦有理由测度其一部分乃为装饰故起变更。"

达尔文的观察说明动物对颜色和有节奏的声音是喜爱的，这是本能美感。

人对颜色和有节奏的声音也喜爱，人人都不例外。这种喜爱生来就有，是一种天性，不学而能。先说颜色吧。4个月的婴儿就开始对色彩做出分化的反应，他们最初偏爱红色，稍长偏爱绿色。婴儿对颜色的偏爱完全是由生理机能组织决定的。原始人喜爱鲜艳的色彩，这种喜爱和动物一样具有本能的性质，后来原始人对色彩有这样那样的偏爱，自然也掺杂了一些图腾和联想的作用。

最能说明问题的是声音的节奏。动物喜欢有节奏的声音，不喜欢无节奏的噪音，人也是如此。在这点上人与动物有共同之处。人与动物之所以喜欢有节奏的乐音，是因二者的整个身体都是一座生物钟，各个部分各个机制都充满着节奏的运动，一旦失去了节奏，机体就受到损坏甚至丧失生命。这个充满节奏的有机体接触到声音的节奏，就产生共鸣，感到愉快。人听到乐音，身心就会感到愉快。疲劳的人听了乐音疲劳很快得到解除，音乐可以治病，婴儿听音乐身心健康。动物也能欣赏乐音，苏东坡的《前赤壁赋》中说到，客人吹洞箫很动听，"舞幽壑之潜蛟"，这是可能的。据心理学家实验发现，许多动物听了小提琴演奏，都为之感动：蝎舞动，蟒蛇随节奏左右摇摆，猴子点头作势，牛听了音乐增加奶量，母鸡听了音乐多下蛋。相反，对无节奏的噪音则不喜欢，引起反感。如果硬要人与动物接触噪音，其身心就要受到损坏。例如，人听到噪音，就会心烦意乱；若长时间听 90 分贝以上的噪音，人就会头晕、头痛、失眠、心律失常、血管痉挛、血压异常等。

关于节奏感的问题，普列汉诺夫也认为："对节奏的敏感，正如一般的音乐能力一样，显然是人类的心理和生理本性的基本特质之一。也不独限于人类。达尔文说：'这种纵使不是欣赏至少也是觉察拍子和节奏的音乐性的能力，看来是一切动物所特有的，而且毫无疑问，这决定于它们神经系统的一般生理本性。'"（《论艺术（没有地址的信）》，第 35 页）普氏这个意见是有见地的，我们研究美感和艺术起源时不应忽略。

本能美感是很单调和狭窄的，所反应的范围很小，基本上是声音节奏和简单的色彩。随着劳动实践的发展，人在劳动过程中逐步完善自己的感官，人的审美心理也逐步得到发展。这时候的美感已不再是本能美感，它与生理快感分家了，变成精神快感了。但这种精神快感与现代的美感也还有不同之处，它的对象是有用的事物。凡是对人有实用价值的东西，人们都会感到喜欢和愉快。例如，牛、马等动物能供人食用，太阳能送来温暖，月亮能给人照明，水能为人饮用，人们就觉得这些东西是美的，产生出美感来。在原始人那里，最初美与实用是统一的、不分彼此的，能实用的东西就是美的，于是人们就欣赏；反之就不是美的，就不欣赏。

由于生产力的发展，人类提高了对自然的控制能力，对人有用的事物陆续多起来了，人们的欣赏对象不断得到扩大。同时美感也更加丰富起来。这时候的美感与现代人的美感已没有差别了，美感的对象扩大了，与实用已经分家了。人们不仅欣赏有用的物品，也欣赏在物质上无实用价值的东西。这时候，由于精神上的需要，人们不再满足于对自然物的欣赏，创造了专供欣赏的物品，这就是艺术品。

三、艺术的产生

艺术有不同的种类，它们产生的时间和情况是不一样的，对它们的起源的说法不应笼统地一刀切。论述艺术的起源应根据人类审美心理的发展规律，对不同的艺术做具体的说明。笔者认为，宜将艺术分为三类来分别论述：一类是与节奏有密切关系的艺术，包括音乐和舞蹈；一类是绘画、雕刻等造型艺术；一类是神话。

（一）音乐和舞蹈

音乐是人类史上最早的艺术。为什么这么说呢？因为音乐主要是由节奏构成的，节奏是旋律的骨干，也是乐曲结构的基本因素。而节奏这东西很早就成为人们欣赏的对象。人还是动物的时候就已经对节奏产生本能美感。凡是富有节奏的东西人都产生一种本能的喜悦。这种先天的节奏感就成为音乐最先产生的基本条件。节奏这种东西是最容易创造的，无须花多大力气。简单的节奏出自本能动作，是在不自觉之中产生出来的。人们的劳动中、日常生活中充满着节奏。劳动时由于过分用力，人们自然而然地发出"呵哟呵哟"的呼吸声和呼唤声；如果是集体劳动，为了动作协调，大家就会发出"杭育杭育"的号子声。鲁迅因而认为这是"杭育派"诗歌，这是有道理的。但应该说，这种"杭育杭育"的呼唤声最初还不是诗歌，只能算是音乐，等到后来有了语言，用语言配上"杭育杭育"的音乐才算是诗。这是比较后的事了。在劳动或日常生活中，工具相撞击发出的"叮当叮当"声，就是最早的器乐。

人们在劳动和日常生活中表现出来的有节奏的声音和动作，就是最初的音乐、最初的舞蹈。这种音乐和舞蹈的特点是：一是不自觉地创造出来的；二是形式简单，思想感情也较少。

在这种简单的有节奏的声音和动作的基础上，人们进一步创作出了较为复杂的音乐和舞蹈。这时人们是有意识地创造，不再是在劳动和生活中不自觉地自然地表现了；人们通过创造出来的音乐和舞蹈，表现自己更多的思想感情。这时候，音乐和舞蹈常常是结合在一起的，音乐常常作为舞蹈的伴奏。舞蹈没有音乐是不行的。我国古代的《乐记》说到音乐的产生时说:"凡音之起,由人心生也。人心之动,物使之然也。感于物而动,放形于声。声相应,故生变,变成方,谓之音。比音而乐之,及干戚羽旄,谓之乐。"这就是说,音乐是由人内心产生出来的。人对外界事物有所感触,就产生情感,有了情感就通过声音表现出来。各种不同的声音按照一定的节奏和旋律组织起来,就成为乐曲,再配上舞蹈,就成为"乐"。这里说明古代的"乐"是包括舞蹈在内的,有时还包括诗歌。这段话还说明了音乐产生的过程,它告诉我们,音乐是表现人的内心思想情感的,人对外界事物有了感触,就想通过音乐表现出来。原始人创作音乐和舞蹈的时候也是这样的,也是为了要表现一定的思想情感。他们或者是为了表现丰收的欢乐,或者是为了祈求神灵的保佑和感谢神灵,或者是为了演习狩猎及战争,或者是为了表现爱情,其目的多种多样,实用则是主要的目的,而且多与图腾巫术有关。原始人认为万物有灵,所以他们的艺术多涂上巫术色彩,音乐舞蹈也不例外。普列汉诺夫说:"他们对于这些超自然力的态度,总是限于想尽办法使它们为自己谋福利。为了讨好某个鬼神,非洲野蛮人竭力设法使它愉快。他用美味食品来收买它,并且为了尊敬,给它跳一些他自己从中得到最大快乐的舞蹈。非洲的黑人在杀死了大象的时候,往往围着它跳舞,以表示对鬼神的敬仰。"

为了杀图腾动物充饥,原始人事先总要跳舞。我国大兴安岭鄂温克猎人吃完熊肉之后,替熊举行埋葬仪式,把它的骨头、内脏用树条捆好悬挂在森林中,人们假装哭泣,给熊敬烟,并祈祷说:"老爷子以后多给猎物。"吃肉时齐声喊:"是乌鸦吃你的肉,不是鄂温克人吃你的肉!"弗雅喀人在剥熊皮时,要有人击鼓奏乐向熊讨好,恳求它能消除怒气。这显然是图腾崇拜的遗风。在欧洲尼安德特人那里已发现有洞熊崇拜的痕迹;在瑞士特拉亨洛曾发现摆在石柜中的洞熊头颅,这显然是供奉的对象。人们以熊为图腾崇拜对象,就像崇拜祖宗一样。这种动物本来是不准吃的,但有时狩猎不到食物,不得不杀熊充饥,这时就要跳舞唱歌求熊的神灵宽恕。捕杀一般动物是不用这样的。

为了狩猎获得成功,出猎前要唱歌跳舞。西非赤道以南的土人出猎大猩猩时,由一人装扮大猩猩,表演狩猎者杀死大猩猩的经过。北美达科太人猎熊前,也跳猎熊舞。一人披熊皮,戴熊头,装成熊的样子,结果被猎人驯服。这种舞蹈完整表演狩猎的对象被猎人所征服的过程。这是一种巫术的舞蹈。原始人认为模仿动物被捕获,它们就一定能在现实当中被捕获。

还有一种舞蹈专以祈求动植物的繁殖为目的,模仿动植物繁殖的状态。例如,人们对着歌舞,歌颂动物生卵,植物出芽;或者击碎岩石,摩擦各人的胸部,象征生命的萌芽;或者将碎石散布四方,表示动植物向四方生长的意思;或者用人血洒到岩石上,表示向动植物灌输了生命。

有的歌舞是表现氏族的精神,要求大家团结协作,步调一致,振作精神搞好劳动生产。原始人有些生活资料的采集工作要经过数日或数月才得以完成,于是在这期间就举行一些图腾仪式的集会,表演歌舞。澳洲阿龙泰土人所举行的这种歌舞长达一两周,表演者多为男子。未开始之前,表演者以石膏、木炭、红黄泥土等涂满身体。跳舞开始时,乐器歌唱一齐合奏,歌词为表演者自备。舞蹈者十二三人,动作比较简单。维多利亚土人的这类舞蹈则较为复杂些,多于月夜举行,空地上燃烧薪火,跳舞者为男人,30多个,旁边是妇女合奏队,完全裸体,膝上系着袋鼠皮。这类歌舞是极其热烈的,歌舞者完全沉醉于统一的社会状态之中,好像一个有机体的感觉与活动。其主要目的就是要大家统一,克服不规则的、不固定的游离生活状态,舍弃不同的需求、不同的欲望,保持同一的目的、同一的思想感情。还有,就是要提高大家低落的生产情绪和信心。原始人的情绪一受到激励就容易兴奋起来。在舞蹈中,跳舞者跳跃于血红的柴火之中,放声咆哮,一时间群情激奋、精神振作。

还有许多形式的歌舞,这里不一一列举。这些歌舞,除了少数专做游戏的以外,其余几乎都是以实用为主要目的,欣赏只是次要的。虽然是次要,但毕竟有欣赏的因素。这是音乐舞蹈发展的第二个阶段。再向前发展,就成为纯粹的音乐舞蹈了,就是说,完全成为独立的自由的艺术了,不再成为实用的一种附属品。戏剧也是由这种原始的歌舞发展而成的。

(二)绘画、雕塑

绘画、雕塑属于造型艺术,这类作品的起源与音乐舞蹈的起源有所不同。人对色彩的感觉也有很长的历史,但很难说人类的绘画起源于色彩。那么,绘画和雕塑是怎样产生的?笔者认为它们是由工具发展来的。"艺术"一词有广义与狭义之分,狭义的艺术指文学、音乐、美术、戏剧等,现在我们经常用的是狭义上的艺术。广义的艺术很广泛,凡含有技巧和思虑的活动及一切制作如工具、机械、建筑等均属艺术。我国古代有"六艺"之称，孔子曾以六艺教弟子，即礼、乐、射、御、书、数，连射箭、驾车也算在艺术之内。显然，在古代，工具也是一种艺术，因为它也是一种技巧的制作，而且是人们欣赏的对象之一。人是按照美的规律去创造的，人在自己所创造的劳动产品中能"观照"到自己，劳动产品体现着自己的理想和情感，因而引起人们的喜悦。工具有很大的使用价值，原始人也认为它是美的东西，而这东西又是经过他的劳动创造出来的，是一种创作，所以说它是一种艺术，是有道理的。

　　工具的制造为后来艺术创造提供了心理能力与技术的基础和前提。我们知道，艺术创造最需要想象力，没有想象力是创作不出像绘画、雕塑等这类原始艺术品来的。这种想象力是在工具创造中长期培养起来的心理能力。人的劳动是从制造工具开始的，在劳动过程中，人运用想象力把自己的理想切实地在自然物身上表现了出来。例如，他想要做一把尖利的石刀，必须先在自己的心中加以想象，在观念中造成石刀的样子，然后再通过劳动制造出真正的石刀来。正如马克思所说："劳动过程结束时得到的结果，在这个过程开始时就已经在劳动者的表象中存在着，即已经观念地存在着。他不仅使自然物发生形式变化，同时还在自然物中实现自己的目的，这个目的是他所知道的，是作为规律决定着他的活动的方式和方法的。"（《资本论》第一卷，人民出版社1975年版，第202页）工具的制造培养了人的一种新的心理能力，即预先在心理上形成了加工对象的模式，以它指导加工的方向，使自然物发生自己理想中的变化。人既然有按照自己的设想来制造工具的心理能力，当然也就有创作艺术的心理能力了。绘画和雕塑也是要求作者先在心中设计出一个形象，然后把它们绘画、雕刻在物体上。

　　绘画和雕刻都需要比较精细的技巧，这种技巧也是在工具制造中培养出来的。人制造工具的能力越来越强，工具也日益精巧。起初只用自然中的石头，后来学会了打制、削尖，还会磨滑，不光用石头做工具，还用骨、牙做工具。这种日益精巧的技巧，使绘画雕塑的制作成为可能。人既然能制造那么多那么精良的工具，自然也能用这种手艺来创作艺术形象。不仅制造工具的技巧成为艺术创作的必要技巧，而且原始工具本身成了艺术创作必要的物质手段。没有这些工具，原始人也无法创作出艺术来。日本著名电影理论家岩崎昶说得好："正像人类的文明是从使用工具开始一样，人类的艺术也是从使用适合于艺术的工具才产生的。原始时代的人，

"……在壁上刻出了野牛的姿态,这不是用指甲能够刻出来的,显然在他的手里握有一把又结实又锐利的石凿。在同一时代的洞壁上,也出现过一些绘画,说明当时的画家已经懂得用兽毛扎制的画笔,蘸着用各色的土溶制的颜料来画画了。这些原始的工具,在当时的人看来,乃是最先进的机械。……艺术不是单纯地从几万年前堆在某处的两块石头上的壁画开始而发展到今天这样规模的,它所以能逐渐扩大其领域,成为巨大的力量,首先是因为它能够最勇敢、最迅速地接受和利用每一时代最发达的'机械'。换句话说,艺术就是直接产生于一切时代、一切社会的生产技术这一基础之上的。"(《电影的理论》,1963 年中译本,第 10~11 页)

因为劳动日益发展,人的活动能力越来越高。由于人同自然做斗争的需要,同时也由于人的审美的需要,人在制造工具的基础上,创作出了一批原始的绘画、雕刻等艺术品。这些作品都是写实的,它们都以各种动物作为描绘的对象,形态十分真实生动,即使以现代的眼光看,也是值得赞赏。考古学家和人类学家从世界各地特别是在欧洲发掘出大量的洞穴艺术,大家认为这是 30000 年前旧石器时代的制品。藏有这些作品的洞穴很多,其中最著名的要算西班牙的阿尔塔米拉(Altamira)洞。它是 1868 年被发现的,为欧洲史前壁画第一个被发现的洞穴。洞顶一幅大壁画上有 20 多只旧石器时代的动物形象,包括 15 头野牛,3 头野猪,3 只母鹿,2 匹马和 1 头狼,洞穴四周也有壁画。这些动物多是用各种颜色涂过的,而且还有石刀刻后留有的痕迹,形象生动自然。多数表现出动物整体,少数只画出一部分,有的跑,有的受了伤倒下,有的正在挣扎,有的被追赶陷入绝境。

史前洞穴壁画最精彩的要算拉斯科克斯(Lascaux),于 1940 年被发现。这个洞穴最特别的地方是,除了许多动物形象以外,还有几个非人非兽、似人似兽的形象,他们是披着兽皮、戴着兽冠的巫师。有一个头戴野牛面具的人,正在跳跃、舞蹈着,还弹奏着一张"音乐的弓"。另一个是鹿角巫师,头戴鹿头面具,身披鹿皮。他处于岩画的最高点,大有居高临下之势,似乎在统辖着各种动物。似兽的巫师出现在画中,说明这画与巫术有关系,这一艺术作品起着巫术的作用,表现着各种动物都受鹿角巫师的统辖,鹿角巫师是这个集团的图腾。

在洞穴中被发现的艺术,除了壁画浮雕以外,还有大量的工具雕刻。人们在各种工具上雕刻上艺术形象,这些工具包括骨杖、骨刀、角器、角刀、象牙器、象牙刀、鹿角、石块等，所刻都是动物，而且几乎都是动物的头部或身体的一部分，情状也很逼真生动。很显然，这些动物雕刻服从工具的实用性，只是在工具的适当处并不太影响使用的情况下加以雕刻。

藏有这些艺术作品的洞穴不仅欧洲有，世界各地都有。中国的甘肃、内蒙古，印度的纳巴达河左岸，苏联的西伯利亚、贝加尔湖等很多地方都发现过这类洞穴，其艺术品也与西班牙等地洞穴艺术大致相同。这说明这种原始艺术是一种普遍现象，它的出现是人类艺术发展的一个阶段，是遵循着一定规律出现的。

洞穴壁画与工具雕刻这两种艺术作品，谁先谁后，学术界有不同看法。有人认为工具雕刻应该产生在壁画之前，因为壁画巨大、复杂，更为完整，工具雕刻比较零碎，规模很小，又是工具的附属品，还未独立出来成为艺术品。有人则认为工具雕刻应该在后，因为壁画是原始部落定居在某地方时创作的，而工具雕刻是原始部落四处游动时创作的，这些小工具可以随身携带，随时随地可以做。原始人一般是先固定生活，后来才四处游猎。这两种说法都有一定道理，但是考古学是同时发现这两种艺术的，不存在先后问题，所以这两种设想还未能为自己找出实据。

还应该指出，从工具制造到这种洞穴艺术，中间应该还有一个过渡阶段，因为洞穴艺术已经相当成熟、完整。要创作出这样的艺术是不容易的，原始人不可能突然间就创作出这么高水平的作品，其中需要相当长时间的积淀和磨炼，才能逐步创作出来。但是，这过渡阶段的艺术品是怎样的？考古学却又没有给我们提供任何材料，也许将来会有也说不定。

这么完美的洞穴壁画和雕刻，是不是一种专供欣赏的独立艺术呢？不是的。它主要还是用于巫术的，像美的目的是次要的。因为这些壁画的位置都不适宜于欣赏，一般都处在洞穴深部，如尼沃洞穴的壁画处于800米深处。洞穴是很黑暗的，当时照明的只是油脂灯和火把。靠这种照明来欣赏作品是很困难的，如果主要是为了欣赏，人们就不会在这么深的黑洞里作画。

工具雕刻主要也不是用作欣赏，工具本身是拿来实用的，上面雕刻东西只是一种附属品。这种附属品如果在今天，当然是拿来作欣赏用的，像今天工具上的装饰品那样；但在原始时代，主要却不是拿来欣赏，而是起图腾保佑作用。就是说，工具上面刻上图腾动物，就有了神灵，不论拿这工具去战斗还是狩猎，都容易取得胜利。

讲到原始绘画和雕刻，不应该忽视以人的身体作为表现材料的作品，这种作品因为描绘、刺刻在人的身上，早已随着古人被埋没，今天无从得见，只有从一些尚未开化的落后民族中见到。在非洲、大洋洲、北美洲的一些原住民的聚集地，不久以前还存留着原始民族的遗风，他们在自己的身上涂画上各种花纹或动物的形象，有文身、纹面，还有用刀切刺的，另外还有毁齿，穿唇、穿鼻。这也是一种绘画和雕刻，其主要目的不是为了欣赏，而是为了获得神灵保护，并作为部族的记号。

（三）神话

神话是指口头流传的神话故事，它在文字出现以前已经流传，和人类的语言同时产生。它比音乐出现得晚，因为音乐的出现是从节奏开始的，而节奏出现极早，当人还处在动物状态时就已经出现并且为人及动物所欣赏。它又比绘画雕刻出现得早，因为绘画雕刻需要较高的技巧，这种技巧必须依赖生产力达到一定水平之后才能出现。神话不需要这种技巧，它只用口头表达，只要能说话，有想象力去编造，就能创作出神话来。

原始人是天生的神话创作能手，因为他们有一副天赋的神话创作头脑。他们的思维方式是原始思维，这种思维方式最大的特点就是万物有灵化。按照现在我们的观点说来，自然事物只是按照自然规律去生长，并无思想和意志，植物没有情感，无机物连生命也没有。这都是科学上的常识，连小学生也懂得。但是原始人却不懂这些简单的科学道理，当时人类的认识能力很低，对自然非常缺乏认识，他们无法抵抗自然力量的侵袭，无法解释自然中各种事物变化的现象，以为各种自然物也像人一样，有思想情感和意志，像人一样生活着。天空打雷了，他们不知道这是正负电相击，而以为是天神动怒发出的怒吼声。大雨下得久了，他们以为是天穿底了。太阳炙热，植物晒焦了，他们以为是天上有许多太阳，等等。总之，在他们的头脑里不会有纯粹的物理表象。他们不可能完全正确地反映事物，他们总是在反映事物的同时，把自己的思想情感加到事物的表象上去，创造出一个比原来的事物更为丰富的形象来。由于他们把事物神秘化，所以头脑中充满各种各样神秘化的表象。这些神秘化的表象，就是一个个简单的神话。例如，天有十日、天崩、天神怒吼，都是有趣的简单神话。

他们为了抗击自然的灾难，又想象出许多有趣的故事。为了要战胜烈日，他们幻想有一个能人，可以将多余的太阳射下来，于是便有"羿射九日"的神话。为了要战胜洪水，想出了一个"大禹治水"的故事。这些神话故事不会是一个人创作出的，一定是许多人的共同创作。先是大家有这种愿望、幻想，然后互相交谈，互相补充，才成为较完整的神话故事。各个民族都有很丰富的神话故事，其内容是多种多样的，有祖先来源的故事，有英雄、坏人、爱情、生产、战争等故事。

马克思曾说："在野蛮时期的低级阶段，人的较高的特性就开始发展起来。个人尊严、雄辩口才、宗教情感、正直、刚毅、勇敢，当时已成为品格的一般特点，但和它们一同出现的还有残酷、诡诈和狂热。在宗教领域里发生了对自然力量的崇拜以及对人格化的神灵和伟大的主宰的模糊观念；极简单的诗歌创作、共同住宅以及玉蜀黍团子——这一切都是属于这个时期的东西。……想象力，这个十分强烈地促进人类发展的伟大天赋，这时候已经开始创造出了还不是用文字来记载的神话、传奇和传说的文学，并且给予了人类以强大的影响。"（马克思、恩格斯：《论艺术》第二卷，中国社会科学出版社1982年版，第5页）马克思这段话可以作为我们研究神话文学起源的钥匙，上面我对神话起源的论述就是以这段话做指南的。

文艺家体验生活心理

第二章 入 与 出

入与出是文艺家观察体验生活的一条最重要的原则,它要求文艺家对其所要描绘的生活既能入又能出,并保持一定的距离。入与出是我国古代美学中的范畴,自宋代就开始形成。西方有的美学家提出"距离"说,把它当作艺术创作和欣赏的一条基本规律。其实,"距离"说虽然有些可取之处,但存在严重的缺陷,它远远不如我国的"入出"说完善。

一、美学史上的"距离"说与"入出"说

(一)"距离"说

"距离"说是瑞士学者布洛(1880—1934)提出的。1912年他发表了一篇论文,题为《作为一个艺术中的因素与美学原理的"心理距离"》,具体阐发了这一理论。他认为美感的产生是由于人与对象保持了距离,这个距离不是时间上的距离,而是心理上的距离。他举了这样一个生动的例子来说明:人们乘船在大海航行,遇到漫天大雾,乘客们都感到心神不安,因为呼吸困难,路程被耽搁;而水手们惊恐紧张的行动,警钟的响起,周围一片喧闹,更加剧了航船随时出现撞坏沉没的危险气氛。但是,如果换上另一种态度,海雾却是一幅绝妙的美景。你暂且不去想到它耽误航程,不去想到实际上的不舒畅,你姑且聚精会神地去看这种现象:四周是轻烟似的纱幕,一切事物若隐若现,弥漫在四周的空气像具有不寻常的浮力,你仿佛一伸手就可捉摸到跃在半空的美人鱼。你如果此刻留意一下那奶油一般的平滑水面,你就觉得自己似乎是遗世独立,安享着超脱人间烟火的宁静。

这两种不同的经验是由两种不同的观点产生的。前一种经验是由实用观点产生,海雾是实用世界中的一个片段,它和你的知觉、情感、希望以及一切实际生活需要联结在一起,成了你的工具或是你的障碍。你的全部实际生活逼得你不得不畏惧危险、惶恐不安。换句话说,你和海雾的关系太密切了，距离太近了。所以，不能用处之泰然的态度去欣赏它。后一种经验是由欣赏的观点产生，你把海雾摆在实用世界以外去看，使它和你的实际生活中间存在一种适当的距离，所以你能不考虑个人危险，一味用客观的态度去欣赏它，这就是美感的态度。布洛认为，人如果不与物保持距离，不抛开实用的目的和需要，不割断利害关系，就欣赏不到美，就不会有美感的产生。

　　他认为，欣赏现实事物和欣赏艺术是一样的。欣赏艺术也要有距离，如果没有距离，把自己和作品中的人物完全融合在一起，他就不能欣赏到艺术；因为太贴近了，他就顾不上欣赏艺术，只想到自己的事。但也不能距离太远，距离太远会对作品中的人物漠不关心，产生不了情感，而艺术是情感的，否则就不成其为艺术。布洛以人们观看《奥赛罗》为例来说明这问题：假如有一个人素来怀疑自己妻子不忠实，受过很大痛苦，到剧院去看这出戏，一定比别人能了解奥赛罗的处境和情感。剧情愈和他自己的情况吻合，他的了解就愈深刻。按理他应该是一个最能欣赏悲剧的人。但事实并不如此，剧中的人物和情节最容易使他想起自己和妻子处在类似的境地，以致忘记目前只是一场戏。他不是看戏而是自伤身世了。他固然也觉得有强烈的情感，但是这情感只起于实际上的猜忌，不是起于欣赏戏剧的美，这是由于他与戏剧之间没有距离所造成的。如果他能保持距离，把剧情完全当作一幅画来欣赏，不触动自己的心事，他就会比别人获得更多美感，因为他有切身的生活经验，更容易理解剧情。布洛因此认为，真正能够欣赏戏剧的观众，他与剧中人的关系应该是，一方面在性格上相符合，另一方面在心理上保持距离，符合的程度以不使距离丧失为限。这就是他所说的"切身而又带有距离"的关系，也就是"距离的矛盾"。

　　布洛认为艺术家也是如此。艺术创作时，艺术家在组织其强烈的切身感受以产生作品时，他必须超脱自己的纯粹的切身经验，要保持距离，这样才能使别人了解他的心情。一般人之所以不善于表现其自身感受之或喜或忧的印象，便是因为他情不自禁地和他那混乱的情感搅成一团。既然连他自己都陷入杂乱的情感中不能自拔，也就无法使别人了解他的心情。所以，在布洛看来，无论是欣赏或创造，其唯一无二之法是，距离尽可能缩减，但不可使它消失。

　　布洛指出，决定距离的因素有两种：①距离可随对象的性质而变，如戏剧与观众的距离较近，文学与读者的距离较远。②距离因个人保持距离的能力而异，不仅众人彼此不同，即使同一个人对不同的对象或艺术也不尽相同。布洛认为距离虽然可变，但万变不离其宗，丧失距离，便等于丧失美感。他把"失距"归为两类，一类是"差距"，另一类是"超距"。所谓差距，就是没有距离或距离太近；所谓超距，就是距离太大。差距多半产生于个人的错失，超距多因艺术本身的缺陷。艺术作品若与自然物一样，就使观众失去了距离，以为是实物而动情不已；作品写得空洞、造作、不真实等，则会使人产生超距，不能引起美感。布洛认为常人所犯的通病，是差距多于超距，一般人缺乏保持距离的能力，很容易达到距离的极限，而产生失距的现象，他们往往不能像艺术家那样，不计利害，不起意欲，只以纯粹的审美眼光去观赏对象。

　　布洛的"距离"说基本内容大致如此。他这个理论有些可取之处：①欣赏要讲究距离；②审美态度与实用态度有区别，不应以实用态度去对待审美对象；③距离随着对象的性质而变化，随着个人的能力而变化。布洛的"距离"说着重谈艺术欣赏，而且其基本观点一般说来比较适应于艺术欣赏。

　　这个理论的缺陷主要在于，只看到事物的美与功利相区别的一面，看不到它们相联系的一面，并且把它们的区别绝对化，把审美态度与实用态度绝对化，这是错误的。美与功利是紧密联系的，自然物的美起源于功利，最初对人有用的就是美的事物；后来逐渐由物质上的功利转到精神上的功利去了，对人精神上起促进作用的事物就是美的。社会美的功利性极其明显，对人类社会起促进作用的社会事物才是美的，对人类社会起促退作用的事物一定是丑的，社会中美与善是不能分割的。对事物的审美态度与实用态度不同，人们可以用不同态度去对待事物，从而获得不同的感受，这是必须承认的。但是不能把这两种态度完全割裂开来，视它们互为水火，对社会事物尤其不能这样。布洛的这种观点是形式主义的审美观点，认为审美只涉及形式不涉及内容。这是错误的。就布洛所举的乘船遇雾一例来说，船遇到大雾，有撞船沉没的危险，这是摆在每个乘客面前的首要问题，人人都不能不考虑。这也正如上山遇虎，不能不考虑自身的危险处境一样。人在生命受到严重威胁的时候，是不可能抛开安全的考虑而只顾欣赏自然景物的。人最需要的是衣食、安全的需要，其次才是审美的需要。

　　布洛在谈到审美态度与实用态度要截然分开时，常常把现实与艺术混淆在一起，用艺术与实用无关的道理去证明现实也与实用无关。其实，二者是不相同的。现实事物有各种属性，对人有各种价值，有时候，这两种价值处于极端尖锐的矛盾之中。有些事物形式美但质地上对人有害，会伤害人的生命财产，如老虎、大海等，这些东西只有在它们被人控制住，实际并不对人发生伤害的时候，人才能欣赏它们，才对它们产生美感，否则，就不会产生美感，只产生恐惧感。这种有害的作用是实际存在的，此时此刻对人起着作用，所以人们一定要考虑它的实用性，除非不要生命的人才不考虑。艺术是一种意识形态，不是现实本身，与现实已有了距离，许多有害的属性对人已不起作用。例如，画上的老虎和海上大雾，对人已经无害，所以尽可放心地去欣赏。艺术与人的关系基本上是审美关系，甚至可以说是唯一的关系。艺术与实用没有多大关系，人不能拿画饼充饥，拿画屋居住。

另外，布洛的"距离"说只讲距离，不讲物我合一，即不讲人欣赏美的对象时如何进入对象，深入体会和感受对象的内在之美，以致物我合一，从而产生深刻的共鸣。事实上，无论是对现实美的欣赏还是对艺术美的欣赏，都首先要进入对象，不进入就不能引起情感的振动。欣赏美会产生共鸣，所谓共鸣就是欣赏者对审美对象产生情感上深切的强烈的振动，这种欣赏境界也就是物我合一，"进入角色"。在产生强烈的共鸣以后，欣赏者才从对象那里跳出来，并保持着一定的距离，这才是审美的完整过程。只讲距离，就是只要跳出对象，不要深入对象。这样做不能深入感受对象的内容，不能引起感情上强烈的振动。特别是文艺家对现实生活的感受更是如此。一个文艺家只是和现实保持着距离，他怎么能和要写的人物心心相印、休戚与共？他怎么能对所要写的事件有深刻的感受？如果没有这些，他如何进入创作呢？布洛强调观赏现实生活时要割断一切利害关系，这就无法深入了解生活和感受生活。一个人不管他是否是文艺家，想要深入生活、深切感受生活，就必须首先与人物休戚相关、冷暖与共，设身处地地和人物那样生活着，这是许多著名文艺家的共同经验。布洛要人切断一切利害关系，对现实采取"静观"的态度，要人超脱人间烟火味，这是把文艺家引离现实生活，只去写那些与社会生活距离较远的山水花鸟。这类作品有着较大的审美局限性。

（二）"入出"说

"入出"说开始出现于宋代，南宋陈善首先明白地提出"出入法"。他说："读书须知出入法。始当求所以入，终当求所以出。见得亲切，此是入书法；用得透脱，此是出书法。盖不能入得书，则不知古人用心处；不能出得书，则又死在言下。惟知出知入，乃尽读书之法。"（《扪虱新话》上集卷四，"读书须知出入法"条）陈善谈的是读书方法。他认为开始要"入"，入才能"见得亲切"，才能"知古人用心处"；入了之后又要"出"，出才能"用得透脱"，不出，就会"死于言下"。他所说的书包括古代的理论书和文艺作品，所以他所讲的"入"与"出"也包括文艺欣赏。清代王夫之对"入"做了进一步的说明。他说："然读古人文字，以心入古文中，则得其精髓；若以古人文填入心中，而亟求吐出，则所谓道听而涂说者耳。"（《姜斋诗话》二）这里说出了两种"入"的方法，一种是"以心入古文中"，即进入作品以后开动脑筋认真思考；另一种是"以古文填入心中"，即完全变成古人古文的奴隶。

"出入法"广泛地被运用到文艺创作上，成为文艺家体验、观察生活的一个基本原则。大家都强调文艺家要深入生活，不入就不能写作。王夫之说："身之所历，目之所见，是铁门限。即极写大景，如'阴晴众壑殊''乾坤日夜浮'，亦必不踰此限。非按舆地图便可云'平野入青徐'也，抑登楼所得见者耳。"（《姜斋诗话》二）王夫之认为，作家必须深入观察体验生活，广泛阅历各种事物，"身之所历，目之所见"，是打不破的必须坚守的"铁门限"，即使是一句写景诗，若没有亲身的体验也会写不好。但只有入也不行，作家还必须善于跳出生活，入与出，缺一不可。王国维说："诗人对宇宙人生，须入乎其内，又须出乎其外。入乎其内，故能写之。出乎其外，故能观之。入乎其内，故有生气。出乎其外，故有高致。"（《人间词话》）王国维在前人的基础上做出了精辟的论述。他认为对宇宙人生必须又入又出，入才有"生气"，才能写；出才能"观之"，才有"高致"。他的所谓"观"，就是冷静全面的观察，所谓"高致"就是高超正确的思想观点，高尚的情感。为什么出可以"观"，有"高致"？王国维并没有解释。此中奥秘，先于王国维的明代吕坤、何坦却说出来了。吕坤说："置其身于是非之外，而后可以折是非之中。置其身于利害之外，而后可以观利害之变。"（《呻吟语》卷三之一）何坦说："水道曲折，主岸者见，而操舟者迷。棋势胜负，对弈者惑，而旁观者审。非智有明闇，盖静可以观动也。人能不以利害所汨，则事物至前，如数一二，故君子养心以静也。"（《西畴老人常言》）这里说出了当局者迷、旁观者清的道理。当局者为什么迷呢？因为他与事件的利害、是非关系太密切，情感过于强烈或冲动，容易感情用事，不能冷静地看待问题。如果撇开利害关系，置身于是非之外，他就能折是非之中，可以观利害之变。这个说法是对的，而且是很深刻的，其中包含着许多心理学的道理。

由上述可见，"入出"说是比较全面的，它不仅讲求距离，讲出，而且讲入，讲无距离，文艺家体验观察生活，既要入，又要出。其中有许多精辟的见解，值得我们借鉴。

二、入

所谓入，就是文艺家深入到生活中去观察体验生活，不但身入，而且心入，撤销自己与客观对象之间的一切距离。这里有空间距离、时间距离、心理距离。撤去空间距离，就是亲自观察研究自然和社会，了解各种事物和人物。撤去时间距离，就是文艺家返回到已经成为过去的生活中去。生活领域是十分广泛的，每天在全国、全世界各地都发生着各种各样的事件，文艺家不可能在同一个时间内深入所有的生活领域，而只能深入某一生活领域，许多生活领域只能留到以后再深入，这就有个时间距离问题。时间如流水，一去不复返。所以，所谓撤销时间距离，只能是心理上的而不可能是实际上的。也就是说，当文艺家面对过去所发生的社会事件时，他就在心理上把时间的距离缩短，把昨天发生的事当作今天发生的，即使面对着一堆记录古代生活的历史资料，他也要在心理上回到古代生活中去，如置身于古代生活当中，观看着当时的风云变幻，看到和听到当时人物的声音笑貌。撤去空间和时间的距离所造成的深入，仅只是外在的，还有一种更内在的深入。这种深入对文艺家说来更为重要，这就是撤去心理距离，使文艺家和客观对象完全融合在一起，主体和客体之间完全没有任何距离，心灵互相沟通，这也叫作心灵的深入。这种深入有如下几个要求。

（一）深入人物的内心世界中去

人是文艺描写的主要对象，人是社会的核心。文艺反映社会生活主要是依靠塑造人物形象来进行。写人就不能不写人的内心活动。人的内心世界是非常丰富复杂的，客观的一切事物和矛盾都会反映到人的意识里，并且由此产生出各种各样的思想情感，每一个心灵都是一个无限的世界。人的内心世界不仅是复杂的，而且是难了解的，俗语说，"知人知面不知心"。文艺家不能钻进别人的头脑中去观察他的心理活动。但是，如果文艺家在心理上撤去与人物的距离，就可以和人物合而为一，窥见他的一切内心秘密。我们阅读优秀的文艺作品，总是感到艺术大师描写各种人物的内心活动非常生动细腻，他们把人物心灵深处谁也不告诉的隐秘——道来。爱情在心里如何偷偷地萌芽、发展，嫉妒的情感如何成为内心最底层的一股暗流，仇恨的情感如何猛烈爆发，各种情感如何失去平衡，一刹那的可怕的动机如何产生和消失，无不摹写得惟妙惟肖、逼真生动。

（二）对客观对象的情感体验

所谓情感体验，就是文艺家对他所认识到的事物产生情感。并不是所有的事物都能引起人的情感，人对他所知觉的许多事物都是无所谓的，只有那些与人的需要有直接或间接联系的事物，才使人产生情感。文艺家不仅要在深入生活过程中掌握材料，而且要对生活进行情感体验，要使自己对现实事物产生比较强烈的情感，正如刘勰所说："登山则情满于山，观海则意溢于海。"不是所有被文艺家看到、听到的有意义的事物，都可以拿来写作的，拿来写作的只是那些被文艺家深切体验过的事物。易卜生曾说过，必须"清醒地区分被体会到的东西和被浮浅地经历过的东西，只有前者才能够作为创作的对象"。有些作家虽然掌握了许多有重要意义的写作材料，但没有经过他的情感体验，他对这些材料并没有什么激情，所以不能拿来写作，即使勉强写了，也不会感动人。为什么要有情感体验才能写作呢？这是因为文艺虽然是生活的反映，但这种反映不是纯客观的，而是充满着情感的。形象化只是文艺的一个重要特征，文艺的另一个重要的特征是情感化，如果只有形象化而无情感化，也不能成为作品。生物挂图、动植物标本只能摆在生物标本室，而不能摆进艺术馆，原因之一即在于此。

（三）物我两忘，主体与客体融为一体

如果对象是自然事物，文艺家就把自己变成那个自然事物。这与上面所说的情感体验不同。情感体验只是对那个事物产生情感，物我两忘是把自己变成自然事物。如果所要写的对象是人物，文艺家就把自己变成他所要写的人物。关于这一点，许多著名作家都谈到过。法国女作家乔治·桑在她的《印象和回忆》里说："我有时逃开自我，俨然变成一棵植物，我觉得自己是草，是鸟，是树顶，是云，是流水，是天地相接的那一条水平线，觉得自己是这种颜色或那种形体，瞬息万变，去来无碍。我时而走，时而飞，时而潜，时而吸露。我向着太阳开花，或栖在叶背安眠。天鹅飞举时我也飞举，蜥蜴跳跃时我也跳跃，萤火和星光闪耀时我也闪耀。总而言之，我所栖息的地方仿佛全是由我自己伸张出来的。"小说家福楼拜在他给别人的信中谈到《包法利夫人》的写作经过："写书时把自己完全忘去，创造什么人物就过什么人物的生活，真是一件快事。比如我今天就同时是丈夫和妻子，是情人和他的姘头，我骑马在一个树林游行，当着秋天的薄暮，满林都是黄叶，我觉得自己就是马，就是风，就是他们俩的甜蜜的情语，就是使他们的填满情波的眼睛眯着的太阳。"

如何才能撤掉心理距离，使文艺家和其所描写的对象密切结合在一起呢？这就得首先了解造成心理距离的主要原因是什么。我以为主要原因是缺乏利害关系。不论是什么人，凡是有共同利害关系的就容易结合在一起，感情就会相通，利害关系越密切，结合就越紧。朋友、同志、家庭、阶级、民族，都是以一定的利益做基础的。没有共同的利益，大家就不会结合在一起，思想情感就不会相通，就会同床异梦。例如，一个垂危的病人，身边有不同的人，有他的妻子，有医生，有病人的朋友，有在医院里体验生活的作家。这几个人同时目睹病人生命垂危的惨状，可是在四个人的心中所引起的反应是很不相同的。

既然心理距离的主要原因是缺乏利害关系，要撤去文艺家与对象之间的距离，当然就要解决文艺家与对象的利益趋向同一的问题。如何使二者的利益趋向同一？这里的关键在于文艺家要设身处地地去体验人物的心境，与人物同忧同乐。

文艺家要深入了解人物的内心世界，还有一个重要的办法，这就是体验和分析自己的心理，并以此为探测器去探测人物的内心世界。我们知道，文艺家虽然不能像孙悟空那样钻进铁扇公主的肚子里去，但他们可以通过自己的内心体验去测知他人的心理奥秘。人的心理活动千变万化，各人的心理活动不同，但也有共同的规律，心理学研究的就是人类共同的心理规律。研究心理规律的方法很多，其中有一条叫内省法，就是通过自我内心的体验和分析去了解一般心理规律。这是一种简单的方法，在心理学研究中不是很好的方法，然而对作家了解人物心理来说却是很好的方法。人对自己的内心活动最清楚，心灵不会对自己掩盖和伪装。文艺家应该经常认真体验和分析自己各种各样的心理活动，在什么情况下产生什么思想感情，这些思想感情后来又如何变化发展，如何得到克服。了解自己的心理活动规律以后，就可推己及人，设身处地去推测他人的心理活动情况。知觉总是以人们过去的经验做基础的，自己在某种情况下产生怎样的思想感情，可测知他人在相似的情况下产生相似的思想感情。例如，他人离别父母远去他乡的痛楚心情，我们本来是无从知道的，因为他并没有告诉我们。但是，我们自己有过离愁别绪的体验，可以测知他人也有这种情绪。文艺家分析自己的心理，不仅可以测知与自己相近似的人物的心理活动，也可以测知与自己完全不同的人物的心理活动。

许多艺术大师都是善于通过体验自己内心活动去了解人物的内心世界的。司汤达养成了这样的习惯：喜欢对自己的内心进行深入细致的观察和分析。我们在他的日记、笔记和书信中，常常发现到这一点。他把自己内心所经历过的生活、思想和情感的变化过程，重新拿来咀嚼、回味。他这样做并非由于多愁善感，顾影自怜，而是借此去认识他人，窥见他人重门紧锁的内心世界。司汤达总是这样要求自己："设法培养分析能力。这将表示我的精神大大跨前一步。什么是人？什么是一个名字？什么是笑？什么是饥饿？什么是内疚？问自己这一类问题，我就有了分析能力，我就能准确回答了。"(《思维录》第一册，转引自李健吾《科学对法兰西19世纪现实主义小说的影响》，见《文学研究》1957年第4期）歌德说："一般说来，我总是先对描绘我的内心世界感到喜悦，然后才认识到外在世界。"(《歌德谈话录》，第33～34页）车尔尼雪夫斯基谈到托尔斯泰时说："应当承认托尔斯泰的天才所具有的心理分析的力量是我们所发现的托尔斯泰伯爵作品的特色，而这种心理分析是经常的自我反省、不倦的自我观察的结果。"接着车氏又说："人类行为的规律，情感的变化，事件的交错，环境和社会关系的影响，我们可以通过仔细观察别人而加以研究，但是，如果我们不去研究极其隐秘的心理生活规律——它们的变化只有在我们（自己）的自我意识里才能公开地展示在我们的面前——那么，通过观察别人的途径而获得的一切知识，就不可能深刻确切。谁要是不在

自己内心研究人，那就永远不能达到关于人们的深刻知识。"（《古典文艺理论译丛》第五辑）

由于文艺家的生活经历不同以及人物对象不同，文艺家进入人物内心世界的具体方法也有所不同。这里大致有两种情况：一种是文艺家和他所要进入的人物没有什么具体的共同生活体验。在这种情况下，文艺家就不能以自己的生活和思想感情带进人物对象中去，他只能把自己的思想感情放在一边，然后把自己想象成他所要写的人物，设身处地地去想象这个人物在什么情境下产生什么念头和情感。例如，要进入小偷、恶棍、骗子等人物的内心，文艺家就要暂时放开自己的思想情感，在意识上把自己完全变成小偷、恶棍、骗子，和他们一样去思想、去动感情。福楼拜对他所写的人物包法利夫人就是这样的。包法利夫人是个脆弱、贪婪、朝三暮四的女性，作家福楼拜当然不会具有和她相似的生活经验。但是他曾经说："包法利夫人就是我！——是照着我写的。"她服食砒霜时他口里也感到砒霜味。他确实变成了包法利夫人。不过，他只是根据一般的心理活动规律，客观地设身处地去进行想象，这是一个想象出来的人物。正如福楼拜自己所说："《包法利夫人》没有一点是真的。这完全是一个虚构的故事，其中没有一点我的感情的东西，也没有一点关于我的生活的东西。"

另一种情况是，文艺家和他的人物对象有着具体的共同生活经验。这样，文艺家就能将自己的一些生活和思想感情带进人物中去。这种情况是相当多的，一般来说，这一类对象都是正面人物，他们直接体现着文艺家的美学理想。杨沫对《青春之歌》中林道静的深入体验就是例证。杨沫说："林道静不是我自己，但是有我个人的生活在内。我的家庭和林道静出生的封建大地主家庭差不多，我的父亲也是像林道静父亲那样的人。他强奸了秀妮，秀妮怀孕后，也跳水自杀了，只不过我不是秀妮生的而已。……我也到过北戴河，到处找不到职业，受尽失学失业的痛苦。走投无路，想过自杀，又拼命挣扎。……林道静革命前的生活经历基本上是我的经历，她革命后的经历是概括了许多革命者的共同经历。"（《什么力量鼓舞我写"青春之歌"》，见 1958 年 5 月 3 日《中国青年报》）由于作者带着自己的一些生活经验和思想情感进入人物对象，这个人物就不是完全虚构的，其中有作者的真实感情和身影，以致我中有你，你中有我。不但写现代生活用这种深入法，写古代生活也可以采用这种深入法。郭沫若写《蔡文姬》就是这样。他说："蔡文姬就是我！——是照着我写的。"他说他不像福楼拜写包法利夫人那样完全虚构,"恰恰相反,它有一大半是真的。其中有不少关于我的情感的东西,也有不少关于我的生活的东西。不说,想来读者也一定觉察到。在我的生活中,同蔡文姬有过类似的经历,相近的感情"。当然,这样做,不能把古人现代化。对此,郭沫若做了说明:"但是这些东西的注入,我是特别注意到时代性的。……除掉我自己的经历使我能够体会到蔡文姬的一段生活感情之外,我没有丝毫意识,企图把蔡文姬的时代和现代联系起来。那样就是反历史主义,违背历史真实性了。"(《〈蔡文姬〉序》)

三、出

文艺家不但要深入生活,深入人物的内心世界,而且还要跳出生活,与人物拉开距离,站在生活和人物之外冷静地去观察生活和人物,这就叫作出,或者叫距离。文艺家在入了之后,一定要出,不出是不能写出好作品来的。

为什么入了之后一定要出?这里有如下两种原因:

(1) 出,才能看到全体。一片大风景区,一个社会环境和一段生活,作家深入其中,未必熟悉它的全部。苏轼有一首诗云:"横看成岭侧成峰,远近高低各不同。不识庐山真面目,只缘身在此山中。"这是苏轼元丰七年(1084)题于庐山西林壁上的诗。讲他游庐山时深入山中,见到很多景物,由于所站的位置不同,景物所呈现的面貌也不一样。虽然游了好长时间,仍然不识庐山真面目。无奈他"身在此山中",只能看到局部的景物,看不到它的整个面貌,所谓"只见树木不见森林"。要看到山的全貌,非站在山外望去不可。自然景物如此,社会生活更是如此。例如,作家只蹲在一个村,一个乡,对它们十分熟悉,但若不到其他地区去走走、看看,就不能了解整个农村的面貌,也就不可能对整个农村有一个全面的评价。以至于作家所蹲的点差,他就以为中国的农村都那么差;作家所蹲的点好,就以为所有的农村都那么好。

(2) 出,使情感冷却,看待事物比较客观。情感使人的认识带有倾向性,人在愉快的时候,倾向于以肯定的目光看待事物,出现"情人眼里出西施"的现象。人在痛苦的时候,倾向于以否定的眼光看待事物。情感愈强烈,倾向性愈明显。情感比较强烈的时候很容易促成某种错觉或幻觉。例如,人特别愉快时,觉得时间过得快;很不愉快时,觉得时间慢。人惊恐时就会出现"风声鹤唳，草木皆兵"的现象。情感强烈达到激情时，人就会丧失理智的控制而任凭情感的摆布，对事物无法做出客观的评价，往往感情用事，事后后悔不已。总之，人和事件距离太近，情感激动，对事物的看法就不那么客观，同时，也不会深刻，因为情感蒙住了眼睛，迷住了心窍，使其看不见也不愿看见他不喜欢的东西，而只乐于看见同他的愿望和情感相一致的东西。所以，不出是写不出好作品来的。对这一点，许多著名作家都指出过。鲁迅说："我以为感情正烈的时候，不宜作诗。否则锋芒太露，能将'诗美'杀掉。"（《两地书》三十二）狄德罗说："你是否趁你的朋友或爱人刚死的时候就作诗哀悼呢？不，谁趁这种时候去发挥诗才，谁就会倒霉：只有等到激烈的哀痛已过去，……当事人才想到幸福遭到折损，才能估计损失，记忆才和想象结合起来，去回味和放大已经感到的悲痛。……如果眼睛还在流泪，笔就会从手里落下，当事人就会受情感驱遣，写不下去了。"（《谈演员》，载《世界文学》1962年一、二月号）这点我们许多作家有深切的体会，此处不赘。

出，就是要拉开心理距离。时间的飞逝和地点的转移（即时空的距离）可以造成一定的心理距离。面对过去发生的事，人的情感没有那么强烈，能够比较客观地冷静地看待问题，不易为情感所左右。人远离事件发生的地点，不亲闻亲见亲历，情感也没有那么强烈，也能比较冷静客观地看问题。但文艺家的"出"，毕竟不是与生活拉开距离，而主要是依靠心理距离的调节。如何才能拉开心理距离呢？笔者认为有两个基本方法：

（1）利害关系上的角度转换。利害关系决定着人对事物的态度和情感，这一点在前面谈"入"时已经谈过了。入是如此，出也是这样。若要人对与他有密切利害关系的事物采取比较冷漠的态度，拉开心理距离，最重要的是要处理好利害关系上的角度转换。考察一件事物的利益可以从个人出发，也可以从阶级、社会、国家民族出发，从不同的角度去考察往往会得出不尽相同的结论。国家民族的利益是最高利益，站在这种利益高度上观察事物的价值，才看得最清楚，评价得最公允。如果只从一人一家的利益去看事物，就会有碍于正确地观察利害之变。例如，儿子为保卫祖国，英勇牺牲，做父亲的当然极为悲痛。但是，如果他从国家民族的利益去考虑，看到儿子是为人民的利益去牺牲的，儿子的牺牲换来了人民的幸福。这么一想，他就不会因失子而过分难过，进而拉开心理距离，使激动不已的情感平静下来。这种方法不论对于文艺家还是一般人都是适用的。

（2）从实用态度转为艺术欣赏态度。现实中的事物既有实用价值又有欣赏价值，这两方面同时作用于人。有些事物这两方面的价值是没有矛盾的，人们在欣赏时不会受到什么损害。在这种情况下人们不必考虑它的实用价值，只一味欣赏即可。但有些事物实用价值和欣赏价值出现尖锐的矛盾，人们在欣赏时，其实用方面对人损害甚大，刺激十分强烈，甚至威胁人的生命。在这种情况下，人们不得不首先对它采取实用的态度，考虑它的实用性。例如，现实中的革命烈士牺牲的场面，从审美角度看是极其壮烈的；但从实用角度看，一个那么好的同志遇难，给革命带来了损失，他个人、家庭的利益也受到极大损害。面对这种惨不忍睹的场面，在一般情况下，谁还能冷静观赏？又如，弹火纷飞的战场，狂风暴雨，滔天洪水，飞沙走石，漫天风雪，山呼海啸，等等，这些场景和事物一般人是不能欣赏的。它是艺术描写的对象，不是一般人的欣赏对象。只有当它已成为艺术形象时，才为一般人所欣赏。

上述场景与事物，虽然不是一般人的欣赏对象，但却是文艺家的欣赏对象。文艺家对待这类事物，可以从实用态度转为艺术欣赏态度。因为文艺家负有特殊的使命，就是要把这些壮观的事物真实地描绘出来，制成艺术作品供人们欣赏，以陶冶人们的思想情操。应该肯定，文艺家把现实当作艺术作品欣赏是造成心理距离的一个好办法。

我们知道，艺术是生活的真实反映，现实事物的功利性在作品中依然存在，但是，它与现实生活拉开了距离。因为艺术是一种意识形态，并不是生活事物本身，它的生动性比生活事物减弱了。在艺术中，事物形象本身所带有的功利性已不直接作用于人，只存在观念上的意义了。这样，对人的刺激就不会太强烈，至少比生活中的事物小得多。

从实用态度转为艺术欣赏态度，把现实生活当作艺术作品看待，不是像一些人所说，完全切断人与事物的利害关系，观赏者超出尘世，不食人间烟火。出世思想是客观存在，但不该为文艺家所有，文艺家一旦抱有这种思想，他就不会关心火热的社会生活，只会醉卧山林、吟风弄月。

从实用态度转为艺术欣赏态度，要有一定的条件，不是在任何情况下都可以实现的。这条件是：文艺家的安全不会受到严重威胁。滔滔大海虽然壮观，但只有站在岸上或在船上才产生这种感觉。如果是掉在大海里为生命而挣扎的时候，那就不会产生这种感觉了。又如猛虎是壮观的，但人只有站在安全地带去观赏才有此感觉，如果是在山中遇虎，自己又没有武松的打虎本领，其结果必然不是欣赏而是鼠窜了。

总的来说，文艺家对待他所要描写的现实生活既要入又要出。但是，对于不同的描写对象，入与出的要求还有一些不同。描写对象大致分为三类：①历史题材。对待历史题材文艺家要侧重于入，因为历史人物和事件与今天的文艺家相距甚远，有时代的距离，有阶级的距离，由这些距离造成的心理距离很大，文艺家不仅不容易熟悉要写的对象，而且也很不容易对他们产生比较强烈的情感共鸣。所以，要花更多的气力去深入，自始至终要把重点放在入。对于历史题材，出是比较容易的，因为不论是人物的生活环境、服饰打扮，还是行动和生活方式，都与我们现代人不尽相同，这些东西都会随时提醒文艺家，令其时刻不忘这是在与历史人物打交道，其结果就不会老是与历史人物融合在一起。②当代题材。这类题材不论时间距离，还是心理距离，都与文艺家比较接近，所以入与出同等重要，二者要取得平衡。前面我们所说的入与出的原理，基本上就是针对这类对象说的。③文艺家自己的生活。对于这一生活对象，重点在于出，自始至终都要出。因为文艺家对自己的生活早已经入了，文艺家所写的对象和文艺家本人原来就是合二为一、毫无距离。文艺家要写自己，一定要把自己看作一个客观的描写对象，作为文艺家，要从这个被描写的对象中分离出来，要客观地观赏自己的生活经历和内心活动。这也就是说，文艺家以自己作为描写对象时，必须在描写者（文艺家）与被描写者（文艺家的生活和思想情感）之间留出一个距离来，不要把二者混作一体。不然，他就不能客观地看待自己，从而写不出好作品来。法国心理学家德拉库瓦在他的《艺术心理学》中说："感受和表现完全是两件事。纯粹的情感即从实际生活中出炉的赤热的情感，在表现于符号、语言、声音或形象之先，都须经过一番反照。雷奴维埃以为艺术家须先站在客位来观照自己，然后才可以把自己描摹出来，表现出来，这是很精当的话。艺术家如果要描写自己切身的情感，须先把它外射出来，他须变成一个自己的模仿者。"（转引自朱光潜《文艺心理学》第二章）有的人能把自己的生活经历写成很有意义的作品，有的人虽有有意义的生活经历，却写不出作品来，即使写出来了，也缺乏深刻的意义，不是好作品，重要原因之一是不会客观地观照自己。

第三章 迁 想

一、文艺所表现的自然是情化的自然

自然是文艺描写的对象，这是无可置辩的。但是，文艺所表现的不是纯粹的客观自然，而是"情化"的自然。所谓纯粹的客观自然，就是客观地存在于我们意识之外，不以人的意识为转移的自然事物，这个自然有人称之为"第一自然"。这是人类科学研究的对象，实践的对象。除了"第一自然"以外，还有其他自然。马克思在《1844年经济学哲学手稿》中就提出"人化的自然"。他所说的"人化的自然"包括两个方面，一是经过人类劳动加工过的自然物，二是被人们所认识到的自然物。

我以为艺术所表现的对象既不是"第一自然"，也不是马克思所说的"人化的自然"，而是情化的自然。所谓情化的自然，就是人情化了的自然，是人的主观意识和客观自然融合在一起的复合体。在自然物身上既具有自然物本身所固有的各种属性，又带有人的思想、情感、意志、兴趣、气质、性格。情化的自然确实存在着，很多优秀的文学作品就表现了这个自然，尤其在诗词中表现得普遍、突出。可以说，优秀的文学作品所表现的自然几乎都是情化的自然，而不是"第一自然"。先看情化的植物界：

"衰桃一树近前池，似惜容颜镜中老。"（温庭筠）"帘捲西风，人比黄花瘦。"（李清照）"依旧依旧，人与绿杨俱瘦。"（秦观）这是多愁善感而消瘦了的花树。"有玉梅几树，背立怨东风。"（姜夔）"篱角黄昏，无言自倚修竹。"（姜夔）"有情芍药含春泪。"（元好问）"丁香空结雨中愁。"（李璟）"燕子不归花有恨。"（谢懋）"红衣落尽渚莲愁。"（赵嘏）"桃花依旧笑东风。"（崔护）花树会哭会笑，有愁有恨。世事环境变了，花树的思想情感及态度也变了。例如："一去姑苏不复返，岸旁桃李为谁春？"（楼颖）"红头宫殿锁千门，细柳新蒲为谁绿？"（杜甫）"无情最是台城柳，依旧烟笼十里堤。"（韦庄）

情化的动物界。动物不可能和人一样具有丰富的高级的情感，也不可能像人那样过着社会生活。但是在情化的动物界中,一切动物不论是高级的还是低级的,一概具有人的思想情感。"鹦鹉嫌寒骂玉笼。"(吴绮)"隔花啼鸟唤行人。"(欧阳修)鹦鹉会骂人,唤人,与人为友。"鹦鹉无言理翠衿。"(贺铸)"蝶衣晒粉花枝舞。"(张文潜)鹦鹉、蝴蝶也像人一样爱美、爱打扮自己。

情化的无机界。无机物没有生命,无任何感应,更谈不上有什么情感了。但在情化的无机界里,每一件事物都充满着人的情感。例如月亮,情感极为丰富,是人最知心的朋友:"多情只有春庭月,犹为离人照落花。"(张泌)"惆怅归来有月知。"(姜夔)"举杯邀明月,对影成三人。"(李白)"蝶来风有致,人去月无聊。"(赵仁叔)太阳、山、水也富有人情味,像人一样生活:"寒日无言自西下。"(张升)"水光山色与人亲。"(李清照)"惟有长江水,无语东流。"(柳永)人造的各种物品经过情化以后,也具有了人的情性。例如:"蜡烛有心还惜别,替人垂泪到天明。"(杜牧)"春蚕到死丝方尽,蜡炬成灰泪始干。"(李商隐)"人去秋千闲挂月。"(薛皆三)

为什么文艺要表现的是情化的自然而不是第一自然呢?这是因为文艺纯粹是人们的审美对象。文艺描写自然,不仅要写得真实,而且要写得美,比原来的自然还要美。情化的自然比第一自然更美,更能满足人的审美要求。具体说来它有三个优点:

第一,它把社会美与自然美融为一体,成为一种介乎两者之间的另一种美,给美增添了新的品种。我们知道,社会美就是以人为核心的社会事物的美,自然美是自然事物本身所具有的美,社会美着重以内容吸引人,自然美着重以形式吸引人;社会美奇趣多变,自然美则较少变化。二者各有所长,也各有所短。情化的自然把二者统一起来,糅合了这两种美于一身,使自然美由于有了社会美作为自己的内容而变得更有意义,美的价值更高;它又使社会美由于有了自然美作为其形式,而变得更加瑰丽多姿。情化的自然给人的美感是不同于社会美或自然美的美感,社会美的美感主要是道德感,自然美的美感是与道德感无关的快感,情化的自然所唤起的是两者兼而有之的情感。这样,审美品种丰富了,审美领域扩大了。

第二,情化的自然可以把本来不美或很少美的自然事物变成美的事物。青蛙其貌不大美,如果艺术家把它情化,让它成为田禾的保卫者,彻夜不眠地捕捉害虫,他就成为很美的对象了。"稻花香里说丰年,听取蛙声一片",它为丰收做出了贡献,又不断地歌唱为人们庆贺丰收,多么可爱啊!把"第一自然"与情化的自然放在一起比较,你就觉得它们的差别多么大,甚至会觉得"第一自然"兴味索然。例如,"衰桃一树近前池,似惜容颜镜中老"。一株花凋叶败的桃树,虽然自觉青春已去,容颜已老。但是还要走到池塘边来让清清的池水映照自己的尊容,痛惜自己逝去的青春。这株情化了的桃树多么动人!而"第一自然"只是一株衰败的桃树在池塘边生长。这有什么美呢?又如:"春蚕到死丝方尽,蜡炬成灰泪始干。"情化的自然内容极为丰富:春蚕对人情意极深,为人吐丝吐到死时才吐完,蜡烛日夜忧伤流泪,一直流到它的生命结束时泪才停止。春蚕与蜡烛变成了忠贞不渝情深意切的情人,它们的形象何其感人啊!而临死的春蚕与燃烧中的蜡烛,就形式论,是"第一自然",但这个自然形象并不怎么美。

第三,情化的自然充满着感情,因而最容易以情动人。我们知道,凡是富有情感的东西都很容易激起人们情绪上的共鸣。艺术作品之所以那样强烈地感动人,就因为它充满着情感,这是大家所公认的事实。"第一自然"是纯粹的客观自然,不带有人的情感。它的美固然也能引起人的美感,但远远比不上情化自然那样强烈,上面所举的许多例子就是最好的例证。

总之,情化的自然充满着情趣和美,相比之下,"第一自然"显得逊色得多了。情化的自然是专为艺术而设的,只供人们审美尤其是供文艺家创作之用。作为审美、创作的对象,它妙趣横生,能充分满足人的美感享受。但是,如果超出审美范围,它就变成荒谬的了。如果把情化的自然当作科学研究的对象,永远研究不出客观的规律来,天文学家永远不能从月亮那里找到玉兔、仙女一类的东西,植物学家永远无法找到一株会哭或含笑的花树,地质学家永远寻找不到多情的山水和石头。文艺家说他从月亮那里看见仙女翩翩起舞,并把自己的所见描绘到作品中,大家会说他是个天才。如果一个天文学家通过望远镜所见到的不是月亮上的物理现象,而是玉兔、仙女,大家就会说他是蠢材或疯子。为什么同是一个自然,对审美活动与科研活动会具有不同的价值呢?这是因为审美活动(包括艺术创作)和科研活动是人类两种性质不同的实践,满足着人类两种不同的需要。审美活动是为了满足人的美感需要,所以它要求对象不仅要真而且还要美,情化的自然正符合这种要求。科学活动的目的是为了求真,人们想掌握自然的客观规律来改造自然，利用自然，以满足人类的物质需要，所以科学活动必须以纯客观的自然为对象。当然，审美活动和艺术也要求真实，但它的真实与科学的真实有所不同。

情化的自然历史很长，可以说几乎是与人类同时出现的。原始人刚从动物界进入人类社会，认识能力极低，无法了解自然界的各种现象，他们以为自然事物也和人一样有喜怒哀乐之情，都像人一样生活着，因而造出种种神话，从古老的神话中可以见到上古时代情化自然的现象。原始人对外界事物的反映，带有很大的主观情感色彩。他们头脑中的表象不是客观事物的真实映象，而是客观的形象与情感因素的结合，当人感知某种事物时，人就把自己的情感融合到事物的表象中去。例如，原始人看到雷电，头脑中反映到的不是物理学上雷电的表象，而是天公发怒眨眼吼叫。他们认为太阳有许多个，太阳在海上沐浴之后才升起，它是从树顶爬到天上去的。原始人将自然人情化，是出于幼稚无知，他们不了解自然的客观规律，以为万物都像人一样生活。幼儿出于无知，也总是把布娃娃当作真人，把竹马当作真马，他们也相信太阳公公月亮婆婆一类说法。原始人的神秘性思维很像幼儿的思维。

原始人创造出情化的自然，不是为了要欣赏自然，只是由于幼稚无知而造成对自然的幻觉和迷信。这种创造是盲目的。后来，人的认识能力提高了，对自然的认识逐渐摆脱了神秘化，开始对自然产生科学的认识，不再相信万物有灵。但是，在这样的情况下，人类并不因而停止创造情化的自然。在科学发达的今天，情化的自然不是萎缩退化了，相反，比以前更扩展了。这是为什么？就是为了审美的需要。人们明明知道月亮上不存在什么玉兔神仙，上面连生物也没有，这是人们登上月球以后，完全证实了的。但是现在的人们决不肯放弃嫦娥奔月、玉兔捣药一类的传说，观赏月亮时还会把种种美妙的想象附会在它身上，还会觉得月亮充满着各种情感，既会笑也会哭。对花鸟虫鱼，山水草木等各种自然事物，还会加以人情化。情化自然永远也不会消失，因为人类永远有审美的需要。

情化自然的能力是人类特有的一种创造力，这种能力是人类共有的。不论什么人，只要带有审美的动机，有着审美的需要，他就会创造出情化自然来。没有文化的老婆婆，也能从天上的白云看出狗和各种各样的怪兽，她高兴时会觉得她家门前的溪水，是在高兴地跳跃和唱歌。谁能创造出更多的情化的自然事物，谁就能从自然那里领略到更丰富的美感。一般人虽然能创造情化的自然，但文艺家在这方面要比一般人更自觉、更积极、更高明。因为情化的自然是文艺表现的对象，文艺家想要创作出反映自然的动人作品，首先要创造出动人的情化自然来，然后才有可能用物质材料把它表现在作品中。谁要想成为一个优秀的文艺家，一定要具有高超的将自然情化的本领，否则，就不可能成为优秀的文艺家。

二、迁想妙得

（一）前人关于情化自然的论述

情化自然的理论在我国先秦时代就已经开始出现了，以后在诗论和画论中得到不断的发展。诗论主要是从"比兴""情景交融"这条线索发展，画论主要是从"迁想妙得""气韵生动"这条线索发展，两个方面的道理是一致的，不同的只是在诗与画的表现上有所区别而已。

先秦时代荀子提出，人们观赏自然事物并不仅仅局限于自然物本身，还从自然物身上看出各种道德品格。他在《宥坐》一文中说，水有各种状貌，每种状貌都与一种道德品格相似。他说："孔子曰：'夫水，大遍与诸生而无为也，似德。其流也埤下，裾拘必循其理，似义。其洸洸乎不淈尽，似道。若有决行之，其应佚若声响，其赴百仞之谷不惧，似勇。主量必平，似法。盈不求概，似正。淖约微达，似察。以出以入，以就鲜洁，似善化。其万折也必东，似志。是故君子见大水必观焉。'"这里，他指出了人们所以能从水中见出道德品格，是因为二者有某些相似之处。在《法行》一文中荀子又说，玉石有各种特性，每一种特性都显示着一种道德品格。"夫玉者，君子比德焉。温润而泽，仁也；栗而理，知也；坚刚而不屈，义也；廉而不刿，行也；折而不挠，勇也；瑕适并见，情也；扣之，其声清扬而远闻，其止辍然，辞也。"这里与上面论观水略有不同，论观水时他说"似"，即二者相似，现在不用"似"，而是直接说出玉石每一种特性显示一种道德品格。

汉代《毛诗序》提出诗有六义：风、雅、颂、赋、比、兴。赋、比、兴是表现手法。比就是譬喻，以甲物喻乙物。兴是情感的触发，见景生情。

比兴用在人与物方面就造成情化的自然。我国后来的诗人都非常重视"比""兴"，把它们当作诗歌创作的重要手段。"比兴"之后，又有"情景"说，这一说清代王夫之谈得最详细。他说："情景有在心在物之分，而景生情，情生景，哀乐之触，荣悴之迎，互藏其宅。"（《姜斋诗话》卷一）"情景名为二，而实不可离。神于诗者，妙合无垠。巧者则有情中景，景中情。（《姜斋诗话》卷二）"王夫之的意思是，人的情感与自然景物原是两码事，但二者又可以合一。情感是由景物唤起的，情感产生之后，又可以投射到自然景物上面，使情景融合起来，从而成为更动人的景象，"情景一合，自得妙语"。王夫之所说的情与景交融的复合物，也就是情化的自然。

关于情化的自然，画论中谈得不少。东晋顾恺之首先提出了"迁想妙得"的观点。其意思是说，画画一定要画出人的精神，一定要传神，画人物固然要画出人的神情，就是画自然事物，也要画出人的神情。自然事物哪里来人的神情呢？靠画家的"迁想"。所谓"迁想妙得"，就是说画家作画时要把自己的思想情感通过想象迁移到对象上，使对象充满着人的情感。顾恺之自己对这个观点论述得还不是很明确，后来的许多著名画家对这一重要的绘画规律做了阐发，南齐画家谢赫提出"气韵生动"的观点，并把它作为绘画六法之首。谢赫自己对此也没有做解释，后来的画家解释不一。邓椿在《画继》中说："世徒知人有神，而不知物之有神。"沈宗骞的《芥舟学画编》说："天下之物，本气韵所积成。即如山水，自重冈复岭以至一木一石，皆有生气，而其间无不贯。"郭若虚的《书画见闻志》说："六法之精神万古不移。然而骨法用笔以下五法不学而能；如其气韵，必在生知，固不可以巧密得之，以岁月达之，默会神会，不知然而然也。尝试论之，窃观古之奇迹，多轩冕之才贤，岩穴之上士，依仁游艺，探赜钩深，高雅之情，一寄于画。"统观各家之说，所谓气韵生动，就是将人的情趣品格灌注到自然事物中去，使自然事物具有生命和情趣。画家作画时不仅仅是摹写自然物体，而是要将人格化的自然物体描绘出来，只有这样，画才有生动的气韵。

宋代郭熙提出了山水意态之美的理论，是"迁想妙得""气韵生动"的进一步说明。他很强调山水意态之美。所谓山水意态，就是山水景物所表现出来的神态，这种神态不是其他画家所说的形神兼备的"神"，而是画家灌注到自然景物中的思想情感。未被灌注人的情感的自然山水，只有客观形象之美，被灌注了人的情感的山水景物才具有意态之美。他强调"景外意"与"意外妙"，就是人在欣赏自然景物时不要只看到自然本身，还要看到景外的意趣。例如:"春山淡冶而如笑,夏山苍翠而如滴,秋山明净而如妆,冬山惨淡而如睡。"他要求画家画水画得"潺湲"画云画得"自在",画春山画得"烟云连绵",使"人欣欣";画夏山画得"嘉木繁荫",使"人坦坦";画秋山画得"明净摇落",使"人肃肃";画冬山画得"昏霾翳塞",使"人寂寂"。这里景外的意趣从何而来?是从画家那里得来的,是画家情感的注入,使自然景物人情化。

19世纪西方有些美学家提出了移情说。西方有些人认为这是十分了不起的发现,把移情说和生物学上的进化论相提并论,认为它们同样重要,并且把移情说的倡导者立普斯称为美学上的达尔文。这是没有根据的说法。我国自先秦以来一直有许多文艺家哲学家论述这个问题,他们的论述虽然比较零碎,但基本观点已经说出来了。西方的移情说,其基本观点也是说,外界的事物本来没有情感,人在观赏时把自己的情感投射到外物上面去,使它也像人一样具有情感。费肖尔认为有了移情作用,审美的活动才达到最圆满的阶段。"我们把自己完全沉没到事物里去,并且把事物沉没到自我里去;我们同高榆一起昂然挺立,同大风一起狂吼,和波浪一起拍打岸石。"立普斯认为审美对象不是客观的事物实体,而是体现一种受到主体灌注生命的形象。他说:"审美快感的特征就在于此:它是对于一个对象的欣赏,这个对象就其为欣赏的对象来说,却不是一个对象而是我自己。或则换过方式说,它是对于自我的欣赏,这个自我就其受到审美的欣赏来说,却不是我自己,而是客观的自我。""审美的欣赏并非对于一个对象的欣赏,而是对于一个自我的欣赏。"立普斯等人的移情说,谈得比较具体详细,但也并未完全说清情化自然这一心理现象。

(二) 迁想的实质及其过程

从前人的理论及实践经验看来,情化自然的基本方法就是迁想,有了迁想才有"妙得"。所谓迁想,就是文艺家在观察自然景物的时候,把人的思想、情感、意志、性格等迁移到自然景物上面去,使二者融合起来。迁想,实际上就是联想。人们常爱把这个过程称为情感"外射""灌注""投射"等,其实都是联想的作用。我们知道,外界自然物客观存在于我们的意识之外,我们是不能把情感实际地外射到自然物身上去的。例如,人绝不可能把自己愤怒的情感实际地外射到一棵树身上,使它成为一棵愤怒的树。人的情感只是投射到自然物的表象上面,使情感与表象融合在一起。表象存在于人的头脑中，而不是存在头脑之外。我们说"含笑的花""哀伤的月亮"，不是客观的花和月亮真的在发笑和发愁，而是我们头脑中的花和月的表象在发笑发愁。

自然万物都可以通过迁想作用而变成情化的自然。迁想不是随意的，它要遵循着一定的规律，这就是人与物必须有某些相似之处。人与物都有许多属性，相似之处甚多。就物的方面说，一有颜色，二有形体状貌，三有气味，四有内容质地；而人也有肤色、形体、状貌、姿态、气味，还有各种情感、各种道德品格、气质等，只要物与人之间有某一点相似之处，就可以通过迁想把它们融合在一起而成为情化的自然。"衰桃一树近前池，似惜容颜镜中老"，衰败的桃花与年老色衰的人有点相似，光亮平静的池水与明镜相似。如果不是衰桃而是花枝招展的艳桃，就不能说它"似惜容颜镜中老"了。"红衣落尽渚莲愁"，娇红的荷花与女子的红妆、美貌相似，荷花落尽好像人老色衰，所以莲似人一样因苍老而发愁。由于每一种事物都有许多种属性，它就可以和许多不同的人格或情感融合而成为各种不同的形象，就是一种属性也可以使人联想到好些不同的性格，造成不同人格化的自然形象。例如，梅花洁白美丽、早开，就可以造成好几种不同情化的梅花形象：

"疏影横斜水清浅，暗香浮动月黄昏。霜禽欲下先偷眼，粉蝶如知合断魂。"（林和靖）这诗所写的梅花是一个端庄典雅的女性。

"缟袂相逢半是仙，平生水竹有深缘。将疏尚密微经雨，似暗还明远在烟。"（高启）这诗把梅花写成飘逸、恬淡、清丽的性格。

"驿外断桥边，寂寞开无主。已是黄昏独自愁，更著风和雨。无意苦争春，一任群芳妒。零落成泥碾作尘，只有香如故。"（陆游）这词把梅花写成备受打击孤苦寂寞的坚贞之士。

"风雨送春归，飞雪迎春到。已是悬崖百丈冰，犹有花枝俏。俏也不争春，只把春来报。待到山花烂漫时，她在丛中笑。"（毛泽东）这词把梅花写成坚贞、乐观的无私者。

情化自然是一种微妙的心理过程，这个过程经历推己及人和推己及物两个阶段。首先是推己及人。人能亲切体验到自己的情感，外界事物作用于人的感官时，人就会感知到事物，产生一定的情感，引起相应的行动。例如，我们身体受伤流血就感到痛苦，悲伤的时候就流泪。别人的情感发生在别人身上，我们虽然不能直接体验到，但是我们可以根据自己的经验去推测别人的心境。见到别人身体受伤流血，我们就知道他一定感觉到痛，见到别人流泪就会知道他一定感到悲伤。心理学告诉我们，在知觉事物的过程中，以往的经验起着很重要的作用。最初，人只是由自己的情感体验测知他人的情感体验，人能够设身处地去想象别人的各种情感。后来，这种体验超越了人类的范围，人不仅能设身处地地想象出别人的情感体验，而且还能设身处地地想象出自然事物的情感体验。例如，人发怒时声音粗大，表情很严厉；当人们看到天昏地暗、雷霆大作时，就会设身处地地想象到，天在发怒了。同样，当人看到咆哮的洪水，人们就会感到洪水发怒了。原始人把自然界万事万物都看成有情感的、有性格的，都是由设身处地的想象造成的。那时他们这样做是出于迷信，后来人们这样做是出于审美，二者情况是大不相同的，但是不管怎么样，其途径却是一样的。

　　迁想的生理基础是条件反射。人的心理器官（脑）的一切工作都是以反射的方式进行的。反射分为两种：一是无条件反射，这是先天的不学而能的反射。例如，食物放在嘴里，就引起唾液分泌；东西刺激眼睛就眨眼；火烫手，手就缩回。无条件反射是一种简单的反射，它的神经通路是与生俱来的固定神经联系。无条件反射只能使人适应固定的环境，不能使人适应复杂的变化着的环境，因为这种反射要有关的刺激物直接刺激人的感觉器官才发生。二是条件反射，这是后天学习得来的，是在一定条件下，无关刺激物成为无条件刺激物的信号所引起的反射。条件反射的形成，就是在脑中形成新的、过去所没有的暂时联系。无条件反射需要有关的刺激物刺激人的感觉器官才能产生，条件反射则不需要有关的刺激物，无关的刺激物作用于人的感觉器官也能产生。例如，听到开饭钟也会引起食欲，见到"火"字也会怕火烧而躲避。

　　迁想就是人的条件反射的结果。花笑是从人笑的条件反射得来的。人笑时微张口，脸孔舒展，神态可亲可爱。鲜花开放时花瓣展开，状貌舒展，也很可爱，人见了也就感到愉快。花成了人的笑脸的代用语和符号，花就是笑脸，笑脸就是花。一个事物有许多种属性，每一种属性都可能成为一种情感条件反射的信号。例如，蜡烛、红色、着火，可以成为热烈兴奋欢乐的信号；燃烧时有蜡液流下，可以成为泪水的信号。人究竟选取它的哪一种属性作为情感信号，依人当时的心境如何而定。人高兴时总是倾向于以肯定的眼光看待事物，把欢乐的情感迁移到外物上去。人悲伤时总是倾向于以否定的眼光看事物，把悲伤的情感迁移到外物上去。

第四章 通　　感

一、通感的性质及种类

通感是文艺家感受现实生活的一个法则，运用这个法则去认识现实，并把它表现出来，就会成为优美动人的形象。所谓通感，简单地说，就是各种不同感觉的相互代替。人的感官各司其职，眼睛的感觉对象是事物的形体、色彩，耳朵的感觉对象是事物的声音，触觉的对象是物体的轻重、冷暖和软硬，嗅觉的对象是事物的气味。一般来说，各种感觉是不能相互代替和转换的。但是在文学创作中，各种不同感觉却可以互相代替和转换。文学家获得自然的特别恩赐，可以用眼睛去看到声音，可以用眼睛去看到轻重、冷暖和软硬，可以用耳朵去听出事物的形体和色彩，还能听出气味。文学家将自己这些奇特的感觉写到作品中去，创造出与人类日常生活大相径庭的形象来，这些形象虽然奇特，但人们不但不指责它为荒谬，而且还特别欣赏。

通感可分为三种：感觉通感、表象通感、双重通感。

（一）感觉通感

感觉通感就是不同感觉的相互转换。人的认识有好些阶段，有感觉、知觉、表象、概念等，感觉是最低级的阶段，所以感觉通感是最简单的通感形式。所有的感觉都可以相互转换。

视觉转触觉："泉清入目凉。"冷暖只有用触觉才能感知得到。作家只用眼睛观看泉水，并没有用手去触摸，却能"看见"泉水的寒凉。"寺多红叶烧人眼。"从科学上说，红叶不会有灼热的能量，说红叶烧人眼是荒诞的。但从审美的通感上说，却是合情合理的。红叶红如火，看去好像有热的感觉。"净碧山光冷。"冷只有触觉才能得到，现在作家却用眼睛看到了，既看到碧绿的山，同时也"看到"了寒冷。

视觉转听觉："声喧乱石中。"看到乱石就感到有一片喧闹声，这是用眼睛"看"到声音，视觉中出现了听觉。"歌台响暖，春光融融。"声音要用耳朵才能感知得到，暖要用触觉才能感知得到，现在却用眼睛"看"出了声音，"看"出了暖和。

感觉通感虽然是不同感觉的相互转换，但一般只是产生在同一事物上。一个事物往往有多种属性，不同属性要用不同的感官去把握，例如，流水有声音，要用耳朵去感知；有冷暖，要用触觉去感知；有形状、色彩，要用眼睛去感知。感觉通感，就是在感知一个事物不同属性时发生的通感。又如，"泉清入目凉"，凉是清泉的一种属性，清又是它的另一属性，看到清就感到它的凉。"声喧乱石中"，石头相碰就会发出响声。声音是乱石的一种属性，看到乱石往往就感知到它们的声音。

（二）表象通感

表象通感比感觉通感高级、复杂。感觉对事物的认识是简单、片面的，只认识到事物的个别属性，不能认识事物的全体，更无法认识事物与事物之间的关系和规律。所以，用感觉通感所创造出来的形象虽然有新奇感，但形象十分简单。表象通感是表象的相互转化。表象是对事物完整、全面的反映，是人们所获得的完整形象。所以，用表象通感创造出来的艺术境界和形象，绚丽多姿，引人入胜。

任何一种感官所获得的事物表象，都可以转化为另一种感官的表象。例如，听觉表象转化为视觉表象："尔乃听声类形，状似流水，又似飞鸿。"（马融《长笛赋》）一般来说，声音是耳朵感觉的对象，而耳朵是看不见事物形象的。但是在这里，作家却从笛声中，"听"到了它有时似流水一样畅快地汩荡，有时又似飞鸿一样劲健地飞翔。《乐记》有这样一段描写："故歌者，上如抗，下如坠，正如槁木，倨中矩，句中鉤，累累乎端如贯珠。"这里不但把歌声写成耳朵感觉的对象，而且也把它说成视觉对象。"累累乎端如贯珠"，歌声圆润婉转，就像一串串的珠子。

听觉表象转触觉表象："促织声声尖似针。"本来，针的尖利只有触摸才感觉得到，听是听不到的。现在，作家却用耳朵听到了针的尖利。"呖呖莺歌溜得圆。"事物的圆滑与否，一般要用触觉才认识到，现在作家却用耳朵听出了。"燕语明如剪。"剪刀的明快是触觉所把握的形象，现在作家听燕语时却感觉到了剪刀的明快锋利。

嗅觉表象转听觉表象："飞向幽芳闹处栖。"一般来说，芬芳气味是不会发出声音的，作家却说芬芳喧闹的地方，鸟儿就飞去栖宿。

表象通感是十分自由的，它所能运用的领域十分广阔，不仅可以运用在一两句诗歌中，一二个形象的比喻中，还可以用在较长的文章中，展示出一系列的形象。

例如，《老残游记》第二回，就展示了一系列的通感形象："王小玉……唱了几句书儿，声音初不甚大，……唱了十数句之后，渐渐地越唱越高；忽然拔了一个尖儿，像一线钢丝抛入天际，不禁暗暗叫绝。哪知他于那极高的地方，尚能回环转折；几啭之后，又高一层；接连有三四叠，节节高起。恍如由傲来峰西面攀登泰山的景象；初看傲来峰峭壁千仞，以为上与天通；乃至翻到傲来峰顶，才见扇子崖更在傲来峰上；乃至翻到扇子崖，又见南天门更在扇子崖上，愈翻愈险，愈险愈奇。那王小玉唱到极高的三四叠处，陡然一落，又极力骋其千回百折的精神，如一条飞蛇在黄山三十六峰半中腰里盘旋穿插，顷刻之间周匝数遍。"王小玉的歌声原是听觉形象，如果原原本本地按照生活中的样子写出来，就不会有多少新奇之处。现在作者把听觉形象转化成视觉形象，把音乐高低抑扬的乐声化成钢丝，化成泰山跌宕的峰峦，化成盘旋穿插于山腰的飞蛇。

表象通感一般牵涉两个或两个以上的事物，要想造成两个事物之间的通感，必须具备一个客观条件，就是这两个事物之间要有相似之处。如果没有相似之处，就不能产生表象通感。例如，"累累乎端如贯珠"，是听觉形象转化成视觉形象，这两个形象之间是有相似之处的：从喉咙吐出来的歌声，圆润流畅，一个乐音接着一个乐音，这正如一串串珠玉一样，串珠也是一粒接一粒，圆润光滑。《老残游记》之所以能把王小玉的歌声转化为视觉形象，因为歌声的高低抑扬，很像泰山的峰峦起伏，跌宕多变；又像飞蛇游动，千回百折。如果两个事物没有相似之处，就不能通感，硬要通感，会不伦不类，就不美，读者甚至无法理解。例如，荷马史诗中有一句："树上的知了，发出百合花似的声音。"知了的声音并不怎么优美动人，倒有点像喇叭那样雄浑，百合花是优美的，二者不相似，拿它们来通感并不动人。

表象通感虽然以两个相似的事物为条件，很像比喻，有些表象通感也采取比喻的形式，用"如""好像""似"等，但它并不是比喻。比喻是在相同感觉的形象之间进行，视觉形象比喻视觉形象，听觉形象比喻听觉形象，触觉形象比喻触觉形象，而不是不同感官形象之间的相互转化。表象通感则是不同感官形象之间的相互转化,视觉形象转化为听觉形象,听觉形象转化为触觉形象,等等。例如,白居易的《琵琶行》是这样描写琵琶声的:"大弦嘈嘈如急雨,小弦切切如私语,嘈嘈切切错杂弹,大珠小珠落玉盘;间关莺语花底滑,幽咽泉流水下滩。"白居易只是把各种事物的声音比喻琵琶声,急雨、私语、珠落玉盘、间关莺语、幽咽水声等,都是声音,与琵琶声都是听觉形象,不是将听觉形象转化成视觉形象,只是从一个听觉形象转到另一个听觉形象。这是比喻。马融的《长笛赋》把笛声写成"状似流水,又像飞鸿",虽然用比喻的形式,但它却是用视觉形象比喻听觉形象,是从一个感官转到另一个感官。这是通感。

(三)双重通感

双重通感就是在第一次通感之后,再追加一次通感,这种通感相当于生理学上的多级条件反射。现实生活十分丰富复杂,文艺上的通感如果只有前两种,对现实的反映还是有限的。有些事物相互之间没有共同之处,能不能合在一起进行通感?可以。但这不能靠一次通感来完成,它们之间应有中间环节加以过渡。没有这个过渡,转换就会风马牛不相及。这个过渡就要求有一个双重通感。经过双重通感所得出来的形象,十分奇特,乍看来,有时甚至觉得它离奇古怪,荒诞不经,细细咀嚼,才觉出它的妙趣。

例如:"红杏枝头春意闹",这是大家极为赞赏的诗句,其中运用了双重通感。"春意闹"是非听觉形象转化为听觉形象,从春意中听到了喧闹声,这是一次通感。大家觉得它很美很耐人寻味。但是,"春意"与"闹"不是同一件事物的属性,二者也没有什么共同之处,人们是很难从"春意"联想到喧闹的,因为它们之间没有什么联系。那么,为什么现在人们又觉得"红杏枝头春意闹"很自然,并无任何牵强之处?因为在这通感之前,人们还进行了一次通感。第一次通感的内容是"红杏枝头繁花闹"。"繁花"与"闹"有某些相似之处,繁花盛开时,许多花挤在一起,争妍斗艳,好像在竞争,在喧闹,一看到繁花就仿佛听到喧闹的声音。人们在认识这句诗时,是由"繁花闹"进入"春意闹"的境界的。"繁花"与"春意"这两个事物是密切联系在一起的。繁花盛开往往就是春天的到来,它们都是春天里的东西。根据心理学上的接近联想原则,人们很容易从"繁花"想到"春意"。经过这个联想之后,再由"春意"

联想到"闹",就有了桥梁。诗人在作诗时,经过了两次通感过程,先是想到"红杏枝头繁花闹",然后才想到"红杏枝头春意闹"。

陆机《拟西北有高楼》云:"佳人抚琴瑟,纤手清且闲。芳芬随风结,哀响馥若兰。"哀伤的乐声带着兰花的香气,听觉形象与嗅觉形象沟通起来了,听到乐声时闻到了香气。如果光有这个通感是不能成立的。乐声与兰香根本没有什么关系,人们无论如何不能从乐声联想到香气。但是,人们读这几句诗时,不但不觉得荒诞,反而觉得美妙。这是因为在"哀响馥若兰"之前,还有一次通感,就是佳人身上的芬芳"随风结"。佳人身上的香气随着风到处散发,黏附到各种事物之上,也黏附到琴声上,琴声沾满了香气。有了这个通感之后,人们就容易理解"哀响馥若兰"了。还有许多佳句和奇妙的意境,都是经过连续的通感得来的。例如:"月凉梦破鸡声白。"第一次通感是:月——凉。月光原是白的,是视觉形象,现在由白色转到凉,由视觉形象转到触觉形象,盖因月白与雪相似,雪是冷的。第二次通感是:鸡声——白。鸡声是听觉形象,为什么听到鸡声时,觉得鸡声是白色的呢?这是由于听觉形象与视觉形象沟通了。月光的白色把各种事物都染白了,鸡声也不例外。

二、通感的作用

通感是人们认识世界和表现世界的一种手段。这对作家来说,尤其具有特殊的意义。

第一,它可以帮助作家形象而全面地表现世界。现实生活是十分生动丰富的,人们认识生活中的事物时,可以同时通过几种感官去感知它的各种属性,而许多艺术只能从某一方面去反映现实,只能直接向人们的某种感官提供艺术形象。但是,作家运用通感,便能够把各种感官所感知的形象都相互沟通起来,使人们欣赏作品时,能用眼睛看见声音,看见温度,用耳朵听到形体、色彩,听到气味、软硬,等等,用一种感官同时感知到事物的各种属性。

第二,作家运用通感手段,还可以把很不容易把握的事物属性,鲜明地表现出来。例如,声音是不容易触摸到的,音乐形象不是那么清晰确定的,通过通感,作家把乐音化成为物质形象,把听觉形象转化为视觉形象,这就清晰而确定了。如上文《老残游记》对王小玉的歌声的描写。

第三,通感可以创造出新奇的艺术形象。新奇对艺术是十分重要的,只有不断地创新，才能吸引欣赏者。创新的办法很多，通感是其中重要的一种。人们平常都是用眼睛看物体和色彩，用耳朵去听声音，用触觉去感知冷暖，用嗅觉去闻气味。文学这样描写，大家往往司空见惯，习以为常，不会感到什么新鲜奇特。设若作家写作时运用通感，教人用眼睛看见声音，用耳朵听见物体，听见气味，那就打破了常规，超凡出俗，新奇得很。例如，"红杏枝头花竞开"，或"红杏枝头春意浓"，就平淡得很。这样的句子人们看得多，也随口说得出。若说"红杏枝头春意闹"，就新奇了。所以王国维十分赞叹说："着一'闹'字，境界全出。"也许是因为过于新奇的缘故吧，有少数人一时领会不过来，斥之为"不通"。李渔曾嘲笑说："此语殊难著解。争斗有声之谓'闹'；桃李争春则有之，红杏'闹'春，余实未见之也。'闹'字可用，则'吵'字，'斗'字，'打'字皆可用矣。"(《窥词管见》第七则) 这就未免太机械了。

三、通感的生理基础

通感的理论历史很长，人们很早以前就把它运用到文艺创作上了。古代儒家的音乐理论就用"肥""瘠"来说明乐声。《乐记》说："肉好顺成和动之音作。"郑玄注："'肉'，肥也。"又说："曲直、繁瘠、廉肉、节奏。"孔颖达疏："……'瘠'谓省约……'肉'谓肥满。"用肥瘠说明乐声就是通感。我国的道家和佛家追求神秘经验，把各种感觉打成一片，不分彼此。道家像《列子》就说："眼如耳，耳如鼻，鼻如口，无不同也，心凝形释。"又说："老聃之弟子有亢仓子者，得聃之道，能以耳视而目听。"佛书里这类话更多，如《楞严经》说："由是六根互相为用……无目而目……无耳而听……非鼻闻香……异舌知味。"在西方，亚里士多德在他的《心灵论》中也说过，声音有"尖锐"和"钝重"之分。古人只是描述通感现象，并未能深入说明它是怎么回事，如何产生。道家与佛家把通感现象无限夸大，将各种感官功能混为一体。这是时代局限所造成的错误。

通感是一种心理现象，这种现象有其生理依据。人的每种感官都有分析器，视感觉的器官是光性分析器，听感觉的器官是声音分析器，嗅感觉的器官是鼻腔化学性分析器，肤感觉的感觉器官是皮肤机械性分析器、皮肤损伤性分析器和皮肤温度性分析器。这些分析器官各司其职，分别对客观事物的各种个别特性进行分析和反映，每一种分析器只对某一类的刺激发生反应。例如，视觉的光性分析器专门对光刺激发生反应，听觉的声音分析器专门对声音刺激发生反应，等等。因此，某种刺激对某种分析器来说，是适宜的刺激，从而能引起相应的感觉；对其他分析器是不适宜的刺激，不能引起相应的感觉。每种分析器的结构和机能非常复杂而精致。客观事物刺激我们的有关分析器的外围末端——感受器，这种刺激在感受器的神经组织内所引起的兴奋过程，沿着内向神经传达至分析器的最高末端——大脑皮质的相应部位，大脑两半球就对客观事物的个别特性发生了反应。

各种感觉器官的分析器虽然各司其职，分工明确，但是各分析器的大脑末端，并不是彼此截然地分开，而是彼此交错和相互联结着的。每一种分析器的大脑末端都有一个中心的部分或核心，在这里分析器进行综合和分析活动。因此，各种不同的感觉在这里就有可能获得沟通，而形成通感。这是就最简单的感觉过程来说的。

如果从知觉过程来说，通感的现象就更加明显了。人的各种分析器不仅是感觉的器官，而且也是知觉的器官。知觉是对事物各种属性的认识。知觉一件事物的各方面属性，不是靠一种感觉器官的分析器，而是要靠几种感官的分析器协同合作。例如，对流水的知觉，流水的声音要靠听觉分析器，流水的形状靠视觉分析器，寒冷靠肤觉分析器。这些不同属性分别刺激有关分析器的外围末端，其中有些成分的神经组织就会发生兴奋并沿着相应的内向神经纤维传达到了大脑末端的核部，引起核部的高度的综合与分析的活动，于是，大脑两半球就把整个事物反应过来。每一种知觉都包含着若干不同的感觉。但不等于说，我们的知觉就是若干感觉简单的总和。因为任何事物的各种属性都是彼此统一的，而不是相互孤立的，所以，任何知觉都是我们大脑两半球对事物各种属性的统一的反映。可见，在一种知觉中，各种不同的分析器往往是联合发挥作用的。

但是，知觉也不一定时时要各种感官联合发挥作用。人们对某一事物的最初知觉，需要各种分析器协作，当它们已有了一定经验以后，就不必靠几种分析器协作了，只需某一感官的分析器作用就可以感知到事物的各种不同属性。因为在知觉过程中，以往的经验起着很重要的作用。例如，我们看到井水，就会感觉到凉。实际上，井水的凉我们是不能看到的，只有用皮肤温度性分析器才能够感知到。那么，为什么看井水的时候，我们感知到水的温度？这是因为过去我们曾经触摸过井水，触摸时我们的光性分析器、皮肤温度性分析器同时起作用，因此，在这些分析器的大脑末端内的有关部位之间，就形成了巩固的暂时神经联系，我们的光性分析器从井水所感受的刺激，就成为引起皮肤温度分析器活动的条件刺激了。所以，现在尽管事实上只是看到井水的颜色和形状，可是通过大脑皮质内的有关信号活动，我们还是可以同时感知井水的凉度。同理，看到棉花，便又感知它的松软；看到石头，就感知它的坚硬；等等。所有这些，都是我们的以往经验在知觉过程中的表现，都是我们的大脑两半球所进行的一些信号活动。

巩固的暂时神经联系，就是通感的生理基础。一切通感都是从这里生发出来的。感觉通感最为明显，同一事物有不同属性，由于巩固的暂时神经联系，人们感知它的一个属性时，就会感知它的其他属性。人们似乎看见声音，看见温度，听见气味，听见冷暖、软硬。不必是作家，一般人都可以做到。人们许多日常习惯用语：热闹、冷静、清凉、火热、冰冷，等等，就是通感的语言。当然，精彩的文学通感语言，不是轻易造出来的，它需要文学家的苦心经营、匠心独运，特别是比较复杂的表象通感，双重通感，更是这样。

第五章 文学的透视法

一、什么是文学的透视法

我国古典文学作品中描绘自然景物的很多,其中有许多极为精妙的章句,传诵千古,历久不衰。例如:

> 山月临窗近,天河入户低。(沈佺期)
> 真珠帘捲玉楼空,天淡银河垂地。(范仲淹)
> 碧松梢外挂青天。(杜 牧)
> 黄河远上白云间。(王之涣)
> 黄河之水天上来。(李 白)
> 惟见长江天际流。(李 白)
> 山从人面起,云傍马头生。(李 白)
> 画栋朝飞南浦云,珠帘暮卷西山雨。(王 勃)

看,多么神奇!天河本是在天上的,现在却流入人家的门户里来了,悬垂到地上来了。天与地相距十万八千里,现在它却挂到松树梢了。黄河之水来自巴颜喀拉山,现在却来自天上。长江本来是向低处流去的,现在却挂在天际。山与人,云与马相隔较远,现在变成山从人面升起,云朵就在马头旁边。南浦云应离屋很远,西山雨应在屋远处,现在南浦云却飞绕画栋上,珠帘也能将西山雨卷起来。诗人们好像有扭转乾坤之力,随意点染河山,调遣天地,爱叫它们上天就上天,下地就下地,挂在树上就挂在树上,要它们进入家里就进入家里,想要它们怎么样就变成怎么样。经过调遣与安排,天地山河变得神奇无比,妙趣横生。这种写法,人们并不觉得反感、荒谬,相反非常欣赏。如果按照现实中原有的面貌去写,那才索然无味。长江黄河流向低处,银河、青天、白云在天上,谁不晓得?

诗人们用什么方法表现出这么奇妙的景象来?当人们分析到这类作品

的时候，一般都归功于作家运用了大胆的想象和夸张的手法。我以为从其效果的奇特看来，说它是浪漫主义也未尝不可，但说作家如此写来是运用了大胆的想象和夸张手法，却不合事实。作家既没有用想象（更不用说大胆的想象），也没有用夸张，他们只是根据自己的直观去白描，即把自己直观到的视觉印象如实地记录了下来。这些诗词中的自然景物虽然变化神奇，但其变化都是有规律、有根据的，并非任由作家怎么想就怎么写。也许有人说，直观哪里会有这样奇特的空间变化？我们一般人为什么直观不出来，只有大诗人才直观得出来？这个问题提得好，一般人的确写不出这样的佳句来。但这也并非诗人独具神眼，只有他们才能观察得出来，普通人就不能观察得到。只要大家都掌握了这种观察法，天地河山也由你调遣安排并写出令人赞叹的佳句来。

这是什么样的观察法？就是透视法。所谓透视法，也叫作远近法。我们眼前的各种景物，同我们的距离是远近不等的。一棵树离我们数丈，珠江离我们数里，白云山离我们数十里，我们要把这些景物描绘在纸上时，必须撤除它们之间的距离，把它们看作没有远近之差的同一平面上的景物。如果不撤除它们之间的距离，就无法把它们画在一起。所谓远近法由此而得名。

用透视法观察得来的大小高低形状与物体实际的大小高低完全不相同。远近距离一变，大的东西就会变成小的东西，方的东西就会变成扁的东西，高的东西变得很低，低的东西变得很高。例如，一列火车，与我们距离越远就变得越小，同实际上的火车完全不一样。一排电线杆，根根都一样大，但距离我们越近的就越大，距离我们越远的就越小。万米高空中的一架飞机，飞离我们越远，我们就觉得它越低。我们脚下一条平坦大道，离开我们越远的地段越高。远近法就是研究这种空间位置变化带来物体形状变化的方法。

远近法的要点是"视线"与"视点"。与观察者的眼睛等高的水平线，就是"视线"。再从观察者所站立的地方向上引一垂线，两条线相交之处就是"视点"。一切物体形状的变化，都受视线与视点的制约。凡在视线上面的，即实际上比观察者的眼睛高的东西，近的变高而远的变低；凡是在视线之下的，即实际上比观察者的眼睛低的东西，近的变低而远的变高。在画中视线就是地平线，视点就是目光与地平线上的交叉点。上下左右一切物体，都由视点的放射线规定其大小的变化。总之，用透视的方法去观看外界事物，所获得的直观印象与实际上事物的形象完全不同，高的变低，低的变高，远的变小，近的变大。而且由于撤除了距离，所有事物都放在一个平面上，完全无远近的差别，所以各种事物好像贴在一起似的。例如，我们站在珠江下游岸上，看到近处有一只帆船，稍远处是珠江大桥，再远处是高楼大厦，最远处是一轮西下的夕阳。如果我们完全不考虑它们实际的大小，只凭自己的眼睛所获得的印象，那完全是一种相反的景象：大桥比船矮小得多，船帆比高楼还要高，还要大，天上的夕阳比帆及高楼都低。把这景象画下来就成一幅画。

绘画用透视法是极平常的事，人们看到用透视法描绘下来的图画也司空见惯，毫不稀奇。因为绘画只能在二度空间展开形象。立体的客观事物必须弄成平面的样子，并撤除各事物之间的距离，才能画到画面上。这是绘画艺术本身的局限所造成的，人们看到画面上的形象毫不奇怪。但文学描写采用远近法，情况就大不一样了。文学是用文字来做工具的，它有极强大的表现能力，完全不受空间的限制，现实事物是什么样子，文学都能把它们准确地表现出来，完全不走样。文学写景物，一般都是写实为多，往往是桥大船小，山高船矮，天高树低。文字跟着思维走，思维能如实地反映外界景物的大小高低，各事物之间的距离不论有多远，均可如实地进入文学作品中。一般的文学作品就是这样写的。透视法为绘画所特有，一旦有人用绘画的透视法去摄取景物，并写成文字，就令人觉得非常新奇了。透视法变成文学上一种神妙的方法，它能把平凡的景物化为神奇的景象。

二、文学家如何运用透视法

在文学创作中，透视法被运用得最多而又运用得最精到的是我国的古典诗词，其经验极为丰富，归纳起来有如下几种方法。

（一）化大为小

根据远近法原理，物体距离越远，看起来形象就越小。许多诗人根据这种视像写成诗句。例如："旷野看人小，长空共鸟齐。""槛外低秦岭，窗中小渭川。"（岑参）为什么"旷野看人小"？因为距离自己太远。这句诗虽然不算十分精彩，但把人看得小，不把人看成平常人那么大，就有点新意。"窗中小渭川"是很引人入胜的诗句，渭川原是很大的，比起窗子来不知要大多少倍，但是由于与人离开太远，而窗子距人很近，作者从窗内望去，所以看起来似乎渭川比窗子还要小。诗人又把渭川与窗口的距离撤销，这就变成渭川贴在窗口上。这样，窗子与渭川，在诗人的眼里竟成了一幅画，窗子是画框，渭川是画中的河流。

（二）化高为低

远近法的原则是，凡在视线上的物体，距离愈远，它在画面上的位置愈低。根据这种视像写成的诗不少。例如："野旷天低树，江清月近人。"（孟浩然）事实上，天比树高过不知多少倍，说天低于树，确实出奇得很，所以很吸引人。但诗人也不是胡说八道，他是根据自己的直观印象写下来的：树离他很近，天非常高，但由于它伸展到遥远的地方，从旷野看去，像覆盖下来的样子，所以显得比树还低，树叶底下衬着青天。"山月临窗近，天河入户低。"（沈佺期）确是惊人之句！天河原在天上，现在却钻到人家里来了，多么神奇！原来天河在诗人的视线之上，离远了，看起来就好像从天垂到地上，将要进入人家门口。"碧松梢外挂青天。"（杜牧）青天事实上是在高高的上空，离地面相去十万八千里，现在说它挂在松树梢上，实在奇得很，所以颇为动人。这样写并非悖谬，是由于树近天远，天伸展到无穷处，越远显得越低，好像挂在树上。

（三）化低为高

透视法的视觉印象是，凡在视线以下，即比观者的眼睛低的事物，距离愈远，其位置就愈高。把这种视觉印象用文字写出来，就成为奇特有趣的文句。例如："黄河之水天上来。""惟见长江天际流。"（李白）"黄河远上白云间。"（王之涣）"回看天际下中流。"（柳宗元）"平沙莽莽黄入天。"（岑参）这些诗句向来被大家认为是诗人大胆想象的结果，是极度夸张的描写。表面看来也有道理，因为这些描写与客观实际差别极大，黄河长江只在地上流，与天距离不知有多远，无论如何也碰不到天；而且河水是向低处流的，绝无向天流去之理。沙漠任何时候也够不上天那么高。但是按照透视法的原理，事物的空间位置刚好颠倒过来。王之涣与李白站在黄河下游，举目向上游望去，就会看到脚下的黄河离自己愈远就愈高，所以出现"黄河远上白云间"，"黄河之水天上来"的视像。岑参站在沙漠上远看，沙漠向前伸得很远，愈远其地位变得愈高，因而有"平沙莽莽黄入天"的视像。李白送孟浩然时，站在黄鹤楼上，目送孟乘船顺长江而下，江水是在他的视线之下，越远就越升高，望到最远处，看到长江与天相接，出现"惟见长江天际流"的视像。

上面这些诗句中所写的景物，都是在视线以下的，观看它们时觉得越远越向上升高。若上下两边同时看去，在视线以上的东西越远就觉得越低，这样上下东西在最远处就形成交接在一起的状态，许多诗句便是根据这种视像描写成的。如："接天莲叶无穷碧。"（杨万里）"百尺楼高水接天。"（李商隐）"洞庭秋水远连天。"（刘长卿）

（四）化远为近

远近法主要的原则，是将现实世界中事物之间的距离完全撤掉，不论它们之间距离多远，也拉来放在一个小小的平面上。这样的空间位置的变化，对绘画来说毫不足怪，如果用文字描写就变得非常新奇了。例如："山中一夜雨，树杪百重泉。"（王维）实际上树杪不可能流泉水的，除非在树顶上架条水渠。所以偶尔听到树梢流着泉水，甚为惊奇，这种新奇已到了难以置信的地步。但这完全合乎远近法。诗人不过把他直观到的视像写下来而已。人在山脚下透过树梢，望见泉水从山上流下来，树与山泉虽然相隔一段距离，但按远近法原理撤去这段距离，就变得树与泉水好像贴在一起似的。"秋景墙头数点山。"（刘禹锡）墙头上面堆几堆小山，是很奇妙有趣的，实际上不可能是这样。但这景象却合乎远近法。墙本来与山有一段距离，但山较高，从墙里面往外望，只见几座山的顶点恰好露在墙头上，撤去它们之间的距离，就贴在一起了。"山从人面起，云傍马头生。"（李白）山与人有相当距离，按远近法撤去了距离，就变成山从人面升起，云傍着马头浮游。"窗含西岭千秋雪，门泊东吴万里船。"（杜甫）窗与西岭很远，门口与船也不近，诗人分别从窗口和门口向外望，用远近法撤去它们之间的距离，就变成诗中所描写的样子。"树杪有双鬟，春风小画栏。"（龚翔麟）树梢上有一个梳着双鬟的女子，这真是怪极了。一个穿着文雅的弱质闺秀怎么会爬到树上去？原来也是远近法变出的把戏：诗人面前有一棵树，离树较远的地方有一高楼，一个姑娘正站在楼上窗前。诗人透过树顶向高楼望去，姑娘与树梢正在一条视线上，撤去距离，姑娘就正好贴在树梢上。

（五）化外为内

自然景物如山、水、月亮、云彩、星星等，是无法入屋里来的，但通过远近法却可以引进屋来，你想引什么都可以，可以将星星摘下来挂在珠帘上，也可以剪几片云彩挂在屋内栋梁上。例如："云生梁栋间，风出窗户里。"（郭璞）"栋里归白云，窗外落晖红。"（阴铿）"画栋朝飞南浦云，珠帘暮卷西山雨。"（王勃）"云随一磬出林梢，窗放群山到榻前。"（谭嗣同）实际上，云在天空，栋梁在屋内，相距很远，只因人从屋内透过栋梁朝白云看去，栋梁与白云同在视线上，用远近法撤去它们之间的距离，二者就贴在一起了，成为"云生梁栋间""栋里归白云""画栋朝飞南浦云"。珠帘是在屋内，西山雨在屋外，它们还有一段距离，雨怎能进到屋里来，并且用珠帘就能卷起呢？群山在屋外，怎能移到榻前来？都是远近法变的魔术，通过透视，撤去它们之间的距离，屋里屋外的东西便贴在一起了。

上面我们论述了文学中五种空间神奇变化的方法，这五种方法如果分别与拟人化结合起来，形象就更加奇妙了。例如："北国风光，千里冰封，万里雪飘。望长城内外，惟余莽莽，大河上下，顿失滔滔。山舞银蛇，原驰蜡象，欲与天公试比高。"后面三句就是远近法配以拟人化。先是以大化小，北国的山岭原是很高大的，但由于与人相距极远，根据远近法原理，事物距离越远形体越小。所以，连绵的山看起来就像一条蛇般大小，单独的大山就像白色的大象。然后（或者同时进行）把它们拟人化，蛇正在舞动着，大象正在奔驰着，它们都想与天公比高低。这样的写法，非常新奇有趣，非常形象生动。这类写法诗词中很多。例如："暗水流花径，春星带草堂。"（杜甫）"窗前远岫悬生碧，帘外残霞挂热红。"（罗虬）"山翠万重当槛出，水光千里抱城来。"（许浑）"一水护田将绿绕，两山排闼送青来。"（王安石）"江山重复争供眼，风雨纵横乱入楼。"（陆游）

远近法不仅诗人采用，散文作家也经常采用，古代散文中就有不少例证。例如，谢灵运的《山居赋》写道："抗北顶以葺馆，瞰南峰以启轩，罗曾崖于户里，列镜澜于窗前。因丹霞以赪楣，附碧云以翠椽。"（引自《宋书·谢灵运传》）

西方文学也有用远近法的，不过没有中国文学普遍。西方绘画是很讲究远近法的，中国画反而不严格遵守远近法，中国的绘画透视往往不是定点透视，而是散点透视。这里有一个值得我们深思的问题，为什么绘画上那么讲究远近法的西方，反而在文学上不注重远近法；而绘画上不严格遵守远近法的中国，文学上却如此注重远近法？

文艺创作心理

第六章 文艺的形象思维

一、文艺的形象思维与一般的形象思维的区别

形象思维是人类主要思维方式之一,它被运用于日常生活、劳动实践、科学研究(科学研究主要是运用抽象思维,有时也用形象思维),以及文艺创作等各个思维领域。这种思维方式与抽象思维比较起来,有着明显的区别。首先,思维工具不同。抽象思维的思维工具是概念,即抽象的词;形象思维的思维工具是表象。表象是客观事物形象的反映,既有直观性又有一定的概括性,是头脑中最简单的形象。因此,它最适宜于作为形象思维的工具。其次,思维过程及结果不同。抽象思维舍弃感性现象和各种非本质的特征,只选取抽象的本质特征,思维的结果是抽象的概念,不带有任何具体可感的现象。形象思维始终不舍弃感性现象,它将同类事物中相同的本质特征连皮带肉地集中概括,形成更富有一般性的形象。这个形象既有较高的概括性,也有具体的可感性。总之,形象思维就是用形象来思维,始终不脱离具体现象。这是形象思维的基本特征,是为大多数人所承认的。

但是,这仅仅是一般的形象思维,只适用于日常生活、劳动实践、科学发明等思维活动,不适用于文艺创作。文艺创作所用的是特殊的形象思维,而不是一般的形象思维。许多美学家、文艺理论家和作家并未注意到这一点,以为文艺创作所用的就是一般的形象思维,所以在论述创作思维活动时只停留在一般的形象思维阶段,没有说出文艺的形象思维的主要特点。

文艺的形象思维与一般的形象思维有其共同点,但也有区别。区别在哪里?首先,在于形象概括的方式不同,二者沿着两条不同的道路进行形象概括。前者沿着一般化与个性化的道路前进,后者只沿着一般化的道路前进。由于形象概括方式不同,其结果也不同。前者所得的是典型形象,后者所得的则是一般形象,亦即类型形象。

在形象思维过程中，形象的概括有两条道路，一是一般的形象概括，一是个别的形象概括。所谓一般的形象概括，就是将同类的许多事物加以分析、比较，把它们共同的富于特性的现象综合起来。每一事物都有各种不同的特性，有的特性是某种事物可有可无的，有没有它，都不影响某种事物之所以为某种事物，这类特性就是这种事物的非本质特性；有的特性则是某种事物必须具备的，它的有无，直接影响某种事物之所以为某种事物，所以这类特性就是这种事物的本质特性。一般的形象概括不是抽象的概括，抽象的概括只要本质的东西，不要现象，一般的形象概括既要本质的东西，又要本质所赖以寄托的现象。因此，它综合的结果导出一个一般的形象，而不是一个概念。这个一般的形象就是某一类事物的形象。例如，生活当中的儿童，有肥有瘦，有高有矮，有强有弱，有大有小，头发、肤色、肖像、服饰等各不相同，每一个儿童都有自己的特性。但是这些都不是本质特征，肥些或瘦些，长头发或短头发，或者剃光头，都不影响一个儿童之所以为儿童。儿童的本质特点是个子比较矮小、稚气、天真活泼，把儿童身上这些特性连皮带肉地概括起来，集中到一个儿童身上，就成为一般的儿童形象。任何一类事物都可以经过形象概括而成为一般的形象，如一般树木的形象，一般河流的形象，一般山的形象，一般田野的形象，一般老人的形象，一般中年人的形象，一般马的形象，一般花的形象，等等。

一般的形象虽然具有概括性，具有事物的本质特性，但它与概念不同。它是形象的概括，不仅具有本质的东西，同时又带有现象的东西，具有直观性。例如，植物学书上一般树木的形象，有枝有叶，有树干，人们一看就知道树是什么样子。又如动物学书上的老虎形象，有虎头、虎身、虎尾、虎牙、虎嘴、虎脚，很像公园里的老虎，人们不会把它看成狮子或猫。概念是抽象的东西，只用词去标志，没有具体可感性，人们看到"树"字或"虎"字，如果从来没有见过树木和老虎的人，就不知道树木和老虎是什么样子的。一般的形象虽然有形象性，又有概括性，反映了事物的本质，但是，它却没有个性，只有类型的特点，形象都是一样的。这是因为在概括过程中，各个事物身上偶然的非本质的属性完全被舍弃了，只剩下它们共有的本质的属性。

在日常生活、劳动实践和科学创造中，所用的形象思维就是一般的形象概括。对工匠或机器发明家来说，这种形象概括是最合适的，因为它所概括出来的，既有形象又有事物的本质特征，他们所要创造的正是这类形象，至于形象的个性对他们来说是没有必要的、多余的。例如，一个做船工匠，在动手做船以前，他要运用一般的形象概括，在脑子里创造出一个他所要做的船的形象，这个船的形象可以千篇一律，他每次造船都可以按照这个模式，没有必要一条船一个样。发明家创造新机器新产品也是如此，他们构思中的产品形象只是一般的形象，不必具有个性，他们将按照这个形象制造出划一的产品来。

形象概括的另一条道路是个别的形象概括，这种概括比一般的形象概括复杂得多。它不仅要形象地概括事物的本质特性，构想出一般的形象，同时还要使这个形象带有鲜明突出的个性。因此，它的思维过程，一方面要进行一般性的形象概括，另一方面又要进行个性化的概括，最后创造出一个既有一般性又有个性的形象。这就是我们常说的典型形象。

典型形象与一般形象（亦即类型形象）的主要区别，在于前者有个性，后者无个性。个性是艺术形象的基本特征，没有个性的形象不能成为艺术形象，一般形象不是艺术形象。为什么个性对艺术形象这么重要？因为艺术是现实生活的反映，现实中的事物都是具有个性的，世界上没有两个完全相同的人，没有两张完全相同的树叶。只有描绘出现实事物的个性，才能使形象生动、鲜明、逼真，令人如见其人，如闻其声，如临其境。一般的形象虽然具有形象性，但不生动，不鲜明，不是有血有肉的人，没有生命，只像机器人，木头人。文艺创作中概念化、公式化的人物形象，就是这类人。没有个性的形象，不具有审美价值，不能唤起人的美感，不能振动人的心弦；它只有科学的理性的价值。我们说个性是艺术形象的基本特征，也并不是否定概括性。艺术形象还是要概括性的，没有概括性就不能成为典型形象，就不能反映生活的本质。但是，艺术形象之所以成为艺术形象，主要是因为它具有鲜明生动的个性。一个形象没有一般性仍然可以成为艺术形象，只不过不是典型形象而已，文艺作品中并不是所有的形象都是典型形象，如《阿 Q 正传》中的王胡、小 D 等。如果一个形象只有一般性而没个性，就不能成为艺术形象，只能成为动物学、植物学、医学等教科书上的插图。

过去谈形象思维，都不区分文艺的形象思维与一般的形象思维。论者虽然谈的是文艺创作，并且几乎都说自己所谈及的文艺的形象思维。但实际上那只是一般的形象思维，人们都把一般的形象思维当作文艺的形象思维。最先明确地使用"形象思维"这个术语的是别林斯基，他对此做过许多论述。但他只把形象思维与抽象思维做了区分，没有进一步把形象思维区分为文艺的与一般的，把一般的形象思维当作文艺的形象思维看待。他说："哲学家用三段论法，诗人则用形象和图画说话，然而他们所说的都是同一件事。政治经济学家靠着统计数字，诉诸读者或听众的理智，证明社会中某一阶级的状况，因为如此这般的理由，而大为改善或大为恶化了。诗人靠着对现实的活泼而鲜明的描绘，诉诸读者的想象，在真实的图画中显示社会中某一阶级的状况，因为如此这般的理由，而大为改善或大为恶化了。一个是证明，另一个是显示，但他们都是说服，所不同的只是一个用逻辑论证，另一个用图画而已。"（《别林斯基论文学·1847年俄国文学一瞥》）这里虽然提到"诗人靠着对现实的活泼而鲜明的描绘"，但并不等于说他已知道文艺的形象思维与一般的形象思维的区别，这可以从他对典型化的论述中看得出来，他只讲形象的一般化，而不讲形象的个性化。关于这一点我们下面还会谈到。在这个问题上，其他理论家的观点也与别林斯基相同。

　　文艺的形象思维与一般的形象思维的区别还表现在：后者是纯粹客观事物的反映，完全按照事物的原有面貌和本质去反映，是什么样就反映成什么样，若反映得不像，就是不真实。科学的最高要求就是真实。一般的形象思维都是被运用于日常生活、劳动生产、科学研究等领域，这些领域所要求的是科学的真实。所以一般的形象思维对事物的反映，不能添加任何主观因素，不能将自己的情感、愿望和性格加到意象上去，成为它的有机组成部分。文艺的形象思维在认识过程中，不必按照客观事物的原样原原本本地反映，人们可以将自己的情感、愿望和性格加到意象上去，成为物象的有机组成部分，进而在认识过程中表现自己。由文艺的形象思维所获得的形象，不论是头脑中的意象还是文艺作品中的形象，往往不是纯粹的客观事物的映象，而是主客观的综合体。同一个事物，文艺家可以把它写成不同的情景交融的形象。例如月亮，按一般的形象思维，只反映出它是一个卫星，一个白色的圆圆的形象。按文艺的形象思维，可以反映成微笑的月亮，含愁的月亮，人们还可以思维出月亮上有仙女、仙桃、玉兔等。这些表象不是纯客观事物的形象，它们比客观事物增加了主观的东西。从科学角度看来，这种形象是荒谬的，世界上根本不存在这样的东西。但从审美的角度看来，却是美的，具有艺术的真实。

文艺的形象思维与一般的形象思维还有一个明显的区别，就是在思维过程中，后者是冷静的，即使产生情感，也只是理智感。前者则是情感洋溢，观山情满于山，看海情溢于海，胸怀激荡，浮想联翩。这种情感不是一般的理智感或道德感，而是美感。

二、文艺的典型化

典型化是文艺创作的核心问题，文艺的形象思维过程集中体现在典型化过程中。

（一）过去多数美学家和作家所说的典型化实即类型化

典型化问题很早以前就为美学家和作家们所注意，论述者甚多，但几乎都把典型化理解为形象的一般化（类型化）。亚里士多德最早提出这样的理论。他说，诗与历史著作，"两者的差别在于一叙述已发生的事，一叙述可能发生的事。因此，诗较历史更富于哲学意味，价值也较高；因为诗叙述有一般性的事，历史则叙述个别的事。所谓有一般性的事，指某一类型的人，按照或然律或必然律，会说的话，会行的事（虽然诗中也采用真人的名字）。至于亚尔西区德（古希腊的政治家和军事家——引者注）的行为和遭遇则是个别的事"（《诗学》第九章）。这里，亚氏提出了诗可以通过想象进行集中概括，但所概括出来的不是个别的人，而是某一类型的人。

稍后的罗马美学家贺拉斯在《诗艺》中，更加明确地阐述了类型化。他说："如果你希望观众赞赏，并且一直坐到终场升幕，直到唱歌人喊'鼓掌'，那你必须（在创作的时候）注意不同年龄的习性，给不同的性格和年龄以恰如其分的修饰。已能学语、脚步踏实的儿童喜和同辈的儿童一起游戏，一会儿生气，一会儿又和好，随时变化。口上无髭的少年，终于脱离了师傅的管教，便玩弄起狗马来，在阳光照耀的'校场'的绿草地上嬉游；他就像一块蜡，任凭罪恶捏弄，忠言逆耳，不懂得有备无患的道理，一味挥霍，兴致勃勃，欲望无穷，而又喜新厌旧。到了成年，兴趣改变，他一心只追求金钱和朋友，为野心所驱使，作事战战兢兢，生怕作成了又想更改。人到了老年，更多的痛苦从四围袭击他：或则因为他贪得，得来的钱又舍不得用，死死地守着；或则因为他无论做什么事情，左右顾虑，缺乏热情，拖延失望，迟钝无能，贪图长生不死，执拗埋怨，感叹今不如昔,批评并责骂青年。随着年岁的增长,它给人们带来很多好处;随着年岁的衰退,它也带走了许多好处。所以,我们不要把青年写成个老人的性格,也不要把儿童写成个成年人的性格,我们必须永远坚定不移地把年龄和特点恰当配合起来。"贺拉斯对几类年龄不同的人的性格特点做详细的论述,要作家按照这些类型去描写人物。当然,这种人物也是有形象的,但只是一般的形象(类型),而不是典型形象,它没有个性。

贺拉斯这段话被布瓦洛搬进新古典主义法典性的著作《诗的艺术》中。经过他的宣传。这种类型化的观点就深深地扎根于欧洲文苑之中,枝繁叶茂,覆盖欧洲文苑长达 2000 年,直到 20 世纪初,许多著名的文艺理论家和作家,都跳不出它的藩篱。巴尔扎克认为:"'典型'这个概念应该具有这样的意义,'典型'指的是人物,在这个人物身上包括着所有那些在某种程度跟它相似的人们的最鲜明的性格特征;典型是类的样本。"(巴尔扎克《〈一桩无头公案〉初版序言》)别林斯基认为,典型化是从理念出发,典型就是体现理念的个别现象。他说:"创作中的典型是什么?它同时是一个人和许多人,一副面貌和许多副面貌,这就是说,它是这样一种对一个人的描绘,其中包括多数人,即表现同一理念的一整系列的人。"(《同时代人》)"理想是一般性的(绝对的)理念,否定了自己的一般性,以便变成个别现象,既变成了个别的现象,又重新回到它的一般性。"(《智慧的痛苦》)从理念出发去创作典型,必然是概念化的图像。例如他认为奥赛罗体现"妒忌"的理念,阿巴贡体现"悭吝"的理念。他甚至把莎士比亚的典型人物奥赛罗与莫里哀的类型人物等同起来。别林斯基有时候也主张从生活出发进行艺术概括,但是他要求按平均数去概括,只要类和种的特征。他说:"典型(原型)在艺术里,犹如类和种在自然界里。……典型人物是全人类的代表,是用专名词表现出来的公共名词。……只是赫列斯塔柯夫这一个鼎鼎大名就可以很妥帖地安到多少人身上啊!"(《别林斯基全集》第五卷,第 318-319 页)"即使在描写挑水人的时候,也不要只描写某一个挑水人,而是要通过他这一个挑水人写出一切挑水人。"(《俄国摹写自然的作品》)他的这种所谓典型概括的方法只是类型化,创造出来的是类型人物。

即使像高尔基这样创作了许多十分成功的典型形象的现代伟大作家,在理论上也还是持类型论。他说:"假如一个作家能从二十个到五十个,以至于几百个小商人、官吏、工人的每个人身上,抽出他们最特征的阶级特点、性癖、趣味、动作、信仰和谈风等等，把这些东西抽取出来，再把它们综合在一个小商人、官吏、工人的身上，——那么，这个作家靠了这种手法创出'典型'来，——而这才是艺术。""把许多主人公的特征的行动'抽象化'了，——分解出来了，然后再把这些特点又'具体化'了，概括在一个主人公的身上，例如在赫尔古里斯或者是里亚桑的农民伊里亚，摩罗美兹的身上：分解了在各个商人、贵族、农民身上的最自然的特征，概括在一个商人、贵族、农民的身上，这样就产生了'文学的典型'。"(《我怎样学习写作》，三联书店 1951 年版) 高尔基只讲本质特征的概括，以为把同一阶级、同一类的人的本质特征集中在一个人身上，就成为典型。这不是典型化，而是类型化，创造出来的是没有个别性的一般形象。他自己并没有完全这样去做；如果完全照这办法去写，他是不可能创造出成功的典型形象来的。

类型化的理论源远流长，对我国现代典型理论影响极深。过去 30 多年，这种理论在文艺理论界占着主要地位，认为典型化就是把阶级的本质特征集中到一个人物身上。这种理论对创作实践产生了不良的影响，许多概念化、公式化作品就是从这条根上生发出来的花果。过去在寻找概念化、公式化的根由时，都认为是没有生活体验。没有生活，对有些作家来说是主要原因；但对另一部分作家来说，却不是主要原因，因为他们有丰富的生活实践，可惜他们照样写出类型化的作品来。对这部分作家来说，类型化理论的影响才是主要原因。我们必须跳出类型化理论的藩篱，努力探索真正的典型化过程。

（二）文艺的典型化

文艺要以鲜明生动的艺术形象去反映生活，既反映生活的现象，又反映生活的本质，这就必须创造典型形象。典型形象既有鲜明生动的个性，又有普遍的共同性，是充分体现共性的个性。这样，典型化就有两个方面，一是共性化，一是个性化。共性化就是把同类事物共有的本质特征加以概括集中，个性化是把个别事物的独特个性加以强化、扩大和夸张。这两方面缺一不可。仅有共性化，就会创作出没有个性的类型形象；仅有个性化，容易流为自然主义的形象，没有共同性，反映不出生活的本质。

共性与个性是完全不同的两种东西，如果它们是孤立的，分别使它们"化"起来还比较容易，现在两者却是要统一在一个形体里，这就困难了。怎么样个化法？有人认为先进行一般化、共同化，然后进行具体化、个性化。这种做法不可能创造出鲜明生动的典型形象，只能在抽象概念上披上一张皮毛，或者在类型形象上添加几笔点缀。在概念化、公式化作品中，我们常常看到那种面目呆板、千人一面的人物，就是这类形象。虽然作者极力给他们增加一些习惯手势、口头禅、生活嗜好，但也无济于事。共性化与个性化不是分别进行的，不是两条跑道，而是一条跑道。个性与共性虽然是对立的，却又是可以统一的，它们互相依存、互相渗透。

典型化与类型化都经过分析—比较—抽取—综合的过程。但是，类型化与典型化的内容和方法，在每一阶段都是不同的。类型化也从现实生活出发进行分析、比较，区别出同类事物中哪些是特殊的现象，哪些是普遍的、一般的现象——它的着眼点侧重于一般的东西——然后把一切偶然的、特殊的现象抛掉，把一般的现象抽取出来，集中起来，概括成为一个类型形象。典型化则与此不同：文艺家观察了大量同类的生活现象，对它们进行分析和比较，区别哪些是偶然的、特殊的现象，哪些是普遍的、一般的现象。在这里，文艺家的着眼点在于从偶然的、特殊的现象中，寻找到那些比较充分体现本质的偶然、特殊现象，他要从个别中看出一般。然后将这些偶然的、特殊的现象抽取出来，集中起来，把那些不充分体现本质的偶然、特殊现象抛掉，最后概括出一个充分体现共性的生动形象。

在典型化过程中，始终都离不开偶然的、特殊的现象。一旦离开偶然的、特殊的现象，所创造出来的形象就失去了个性，就会成为类型形象，而不会成为典型形象。个性化是典型化最重要最难做好的方面。长期以来中外的典型论是忽视偶然、特殊现象的，有的甚至完全忌讳它，把它视为与典型化完全不相容的东西，认定其与自然主义有血缘的关系。这种观点认为典型化就是要抓住必然的、本质的东西，抛弃一切偶然的、特殊的现象。这是错误的观点。为什么文艺理论家们如此忌讳偶然和特殊的现象呢？主要是由于对偶然与必然、个别与一般的关系缺乏了解。

关于个别与一般的关系，列宁已经讲得很明确。他说："一般只能在个别中存在，只能通过个别而存在。任何个别（不论怎样）都是一般。任何一般都是个别的（一部分，或一方面，或本质）。任何一般只是大致地包括一切个别事物。任何个别都不能完全地包括在一般中等等。"（《谈谈辩证法问题》，《列宁全集》第 38 卷）所谓"任何个别（不论怎样）都是一般"，就是任何个别的事物都包含有一般的东西，完全不包含一般东西的事物是不存在的。在同类事物当中，有的包含本质、一般的东西比较多；有的包含本质、一般的东西比较少，甚至微乎其微。我们进行典型化的时候，首先着眼于那些比较充分体现本质的个别事物和现象，把那些极少体现本质的个别事物和现象排除掉。但这只是筛选工作的第一步。我们还要在比较充分体现本质的个别事物和现象中，进行第二步筛选，即把它们当中最有个性的特殊事物挑选出来，去掉那些个性不鲜明的普普通通的事物。我们知道，世界上没有完全相同的事物，每一个事物都有为它所独具的个性。但是，在同类事物中，有的事物个性比较鲜明，有的不那么鲜明；在个性表现方面，各事物也不是平均主义的。经过这两步筛选出来的个别事物和现象，就是典型化所要集中概括的对象。这些特殊的事物和现象只是生活中的东西，虽然已经具有一定的个性和共性，但程度都比较低，只有经过典型化以后才能成为艺术典型。由此可见，典型化过程虽然包括共性化与个性化两个方面，但它们不是分别进行的，不是先进行共性化然后进行个性化，而是同时地、统一地进行的。当共性化完成的时候，个性化也完成了。

例如，《白毛女》中白毛女这个典型形象，充分体现了贫苦农民受压迫的悲惨生活本质，同时又具有极其鲜明独特的个性，世界上找不出第二个完全像她那样的人。作者塑造这个典型人物，完全是遵循着上述的典型化方法。

当然，以某个特殊生活原型作为模特进行创作是很方便的，由于它非常突出，已经具有较充分的典型性。问题是生活中这种原型不多，不容易找到。所以，典型化多是进行广泛的集中概括。这正如鲁迅所说："人物的模特儿也一样，没有专用过一个人，往往嘴在浙江，脸在北京，衣服在山西，是一个拼凑起来的角色。"（《我怎么做起小说来》）运用这方法要求作家有十分敏锐的眼光和善于分析比较的头脑，这才能从同类事物中看出充分体现本质的个别现象，从而将它们集中概括出来，借以塑造出艺术典型来。

以上我们讲的都是静态的典型化过程。这种典型化一般只涉及空间范围，即把一定空间范围内同类事物展现出来的共性和个性加以分析、综合，得出一个静止状态的典型形象，如绘画、雕塑中的形象那样。静态的典型化只要运用一般与个别的辩证原理就可以解决问题。但是，艺术中的典型形象多是动态的，人物性格、思想、行动不断变化发展。动态的典型形象不仅在空间上开展，而且更主要的是在时间上开展。所以光用个别与一般的辩证原理还不足以解决其典型化问题，必须兼用偶然性与必然性这一范畴的原理。

人物的性格如何发展？发展中的性格怎么样才具有充分的共性和个性？我以为主要是使情节发展具有必然因素的偶然性。所谓情节，"即人物之间的联系、矛盾、同情、反感和一般的相互关系，——各种不同性格、典型的成长和构成的历史"。（高尔基《和青年作家谈话》，《论写作》第6页）人物性格不是几点抽象的特征，如坚强、勇敢、懦弱、忠诚、无私等，而是有着极其丰富的内容和生动的表现形式。人物的各种性格要通过自己的行动、和他人的关系表现出来。而人物的行动、与他人的关系就构成一连串的情节，没有情节，人物性格就无法从运动中表现。高尔基把情节视为性格、典型的成长和构成的历史，是合乎实际的。因此，文艺作品必须结构出丰富生动的情节，以充分展示人物的性格。情节的发展应该具有偶然性，有偶然性，才使人物有独特的经历、遭遇，有独特的思想、表现方式。这样，个性才鲜明突出。情节千篇一律，提起头，人们就完全知道尾，这就说明人物的遭遇、经历完全与众人一样，司空见惯，无异类型人物。巴尔扎克未能从理论上说明典型化问题，但他却具有创造典型的丰富经验，他说了一句非常精辟而又十分重要的话，他说："偶然是世上最伟大的小说家。若想文思不竭，只要研究偶然就行。"（《〈人间喜剧〉前言》）我国著名导演艺术家焦菊隐也说："伟大的作家们，都是把直接揭示社会发展必然性的任务交给历史学，而自己专在偶然性上做文章。当然，现实生活中和历史生活中，都有无数的偶然性事物。但它们总是被必然性的显著所淹没。因此，文学艺术创作，就有必要虚构出更多更生动的偶然性事件。""如果说历史应当按照艺术规律进行创作，我想这个规律首先不是作为表现手段写作技巧的规律，而是充分运用因为必然性开辟道路和作为它的表现形式的偶然性的规律。"（《〈武则天〉导演杂记》，载《文艺报》1962年第8～9期）这些话道出了动态典型化的规律。创造动态中的典型性格，就要抓住偶然的与众不同的事件。

经典作家从来不忽视偶然性。马克思说："如果'偶然性'不起任何作用的话，那么世界历史就会带有非常神秘的性质。这些偶然性本身自然纳入总的发展过程中，并且为其他的偶然性所补偿。但是，发展的加速和延缓在很大程度上是取决于这些'偶然性'的，其中也包括一开始就站在运动最前面的那些人物的性格这样一种'偶然情况'。"（《马克思恩格斯选集》第 4 卷，第 393 页）恩格斯说："偶然性只是相互依存性的一极，它的另一极叫作必然性。在似乎也是受偶然性支配的自然界中，我们早就证实，在每一个领域内，都有在这种偶然性中为自己开辟道路的内在必然性和规律性。然而适用于自然界的，也适用于社会。"（《马克思恩格斯选集》第 4 卷，第 171 页）"被断定为必然的东西，是由纯粹的偶然性构成的，而所谓偶然的东西，是一种有必然性隐藏在里面的形式，如此等等。"（《马克思恩格斯选集》第 4 卷，第 240 页），这里说明了偶然在事物发展过程中起着自己的作用。偶然性与必然性之间是一种相互依存的辩证关系，必然的东西是由纯粹的偶然构成的，偶然性为必然性开辟道路，偶然性中含有必然性。

在塑造动态中的典型时，我们必须大胆运用偶然性，使人物行动和事件发展具有鲜明个性。必须特别指出，这里所说的偶然性是指较多体现必然性因素的那一种。我们知道，任何偶然性都包含有一定的必然性因素，正如任何个性都包括一些一般性因素一样。在偶然的现象当中，有的所包含的必然性较多，有的所包含的必然性较少，文艺创作所需要的是前一种。典型化就是要通过集中概括，使生活中这种偶然现象的偶然性和必然性更加鲜明突出。

在生活当中，富有必然性因素的偶然现象不常见到，我们平时经常看到的多是一些差异不大的必然现象，这种普遍的必然现象共性有余、个性不足，所以很难概括成为典型形象。这就是为什么许多作家跑过不少地方，看到不少生活现象，还不能构思出作品来的原因。相反，有些作家看到一则奇特的新闻报道，或听到别人讲述一段有趣的故事，立刻就能以它为题材写出好作品来。例如，果戈理有一次去拜访普希金。普希金向他讲了一个骗子购买灵魂的故事，他便以此写成《死魂灵》。普希金为了写农民起义英雄布加乔夫的历史，有一次到奥伦堡去搜集材料，被当地人当作彼得堡派来"私访"的钦差大臣。他把这件奇遇告诉果戈理，果戈理原来曾想写迎合当前风气的多幕喜剧，苦于找不到合适的材料，一直无法动笔。得知了这件奇闻以后，不到 2 个月，他便写成了著名喜剧《钦差大臣》。一天早晨，司汤达在报纸上看到法院公报中有这么一件案子：青年裴尔特在一家很有钱的人家当家庭教师，不久成了这家主妇的情人，后来又在一种嫉妒和绝望的冲动下谋杀了她。司汤达便以此写成了著名长篇小说《红与黑》。

富有必然性因素的偶然事件，文艺家可以在生活的基础上进行创造。怎样创造法？那就是在人物行动或事件发展的关节上，根据主客观各种条件，为其设计出许多种发展的可能性，然后在这众多的可能性当中，选择出一种最"出乎意料，又在乎情理之中"的可能性。我们知道，每一件事的发展都会不只有一种可能性，而是有许多种可能性。例如谈恋爱，开始相识就有许多可能性：他人介绍，同乡，同学，同事，旅途同车相识，战斗中相识，等等。发展也有许多可能性：结成终身伴侣，因父母反对而分手，一方得新抛旧，一方病死，等等。其中的任何一种都可能出现。创作时应该选取比较独特的一种，使人感到意外。古代男女青年婚事一般都是由父母之命、媒妁之言决定的，这样写就没有特色。张生与崔莺莺那样的结合就与众不同，梁山伯与祝英台的结合和遭遇则更出人意料。

选择偶然性时要注意"在乎情理之中"，不要只顾"出乎意料"。有些偶然现象是缺乏必然性因素的，而且也没有什么意义。亚里士多德谈到创作问题时曾举过这样的例子。"例如阿耳科斯城的弥提斯雕像在节日里倒下来，砸死了那个杀他的凶手。这样的事似非偶然。这样的布局必然是最美妙的。"（转引自黄药眠《亚里士多德的美学》，载《哲学研究》1980年第4～5期）我们难以赞同亚氏的看法。这是十分缺乏必然性因素的偶然。

要使偶然性在乎情理之中，必须要注意主客观诸条件。一个偶然现象的出现，原因是很多的。偶然性是一种相对的东西，它只能在一系列的因果关系与另一系列的因果关系的交错点上出现。高俅因一脚好球而发迹，这一偶然性，是由许多原因凑合在一起的，它正好出现在诸原因的交叉点上：高俅恰好被王都尉派去给端王送玉玩，否则，他就没机会进入端王府中。进府时恰好端王在庭中踢球。一个球没接着，球正好滚到高俅身边，让高俅有使出"鸳鸯拐"的机会。如果端王个个球都接住，或者虽然一球失手，但不向高俅身边滚而滚向另一个方向，高俅也没有显露"鸳鸯拐"的机会。上面这些条件都具备了，但如果端王不是一个球迷，只是一般爱玩球锻炼身体的人，就不会收下高俅。还有，如果端王不是后来做了皇帝，高俅也不会升到殿帅府太尉。

虚构偶然性情节时，我们要紧紧抓住必然性的基本条件。偶然性千变万化，表现形式繁多，但万变不离其宗——必然性的基本条件，这是我们设计各种可能性的主要依据。例如，高俅发迹的必然性基本条件是：宋王朝黑暗腐败，统治者昏庸无能、骄奢淫逸，沉迷于声色犬马之中；高俅是无才鼠辈，但又野心勃勃，会吹会拍，踢得一脚好球。有了这些基本条件就会设计出许多可能性来。例如，高俅并不当王都尉的随从，也不进端王府。他在外面踢球时，被端王路过看见，极为赞赏，便收下了他。或者是：端王因经常玩球，需要一个球师做伴和指教，派人到处物色球师，结果把高俅请去。这两种过程与作品所写的就大不一样。即使是书中所写的这一种，其间也还有其他的可能性出现。例如，高俅到端王府中，见到端王踢球，主动参与踢，端王看到他踢得好，便收下他。当然，在这么多可能性中，书中所写的这一种是最精彩的。

关于形象思维的历史发展，前人的论述，形象思维的特点，形象思维的思维工具，形象思维的思维过程，形象思维的种类，我在拙著《新美学原理》（广西人民出版社 1983 年版）中做过详细的论述，请参阅。

第七章 灵感思维

一、灵感是一种思维方式

人类很早以前就发现了灵感。在西方，公元前400年左右，古希腊哲学家德谟克利特就提出："没有一种疯狂式的灵感，就不能成为大诗人。""一位诗人以热情并在神圣的灵感之下所作的一切诗句，当然是美的。"（《著作残篇》，转引自《西方文论选》上卷，第4页）此后，西方一直使用"灵感"这一术语。在中国，对灵感的论述比较迟一些，到西晋陆机才明确提出，但他一提出，就对它进行了相当精辟的论述。我们中国古代不用"灵感"这个术语，而用其他术语，其中有"应感"（陆机）、"灵气"（李德裕、汤显祖）、"天机"（谢榛）、"兴会"（袁守定、王士禛）等。术语虽异，内容相同。

灵感是什么东西？过去的理论家和文艺家都认为是一种特别的心理状态。陆机在《文赋》中对它做了这样的描述："若夫应感之会，通塞之纪，来不可遏，去不可止。藏若景灭，行犹响起。方天机之骏利，夫何纷而不理。思风发于胸臆，言泉流于唇齿。纷葳蕤以馺遝，唯毫素之所拟。文徽徽以溢目，音泠泠而盈耳。及其六情底滞，志往神留，兀若枯木，豁若涸流，揽营魂以探赜，顿精爽而自求。理翳翳而愈伏，思轧轧其若抽。是以或竭情而多悔，或率意而寡尤。虽兹物之在我，非余力之所戮。故时抚空怀而自惋，吾未识夫开塞之所由也。"这是说，灵感来去是不由人做主的，来时不可阻止，去时不可留住。去时无影无踪，来时像回声那样在内心激荡呼应。灵感来时什么纷乱滞塞的文思都通畅了，文如泉涌，满眼是华丽的文辞，满耳是清亮的音响，作家尽可以用笔墨去抒写，很快就成为一篇好作品。灵感不来的时候，意志和精神分散，呆钝得好像枯木，文思像干涸的河床。虽然搜索枯肠，仍无所得。陆机对灵感这种心理状态的描述是正确的。后来许多人的论述基本上与此相同，大致都是说，灵感是一种特殊心理状态，倏忽而至，来时情感洋溢，茅塞顿开，文思沸涌，下笔如有神，百思不得其解的问题，一下子就解决了。

笔者认为，只把灵感看作一种心理状态是不够的。感觉、知觉、情感、注意、思考等，都是心理状态，灵感不同于这些个别的心理状态，它是一种完整的思维方式。人类主要的思维方式是抽象思维和形象思维，此外还有一种重要的思维方式，这就是灵感思维。抽象思维的理论历史很长，现在已成为一门成熟的科学。形象思维的理论历史也很长，但零碎而单薄，未形成一门科学。灵感也被人发现得很早，但对它还很缺乏认识，更谈不上建立系统的灵感思维理论。长期以来大家都把它当作一种心理状态，或认知过程中的一个阶段。钱学森提出，灵感也是一种思维方式。笔者完全赞同他的这个意见。作为一种独立思维方式的灵感，是人们认识世界的一种重要方式，它有一个完整的认识过程，有它的思维工具，有不同于其他思维方式的特点。

灵感思维方式有如下几个特点。

(一) 形象性

灵感思维也像其他思维方式一样，有从感性认识上升到理性认识的过程。但它和抽象思维不同。灵感思维在整个认识过程中都离不开具体可感的形象。在感觉、知觉、表象的感性认识阶段，它具有形象性是不言而喻的。在理性阶段灵感思维仍然保持着形象性，它不是用概念进行思维，而是用表象去思维，通过表象的分析、比较、综合和推测，最后得出具体的形象。在这一点上，灵感思维与形象思维是相同的。但灵感思维与形象思维又有重大的区别，关于这一点留待后面详述。

灵感思维的形象性可以从它的过程和结果两方面来看。灵感往往是由具体事物触发的，这已为无数的文艺家的经验所证实。屠格涅夫坐船游莱茵河，看见岸上有一幢两层小楼，第一层窗子里有一个老妇向外张望，窗中有一个少女。他开始想来想去，这少女是什么人？她为什么在这个楼中？她和老妇是什么关系？就是如此，中篇小说《阿细亚》便在小船上形成了。检察官给托尔斯泰讲了一个案子，触动了托尔斯泰，便开始酝酿起长篇小说《复活》。又，托氏有一次看见路旁有一枝折断的牛蒡花，便产生了中篇小说《哈泽·穆拉特》的构思，田野盛开的牛蒡花成为作品的开头和人物的象征。

灵感触发以后，文艺家就迸发出创作的激情，进入一个运用表象来思维的白热化阶段，头脑里充满着形象。郭沫若说："每当诗的灵感袭来时，就像发疟疾一样时冷时热，激动得手都发抖，有时抖得连字也写不下去。"（《郭沫若答青年问》，《文学知识》1959 年 5 月号）他这样具体描述创作《地球，我的母亲》这首名诗时的精神状态："《地球，我的母亲》是民八学校刚放好了年假的时候做的，那天上半天跑到福冈图书馆去看书；突然受到诗兴袭击，便出了馆，在馆后偏僻的石子路上，把'下驮'脱了，赤着脚踱来踱去，时而又率性倒在路上睡着，想真切地和'地球母亲'亲昵，去感触她的皮肤，受她的拥抱。——这在现在看来，觉得是有点发狂，然在当时却委实感受着迫切。在那样的状态中受着诗的推荡，鼓舞，终于见到了她的完成，便连忙跑回寓所，把她来写在纸上，自己就觉得好像真是新生了的一样。"（《我的创作经过》，《沫若文集》第 11 卷，第 143～144 页）

这是比较突出的例子，其他作家创作时未必完全如此，但是也存在不同程度的狂热状态，充满着情感和想象，神游于自己所描写的事物环境中，应接着各种各样的形象。正如刘勰在《文心雕龙·神思》中所说："文之思也，其神远矣！故寂然凝虑，思接千载；悄焉动容，视通万里；吟咏之间，吐纲珠玉之声；眉睫之前，卷舒风云之色。""登山则情满于山，观海则意溢于海，我才之多少，将与风云而并驱矣。"文艺家甚至要进入物我两忘的境界，把自己与所描写的事物融为一体。

灵感思维的形象性从其思维的结果看得最为清楚。大家都知道，艺术是以形象反映生活的，艺术作品所展示的是一个个生动的画面和形象。这些形象就是灵感思维的结果。也许有人说，这只是形象思维的结果，而不是灵感思维的结果。我以为这两种思维都可以得到形象，都可以创造出动人的作品。有些作品是用灵感思维而不是用形象思维创作出来的。过去许多作家都明白地说，许多精彩的作品是从灵感中得来的。唐代李德裕说："文之为物，自然灵气。惚悦而来，不思而至。杼轴得之，澹而无味。"（《文章论》）明谢榛说："诗有天机，待时而发，触物而成，虽幽寻苦索，不易得也。如戴石屏'春水渡傍渡，夕阳山外山'，属对精确，非工一朝，所谓'尽日觅不得，有时还自来'。"（《四溟诗话》）汤显祖说："予谓文章之妙不在步趋形似之间。自然灵气，恍惚而来，不思而至。怪怪奇奇，莫可名状。非物寻常得以合之。"（《汤显祖集》，第 1127 页）张实居说："古之名篇，如出水芙蓉，天然艳丽，不假雕饰，皆偶然得之，犹书

家所谓偶然欲书者也。当其触物兴怀,情来神会,机括跃如,如兔起鹘落,稍纵则逝矣。"(《清诗话》上册,第128页)

现代作家郭沫若说:"我想诗人的心境譬如一湾清澄的海水,没有风的时候,便静止着如像一张明镜,宇宙万汇的印象都涵映在里面;一有风的时候,便要翻波涌浪起来;宇宙万类的印象都活动在里面。这风便是所谓直觉,灵感,这起了的波浪便是高涨着的情调,这活动着的印象便是徂徕着的想象。这些东西,我想来便是诗的本体,只要把它写了出来,它就体相兼备。大波大浪的洪涛便成为'雄浑'的诗,便成为屈子的《离骚》、蔡文姬的《胡笳十八拍》、李杜的歌行,但丁的《神曲》、弥尔敦的《失乐园》、歌德的《浮士德》。小波小浪的涟漪便成为'冲淡'的诗,便成为周代的《国风》、王维的绝诗、日本古诗人西行上人与芭蕉的歌句,泰戈尔的《新月集》。"(《论诗三札》,《沫若文集》第10卷,第205～206页)类似的话外国许多作家和理论家也说过。总之,古今中外许多著名作家和理论家都肯定,许多佳作是由灵感思维创造出来的。

不仅在文艺创作中见到灵感思维的形象性,在科学发明中也同样见到它的形象性。许多科学家利用灵感思维来发明创造的时候,都是由具体事物触发并通过形象联想的心理过程来解决基本问题的。例如,我国的鲁班从划破衣服和皮肤的带刺茅草受到启发,发明了锯。英国工程师布鲁内尔,看到船上的蠕虫在木头里自己开辟道路,发明了建造水下隧道的新技术。英国的医生邓禄普在花园里浇水,手里感到橡胶水管的弹性,因而发明了车胎。美国工程师杜里埃看到妻子喷洒香水,于是从这个化妆器得到启发,创造了发动机的汽化器。著名科学家爱因斯坦根据自己的亲身经验,得出结论说:"我相信直觉和灵感。"

(二)灵感在不知不觉中出现

灵感思维与形象思维的一个重大区别是,形象思维一直在意识之内进行,每一个认知过程都是意识的活动,每一个认知内容都是觉察得到的。例如,作家要写一篇小说,他自觉地深入生活,进行观察体验,获得大量的素材,然后进行分析研究,确立主题,继而构思故事情节。在构思过程中,他苦思苦想,废寝忘食,人物命运、情节发展,都得逐一安排好。在这个过程中,每一个内容的到来都是意、识得到的。灵感思维与此不同,它在意识之内进行之后,又在无意识之中进行。也就是说,在进行了一段苦思苦想的意识活动之后，便停下来，让思维转入无意识的活动。在无意识的思维活动阶段，认知内容的出现总是不知不觉的，十分突然的。关于灵感思维的不自觉性和突然性，古往今来很多作家都谈到，一致认为它是"恍惚而来，不思而至"。英国诗人雪莱说："我们的天性的意识部分既不能预示灵感的来临，也不能预示灵感的离去。"所有的文艺家的创作经验都证实了这一点。屠格涅夫乘船游莱茵河时并没有预料到会构思出《阿细亚》的故事，托尔斯泰郊游时也不会预料到出现《哈泽·穆拉特》的故事。如果文艺家解决关键问题是在预料之中，是自知自觉的，这就不是灵感思维，而只是形象思维。

（三）灵感是在脑筋放松时出现

形象思维和抽象思维都是在大脑紧张、聚精会神、专心致志的状态下，才能想出好的点子，写出好的文艺作品，有新的发明创造。灵感思维却不是这样，它是在脑筋放松的时候，即在休息、娱乐、散步、游山玩水、闲聊的时候，才想出点子来。阿基米德接受解决"金冠之谜"的任务之后，整天苦思苦想，仍一筹莫展，只是在走进浴缸洗澡时才闪现出解决问题的点子来。意大利物理学家费米研究量子物理，有一天他和另一位物理学家愉快地在草地上玩耍，两人准备捉壁虎，就在这时他发现了著名的费米统计。美国发明家莫尔斯在发明电报过程中，碰到的很大障碍就是远距离传输的时候信号发生衰减现象，想了许多办法都不成功。有一天，他乘马车从纽约到另一个地方去，并不在思考电报问题。当途中看到马拉的邮车每到一站就要换马，他突然想到，在电报线路沿途设置放大站，不断放大信号，终于解决了信号衰减的问题。同样，屠格涅夫是乘船游玩时想出《阿细亚》的，托尔斯泰是在郊游时想出《哈泽·穆拉特》的。

笔者认为灵感思维的特点主要就是上述这三点。有的人认为独创性也是它的一个特点，我觉得这一点难以成立。因为独创性并非灵感思维所独有，形象思维和抽象思维也有，运用这两种思维方式去思考，也能得出富有独创性的东西。托尔斯泰的《战争与和平》主要是用形象思维方式创造出来的，它并不比他的中篇小说《哈泽·穆拉特》逊色；屠格涅夫用灵感创造出来的《阿细亚》，不会超过用形象思维创作的《父与子》。许多科学上的发明创造也不是由灵感思维得来，而是靠其他的思维方式得来。如果把独创性作为灵感的一个特点，就会贬低形象思维和抽象思维的作用，否定它们具有创造性，这不符合事实。但是，我们也应该肯定，灵感思维比形象思维和抽象思维更为复杂、更为高级，因而也最有创造性。形象思维和抽象思维无法解决的繁难问题，灵感思维往往能够解决。许多事实证明，灵感都是在文艺家和科学家百思不得其解之后才出现的，有的经过几年，甚至经过几十年的思考得不到解决的问题，最后由灵感思维的启发才得以解决。

二、灵感思维过程

由于灵感是在不知不觉和脑筋放松的时候出现，来无迹去无踪，并且能解决百思不得其解的繁难问题，其性质和过程究竟如何？实在难以捉摸。于是有些人把它神秘化，对它做出种种唯心主义的解释。

在西方最早把灵感神秘化的是古希腊哲学家柏拉图。他说："凡是高明的诗人，无论在史诗或抒情诗方面，都不是凭技艺来做成他们的优美的诗歌，而是因为他们得到灵感，有神力凭附着。……不得到灵感，不失去平常理智而陷入迷狂，就没有能力创造，就不能作诗或代神说话。……神对于诗人们象对于占卜家和预言家一样，夺去他们的平常理智，用他们做代言人。"（《文艺对话集》，第8～9页）柏拉图把灵感的来源说成神的赐予，神附到诗人身上，要诗人代其说话，于是诗人便得到灵感。同时柏拉图又把灵感说成为完全与理智对立的东西，失去理智的迷狂就是灵感。他的这两个观点对后世有深远的影响，后来不少人都接受了他的这两个观点，特别是非理智观点。他的这个观点并非完全没有根据，灵感的确是在不知不觉中出现的。但是，他把灵感思维的无意识阶段孤立起来，以致把灵感看成与理智对立的东西，这当然是错误的。

有一些人认为灵感是一种天赋才能，与生俱来，不学而能。这种观点在我们中国古代颇为流行。清代赵翼说："少时学语苦难圆，只道工夫半未全。到老始知非力取，三分人事七分天。"袁枚说："诗文自须力学，然用笔构思，全凭天分。往往古今人持论，不谋而合。"（《随园诗话》）这种观点在西方也有代表性。康德认为文艺作品"有赖于作者的天才，作者自己并不知晓诸观念是怎样在他内心里成立的，也不受他自己的控制，以便可以由他随意或按照规划想出来，并且在规范形式里传达给别人，使他们能够创造出同样的作品来"。（《判断力批判》上卷）把灵感当作天赋才能当然也是错误的，它比柏拉图的"灵感是失去理智的迷狂"

距离真理更远。许多文艺家和哲学家都反对这些唯心论观点,提出了许多有价值的理论,特别是许多文艺家以自己的切身经验,去说明灵感并不是天生本能,不是神的赐予,而是从勤奋中产生出来的。这对我们今天研究灵感思维很有帮助。

我以为灵感并不是神秘的东西,它完全是可以说明清楚的。灵感是一种思维方式,它与其他思维方式一样,也有从感性到理性的过程。但是它也有与其他思维方式的不同之处。这一不同表现在它的过程经历有意识和无意识两个阶段。灵感思维的全过程是:感觉—知觉—表象—想象(形象的思维)—无意识思维。从感觉到表象属于感性认识阶段,这是灵感思维、形象思维和抽象思维都共有的。想象是运用表象进行思维,它对简单的低级的表象进行分解、比较和综合,概括出更高级的表象;同时又运用表象进行演绎和推测,探知事物的相互关系和变化发展的规律。想象就是形象的思维,是认识的理性阶段,能够深入事物的本质。这样,形象思维与抽象思维在理性阶段就有显著的区别,抽象思维不是用形象而是用概念去进行思维,从概念到概念。灵感思维在理性思维阶段与形象思维相同,也是用表象去进行思维。形象思维与抽象思维都是在意识领域内进行的,它们到了想象或概念思维阶段,认识过程就完成了。唯独灵感思维还没有完成,还要进入一个令人难以捉摸的无意识阶段。

关于灵感思维的感觉、知觉、表象以及想象等各个认识阶段,这里不再多说了,拙著《新美学原理》已做详细论述。这里笔者要特别强调指出的是,这些阶段是灵感思维的意识阶段,于灵感思维十分重要,它是无意识阶段的基础和前提,没有它也就没有后面的无意识阶段,也就不会有灵感的出现。有些人只看到灵感出现于不知不觉之中,以为它只靠无意识的心理活动,不靠意识的心理活动,这是完全错误的。每一个灵感的出现,虽在倏忽之间,但在出现之前都经过了长期的紧张的理性思考。许多文艺家和科学家的经验都证实了这一点。俄国著名画家列宾就曾说过:"灵感是对艰苦劳动的奖赏。"

接下来,我想着重探讨灵感思维的最后阶段——无意识阶段。

(一)什么是无意识

一提到无意识,首先使我们想起弗洛伊德的理论。弗氏是世界上最致力于研究无意识的心理学家,他把无意识当作心理学的主要研究对象,写过许多书，影响极大。但他的理论是以性本能作基础的。他认为无意识是不依赖于物质而独立存在的力量，是人的生命的基础和意识的发源地，是人的行为的内部推动力和主要调节器。具体地说，他的所谓无意识，就是被压抑了的性本能冲动。他认为人的一切行为和欲念都是由性本能引起的，这种性本能只求得到满足，不顾一切道德、法纪。这样，人就把它压抑住，不让它表现出来，这种被压抑住的欲念就是无意识。所以，他认为无意识这个精神领域窝藏着原始的、野蛮的动物性本能冲动。弗洛伊德完全颠倒了心理活动中主观与客观的因果关系，根本否定了无意识的内容和来源的客观性。因此，他的无意识理论是唯心主义的。

弗洛伊德的无意识理论是错误的，但不能因此否定无意识这种心理活动。它确实是存在的。巴甫洛夫曾经不止一次地强调指出："我们清楚地知道，达到某种程度的精神生活、心理生活是由意识的和无意识的东西错综复杂地形成的。"事实正是如此。

所谓无意识，就是未被意识到的意识。我们知道，意识是人对客观现实的反映。列宁指出人的认识活动包括三项："①自然界；②人的认识 = 人脑（就是那同一个自然界的最高产物）；③自然界在人的认识中的反映形式。"（《哲学笔记》，第168页）认识包括两种。一种是自觉的，为人意识得到的。这属于有意识的认识。例如，我们专心致志地读书，书中每一句话每一个字都被注意到，都被我们有意刻印到脑海里。又如我们回忆一位久别的朋友，一开动脑筋，这位朋友的身影就出现在脑海中。另一种认识是不自觉、不随意的，虽然脑海中已刻印上客观事物的表象，但人并不知觉。这属于无意识的认识。例如，我们同友人在街上行走，谈得很投机，只顾谈话，并不留心街上的各种事物，但是这些事物仍然会反映到我们头脑中。我们不留心迎面走来的行人，但是并未和他们相撞。

认识的领域比意识的领域广阔得多，有些东西已经反映进人的头脑中，留下了记忆的痕迹，却不一定为人意识到。这些无意识的记忆在一定情况下就会复活起来。曾经有一个这样的事例：有一个不识字的女佣人，25岁，有一天患了急性疟疾，说呓语时反复地讲了一些拉丁语、希腊语和欧洲语的各种句子，还富有情感，声调慷慨激昂，周围的人以为这个姑娘着魔了。后来经过诊断弄清了真相。原来这个姑娘曾被一个老牧师教养过。这个牧师养成了一个习惯，经常顺着通向厨房的走廊慢慢地走来走去，边走边读书。这个姑娘大部分时间是在厨房里度过的，经常听到牧师的诵读，无意中记忆了下来。她的呓语中的外语句子都是牧师读过的。记忆中留下这些句子，她自己是不知道的。由此可见，人不仅有无意识的感知，有无意识的记忆，还有无意识的再现。类似这种情况，医疗上也不乏例子。许多精神病患者在催眠状态中，能回忆起清醒时完全遗忘的经验；他们在催眠状态下按医生指令所做的事，醒来之后完全没有意识到。这都说明这些经验存在于无意识之中。

无意识存在于一系列的认知过程中，其间包括无意识感知、无意识表象、无意识想象、无意识思维。意识心理活动的各个环节，无意识也都具有。

无意识是人们认识客观世界的一种不可缺少的形式。大家都知道，世界是一个非常庞大复杂的信息系统，人类的大脑虽然在接受外界信息方面有很大的潜力，但时间、精力和接收器官有限，光靠意识的心理活动去接受信息是不够的，还必须要有无意识的心理活动作补充。意识是人的心理反映的最高形式，人类认识世界当然依靠意识反映为主，这是最普遍最经常使用的心理活动形式；但运用无意识的心理活动也可以认识到很多新知识。保加利亚心理学家洛扎诺夫写了一本《暗示学》，研究人运用意识与无意识认识世界的方法，他认为通过各种途径调动人的认识潜力，会收到很好的效果。试验证明，利用暗示性教学法，可以使学生在一个月内掌握2000个外文单词，能在日常生活中流利地运用外语；可以在10天内学完大学一个学期的教学内容。这种快速的暗示学习法，现在已推广到其他许多国家。

（二）无意识的思维过程

灵感思维在紧张的有意识思维之后，便转入无意识的思维。也许会有人说，无意识的感觉、知觉的存在是可能的，因为这些心理活动依靠直觉就能进行，思维是更高级的心理活动，它不能靠直觉的反映，而是要运用表象进行分析、综合和推测，怎么会在无意识中进行？怎么可能有无意识的思维？承认这种东西，岂不是等于肯定文艺创作和科学发明是非理性的活动了吗？笔者认为，我们研究问题应从实际出发，而不应从观念出发，应该敢于面对现实。无意识的思维的存在就是一个客观事实。前面已经说过，灵感总是在脑筋放松时不知不觉地到来的，这就说明灵感这东西是在无意识的思维中产生的，不然，怎么说明它的产生？难道它真的像柏拉图所说的那样是神赐的吗？真的像康德等人所说是天生的吗？当然不是。

无意识的思维也能从生理机能上得到说明。人脑是思维的器官，它由许许多多的神经细胞组成。人脑进行思维的过程，同时也是神经系统生理活动的过程。人脑在生理活动过程中，大量的神经冲动（电位）沿着神经细胞传播，伴随着这种活动过程而产生电流。通过头部皮肤记录的脑电波（即脑电图），可以看到人脑活动的一些情况。不论在意识活动还是在无意识活动的时候，都有脑电波出现。脑电波有四种基本波形：①α（Alpha）波，频率每秒 8～13 次，波幅为 20～100 微伏。这是健康人在清醒、安静、闭目、无紧张脑力活动时的节律。②β（Beta）波，频率每秒 14～30 次，波幅 5～20 微伏。这是大脑皮层兴奋时的节律。③θ（Theta）波，频率每秒 4～7 次，波幅 100～150 微伏。这是大脑皮层抑制时的节律。④δ（Deita）波，频率每秒 1～3.5 次，波幅 20～200 微伏。这是人在睡眠时的节律。这里可以看出，人无论在休息还是在紧张思维的时候，或者在睡眠的时候，神经细胞都在活动，既有活动，也就有思维。各种脑电波的频率不同，显示出有意识的思维和无意识思维的区别。多少频率的脑电波算是有意识的思维？多少频率的脑电波算是无意识的思维？生理学和心理学都尚未确算出来。可能 β 波属有意识的思维，其余各种波属无意识思维。

肯定存在无意识思维，不等于说文艺创作和科学创造是非理性活动。

因为无意识的思维并不是一个独立的思维方式，它只是灵感思维的一个阶段，以有意识思维作为前提的，没有有意识思维也就没有无意识思维。有些唯心论者把灵感思维方式中的无意识阶段，与它的有意识阶段割裂开来，并将其绝对化，认为只靠无意识就可以创作文艺和创造发明。这当然是完全错误的。

那么，无意识思维是如何进行的？首先，它要有充分的思维材料。所谓思维，也就是信息的加工处理，使之产生新的信息。没有原始的信息材料，就无法加工，正如工厂没有原料就不能制造产品一样。这些信息材料从哪里来？主要是从意识阶段得来的。人在研究某一问题时，广为收集材料，得到很多感性的东西，这些东西刻印在人的大脑皮层上，这就是我们所说的记忆。信息材料也不仅限于研究问题时所收集的，也不限于从意识中来，同时也包括人在过去的无意中得来的材料。材料越多，灵感思维越容易进行。有了材料之后，还要进行认真的理性思考，对所要解决的问题进行多方面的设想，使大脑皮层上不仅留下星罗棋布的表象痕迹，而且又刻印上一道道的思路痕迹。

经过这两个认识程序以后，就开始转入无意识思维。也就是在这两个有意识的心理活动阶段（感性和理性的认识）之后，人们就把他们所要思考的问题"挂"起来或搁起来，不再有意去想它了，进行休息或娱乐，或者做别的事，总之，不再对这个问题苦思苦想。无意识思维就在这个时候开始，这个思维的时间短则几小时，长则几十年。在思维过程中，人们自己是不知道的，但是大脑确实在进行思维活动。

（三）无意识思维的种类及其思维过程

无意识思维有三种，这就是循轨思维、越轨思维和梦。它们的基本过程是一致的，但又各有特色。现分述如下。

1. 循轨思维

循轨思维就是按照意识阶段已有的思路去进行无意识的思维。在意识阶段人们已进行过艰苦的思维，在大脑皮层上留下了思路痕迹。虽然没有解决问题，甚至距离解决问题甚远，但思路的大方向是对的，仅仅是由于思路未伸展到，或者思路已布满了有关大脑皮层，只是缺乏某些环节，使思路未能贯串起来。在这种情况下，大脑皮层就会进行循轨思维，在不知不觉中把思路接通，就像各个电站之间接通了电线一样。在这种无意识思维的过程中，往往是由外界某一事物作为导火线，偶然一触，智慧之光便闪亮起来。

循轨思维在文艺创作中运用得最为普遍。文艺创作是要靠长期的生活积累。某种生活素材和生活经验，各色各样的人物和生活场面，作家早就积存于脑海中，但都是零散的、模糊的、平淡无奇的，不足以成篇，也不觉得它们有什么用处。材料积累多了，体验深了，作家萌发了创作某种作品的愿望。于是便有意识地进行构思，苦思苦想，得不到什么结果，便把构思的事放下，外出游览、娱乐或随便看书报，不再认真去想它。虽然他不认真去想它，但他的无意识思维还在活动，继续沿着他原来的思路去思考，思考已经相当成熟，偶然碰到某种事物的触发，就解决了问题。福楼拜是偶然在报上看到一则妇女自杀的消息而决定写《包法利夫人》的，而且写得十分得心应手，也很成功。在这之前，他同包法利夫人这样的女性早就打过交道，比较熟悉，对法国外省的生活也做了长期的观察，他对这个题材和主题已有过一段时间的无意识思维，孕育得相当成熟。他并非偶然见到这则消息，就心血来潮，一挥而就。果戈理早就想写《钦差大臣》一类讽刺当时社会风气的剧本，对这种社会风气和人物已经相当熟悉，所以当普希金告诉他自己的一段奇遇时，他才能一挥而就。

循轨思维之所以能够进行，是由于人在苦思苦想的有意识思维阶段，于大脑皮层上建立起一个相应的优势灶。优势灶有两个特点：一是神经细胞对刺激的敏感度大大提高；二是把来自各种激励源的刺激加起来，在激励源消失之后，刺激作用仍然保持下去。正因为如此，人在休息的时候可以进行着无意识的思维，并且在受到某种偶然的刺激时，整个思路便畅通起来。

2. 越轨思维

所谓越轨思维，就是摆脱传统的、习惯性的思维模式或路子。我们知道，人是容易养成习惯性的，习惯性一旦养成，就会自然而然地顺着去做，积习越久，越难改变。人的思路也有习惯性，这就是神经系统的动力定型。人们由于民族传统习惯、个人生活习惯、地理环境、气质等各种内外因素的影响，就会养成一种比较固定的思维模式，遇到什么问题总是按照这个模式或路子去思考。所以，循轨思维是一种最普遍的思维方式，无意识的思维也容易形成这种方式。但是，世界是非常广泛复杂的，人对事物的认识能力有限，有些比较复杂的问题，内在本质比较隐蔽，事物之间的联系也较疏远，表面看来似乎没有什么关系；如果按照习惯的传统思路去思维，就不可能得出结果。有的问题的结论根本不在传统思维的范围之内，而是在传统思路范围之外；若按照老路子去思维，绞尽脑汁也寻不到答案。要解决问题，只有采用越轨思维。

越轨思维在两个方面越轨。一是材料范围的越轨。人脑对信息的容量极大，各种各样的信息反映进入脑之后，就记忆在脑细胞上。脑细胞布满人脑，所以记忆下来的信息也布满人脑。按照常规的思维，思路来来去去只在某一固定的信息材料范围之内活动，所接触的就是这些有限的信息材料。越轨思维因为要打破常规，就会越出固定的信息范围，从而获得新的材料。二是思维方式的越轨。它不一定像常规的思维方式那样，从头到尾地步步推进；它可能从尾到头进行倒逆的推断；或者从中间出发，向两边突破；或者把看来毫不相干的事物放在一起思考，进行各种"荒唐""可笑"的联想和类比。繁难的问题就在越轨思维中得到解决。

在有意识思维中，从常规思维转到越轨思维，需要人的意识指导，要经过一定的努力才能做到。在无意识的思维中，不需要人的自觉努力，只要人停止紧张的脑力活动，进入休息状态，神经系统就会自然而然地进行越轨思维。这一点，人完全是不知道的。心理学告诉我们，人的神经系统有一条普遍存在的规律，叫作相互诱导规律。这条规律就是：神经系统的兴奋过程和抑制过程发生相互激励的作用。兴奋过程的激励作用可以使抑制过程加强，这叫作负诱导。抑制过程的激励作用可以使兴奋过程加强，这叫作正诱导。根据这一原理可以看到，人在长期紧张地思考某一问题时，大脑皮层的某一部分就会处于兴奋状态，其他部分处于抑制状态，这时候，当然不会出现无意识的越轨思维。但是，当人停止紧张的思考活动时，大脑皮层的某一部分转入抑制状态，其他部分就会由于正诱导的作用而兴奋起来，于是出现越轨思维。也就是说，在这个时候，思维活动已经转移到了新的大脑皮层部位，原来隐伏在这些部位的潜沉信息浮现出来了，成为思考的新材料；原来的传统思维模式和路子也被冲破了，代之而来的是违反常规的新思路。这样，文艺家和科学家在思路上便茅塞顿开，很快就找到答案。这正是："众里寻他千百度，蓦然回首，那人却在灯火阑珊处。""踏破铁鞋无觅处，得来全不费功夫。"

越轨思维的事例很多。阿基米德解"王冠之谜"就是一个明显的例子。亥厄洛王叫工匠做一顶金冠。做好以后，有人告密说，工匠偷了一部分黄金，掺进了同等重量的白银。亥厄洛王大怒，下令检查王冠，但又找不到检查的方法。亥厄洛王要阿基米德帮助检查。阿氏左思右想，苦苦思索了好久，也没有想出什么办法。有一天，他偶然到浴室去洗澡，看到身子浸入浴缸时，溢出的水和他自己身体入水部分的体积一样大。他高兴地喊叫起来："我想出了！我想出了！"这是越轨思维的结果。用水来检验王冠的黄金重量，是非常奇特的方法，与一般用秤量用眼看等各种常规方法相去甚远，这种结果用循轨思维是无法获得的。只有当阿氏休息时，转入了无意识的越轨思维，才得到这个答案。在这过程中，外物刺激只是一种导火线的作用，有时没有外物也同样想出点子。

3. 梦

梦是无意识思维的一种方式，它也是运用表象进行思维。梦是在人入睡以后做的。人入睡以后处于不知不觉的状态，所以梦境中的思维是无意识的。梦中也能创作出文艺作品或从事发明创造，文艺史和科学史上有大量事实足以证明这一点。

德国化学家凯库勒在梦中发现苯环的化学结构。他回忆说:"我把椅子转向炉边,进入半睡眠状态。原子在我眼前飞动:长长的队伍,变化多姿,靠近了,连结起来了,一个个扭动着,回转着,像蛇一样。看,那是什么,一条蛇咬住了自己的尾巴,在我眼前轻蔑地旋转。我如从电掣中惊醒,那晚上我为这个假说的结果工作了整夜。……先生们,让我们学会做梦吧!"美国生理学家坎农说,他从青年时代起就常常得助于突然的顿悟。他常常想着问题去睡觉,次晨醒来答案已经有了。古德伊尔长期研究橡胶硫化法的问题。在梦中一个陌生人建议他在橡胶中加上硫黄。他照着做,果然获得成功。笛卡尔自己说,他关于数学和物理学方面的一些发现,是在一个晚上3个不连贯的梦中构想出来的。维纳在梦中创立了"配位化学",罗扎诺夫在梦中创造了留声机的蜡制圆筒,马赛厄斯在梦中发明多种超导体。班廷发现胰岛素,利维发现从神经向肌肉传导刺激的机制,都是在梦境中完成的。诺贝尔奖获得者冯谢特·果伊格伊,在回答他的创造性思想是怎样出现时说:"当我清晨三四点钟醒来的时候,在床铺上,或者甚至是在梦中,当我甚至尚未弄清这点时,大脑做了大量潜意识的工作,而正是通过这种途径解决了很多问题。"剑桥大学哈钦森教授曾做过调查,70%的科学家都回答说,他们的创造发明是从梦境中获得的。日内瓦大学报道过一个对数学家的调查报告,在69人中,有74%说自己是在梦中解决问题。梦中创造者的比率这么高,笔者表示怀疑,有些科学家在回答调查者时可能有点夸大其词。

许多文艺家也在梦中创作出作品。意大利提琴家帕格尼尼,有一天晚上梦见自己给了魔鬼一把提琴,魔鬼演奏了一首优美的乐曲片断。帕格尼尼醒来后立即写下了动人的名曲《魔鬼的颤音》。德国歌剧作家瓦格纳,于朦胧中创作了《纽伦堡的名歌手》和《莱茵的黄金》的部分乐音。俄国作曲家斯特拉文斯基的一些乐曲是在梦中写成的。海顿和莫扎特的创作都利用过睡眠中的思维和其他无意识思维。据史料记载,唐明皇梦游广寒宫制作了《霓裳羽衣曲》。

当然,具有发明创造的梦只占极少数。著名的文艺家和科学家经常做梦,一生中所做的梦不可胜数,但他们的发明创造却很有限。在仅有的发明创造中,多数不来自梦境。有的科学家说他的发明多来自梦境,这是不可信的。但不管怎样,有极少数的梦创作了文艺作品或发明了新东西,是无可否认的事实。

为什么梦能进行创造发明？因为梦也是一种无意识的思维。梦是在睡眠时做的。科学实验证明，人在睡眠的时候，大脑神经细胞并未完全停止活动。睡眠分为两种：一是慢波睡眠。这种睡眠与清醒时的脑电波相比，其频率明显变慢，血压、呼吸和内脏器官活动的水平都有些下降，但相当稳定，肌肉保持一定的紧张度，眼球转动不快。另一种睡眠是快动眼睡眠。其特点是沉睡中与清醒时相似。眼睛虽闭，但眼球转动很快。每分钟转动 50～60 次。心率、血压、呼吸以及内脏器官活动呈现不规则的变化，肌肉处于完全松弛状态。这两种睡眠是相互交替进行的。开始入睡时先进入慢波睡眠，约持续 90 分钟，然后转入快动眼睡眠，持续 20～30 分钟，再转回慢波睡眠，每晚这样互相交替 4～5 次。梦一般是在快动眼睡眠时出现的。有人在实验中发现，在 191 人中，当出现快动眼睡眠时将他们叫醒，有 152 人（占 80%）说正在做梦；在 161 人中，当出现慢波睡眠时将他们叫醒，只有 11 人（占 7%）说正在做梦。早晨，从睡眠中自然醒来之前，往往都是最后一次快动眼睡眠的时候，因此梦特别多，并且给人以一种假象，认为自己整夜都在做梦。

人在做梦时，完全处于不自觉的非理性状态中，神经细胞中的信息组合不像清醒时那样按照通常的逻辑程序，而是完全不受意识的支配，自由自在地组合，哪怕是毫无关系的事物也会连接在一起。在这时候，有些潜藏已久清醒时难以想得起来的信息也浮现出来了。这样，梦中的思维就像脱缰的野马随便奔驰。梦中的思维实际上也是越轨思维，但它比前面所说的一般越轨思维又有不同。一般的越轨思维是在清醒时进行的，它受着神经系统相互诱导规律的支配，虽然越轨，但仍有一定的范围，仍遵循着一定的轨迹。所以，它所组合的形象很少是荒诞不经的，一般都合乎一定的逻辑。这一点，除了因为受相互诱导规律约束以外，还因为人处于清醒状态，理智还守候在无意识思维旁边，看到无意识思维太放肆，进行太荒唐的信息组合，就会站出来干涉。做梦时的越轨思维则是在沉睡状态中进行，不受任何理性支配，它可以独往独来，无拘无束。这在现实当中是不可能出现的。例如，活人与死去的人一起生活，人飞天遁地，等等。梦，可以说是最高形态的越轨思维。它所创造的形象绝大多数是荒唐的，但也有极少数是有意义的，有独创性的新形象，文学家和科学家将此记录下来，就成为文艺作品或科学发明。

也许有人会问，一般人个个都会做梦，都会进行无意识的越轨思维，为什么梦中没有出现精彩的文艺形象和科学发明？这是因为一般人平时没有进行过艰苦的研究和思考，脑袋里也没有储存足够的有关信息。前面一开头笔者就说过，灵感思维包括意识和无意识两个认识阶段，无意识思维阶段是以意识思维阶段为基础和前提的。人之所以能够在梦中创造发明，是由于他在平时对某个课题收集了很多资料，并且做过艰苦的思考，大脑皮层上留下了很多记忆痕迹。当入睡以后，人进入无意识状态，神经细胞仍进行一定的活动，便出现越轨思维。没有艰苦的意识思维，也就不会有梦中的发明创造，至多只能做出一些有关日常生活和普通的梦。这里，应该指出，在文艺创作方面还有点不同。有些人虽然不是专业作家，也不想写什么作品，但由于他们的经历十分丰富，对社会生活和各式各样的人物十分熟悉，头脑中留下了极深刻的印象，他们也会做出一些精彩动人的梦。如果把它写出来并加以加工整理，会成为好作品。可惜这些人却没有这样做。

文艺的心理功能

第八章　文艺的情感功能

比较地说，过去我们过于重视文艺的认识作用和思想教育作用，忽视文艺的情感作用。这主要是由于过去着重从社会学方面而很少从心理学方面去研究文艺。重视文艺的认识作用和道德作用是对的，但是文艺的情感作用的重要性并不亚于认识作用和道德作用。这不仅仅是因为这两种作用要靠情感作用的支持，无情感的帮助它们就无法发挥出来，而且情感作用本身具有独立存在的重大价值，所以我们要加强对文艺情感作用的研究。为了讲清这个问题，首先必须要了解情感的性质及其产生，情感对人的作用。

一、情感的性质、种类及其产生

情感是人对一定事物所持的态度的体验。情感作为人的主观体验，是由客观事物引起的，但又不是事物本身的反映，它是人的需要与事物之间关系的反映。在生活当中，人接触各种各样的事物，这些事物或是为他所需要，或不为他所需要。为他所需要的，他就对这事物产生好感，诸如满意、喜悦、爱等情感；不为他所需要的，他就不会对它产生这样的情感。对人的需要毫无关系的事物，人是不会产生情感的，对它既不感到愉快，也不感到不愉快，漠然处之。如果这事物有害于人，人便产生畏惧、不满、愤怒等情感。同一件事，由于各人对它的需要不同，遂产生出不同的情感。例如，饥饿的人见了食物就高兴得很，吃饱的人则没有这种情感。渴望知识的人，见到书本就爱不释手；反之，见到书本就无所谓，甚至感到厌恶，弃之如敝屣。我们说情感是人的需要与事物之间关系的反映，这里所指的事物，包括客观存在的各种物品，其他人及他们的行为，还有自己本身及自己的工作和行为。

人的情感既是由于需要和外界事物所引起，而人的需要是非常广泛的，客观事物是众多的，所以，人的情感就十分复杂和丰富多彩。人的需要按其内容说，可分为物质需要和精神需要两大类。

物质需要就是维持和延续人的生命所需要的各种物品，如粮食、衣服、空气、水、住宅、安全必需品等。物质需要是最重要的，人首先要在衣、食、住等方面得到满足，没有这些东西就无法维持有机体的生存。动物也有物质需要。但人的物质需要与动物的物质需要不同，人能通过劳动生产出自己所需要的东西，动物只能依靠天然物质来满足自己的需要。两者满足的方式也各不相同，人的物质需要具有社会的性质，与社会要求相符合。

精神需要属于观念对象的需要，是对智力、道德、审美等方面的需要。精神需要是人的高级需要，为人所独有，动物是没有的。这种需要不是与生俱来，也不是人类一出现就已经充分具有。它是人类社会发展的产物，是随着生产力的发展和人化感官的发展而不断发展的。人类最初形成的精神需要是劳动和交际的需要，后来才陆续出现其他精神需要。人的精神需要是多种多样的，归纳起来有如下几种。

（一）亲合需要

人类喜欢过集体的社会性生活，幼年时喜欢跟父母在一起，喜欢同小朋友玩耍，成长以后，更喜欢与各方面的朋友来往，交际面更广，集体生活的需要更为迫切。人类的这种亲合需要，一方面是由于客观社会条件和环境所造成，另一方面也是人的主观心理需要。在亲合活动当中，人会获得友情和对集体的爱的满足，产生喜悦、高兴、自豪、快慰等情感。如果一个人离群索居，即使物质上的需要得到充分满足，情感上也会感到痛苦、寂寞、哀愁、烦闷、无聊。因此，在亲合的需要中，人对集体的需要是很突出的。

（二）赞许需要

赞许就是人的行为获得他人的称赞和鼓励。人类的许多行为是由于赞许的需要而发动的。做一件事，若得他人和社会的称赞，当事人就感到满足，从而产生愉快的情感，若得不到称赞，就会感到不悦。这种需要对人的道德行为发展是很重要的，它可以促使人按道德规范去行动，去做有益于人民有益于社会的事，不做违反道德规范、损害人民和社会的事。

（三）成就需要

成就需要是指个人对自己认为重要或有价值的工作要求取得成就。这种需要若得到满足，人就感到愉快、兴奋、自豪；如果得不到满足，就会感到不快、扫兴、颓丧、痛苦、自卑。正是由于成就的需要，许多人鼓足干劲，夜以继日地进行工作，努力创造和发明，促进社会的发展。成就需要是普遍的：幼儿总想把自己的积木搭得更高；儿童总想把自己的学习搞好；青年人最有抱负，总想将来干出一番伟大的事业；壮年人兢兢业业，希望干出巨大的成绩；老年人在这一点上虽然不如青壮年那么强烈，但仍努力不辍地做些力所能及的工作。

（四）求知需要

人都有求知的需要，都希望获得更多的知识，懂得更多的东西。当人获得新知识、认识到新事物时，就会产生惊喜和喜悦之情。人们所以能够进行长期而又艰苦的研究工作，正是求知欲的驱使。一项艰难的研究，十年窗下，寒来暑往，人不堪其苦，但研究者却乐在其中。

（五）爱美需要

爱美是人的一种普遍需要。人人都爱美，渴望美的享受，包括自然美、社会美和艺术美。这种需要如果得到满足，人就会产生愉快；如果得不到满足，人就会感到不愉快，引起种种不良的心理后果。

物质需要和精神需要所引起的情感，具有不同性质。物质需要所引起的情感，是低级的情感，具有本能的性质。人饥饿时得到食物，天寒时得到衣穿，生命危险时得到保护或解脱，就感到愉快；反之，则感到不愉快。这种低级情感反应是一种生理现象，人人如此，与人的观念如阶级观念、道德观念、民族观念没有联系。低级情感永远带有情境的性质，是由当时形成的情境引起的，它具有激动性和短暂性，也比较肤浅，情境一改变，马上就消失。由精神需要产生的情感是高级情感，与人的生理机能要求没有直接的联系，它只能使人的精神需要得到满足，而不能使人的有机体需要得到满足。精神需要与人的观念如阶级观念、道德观念、民族观念等有着密切的关系。同一事物，道德观念不同的人就有不同的情感反应，有的人感到喜爱，有的人感到厌恶。高级情感既有情境性，又具有稳定性、长期性和深刻性，不为任何严格确定的情境所左右。这些区分都是相对的，具有稳定深刻社会内容的高级情感，也可能以鲜明的、爆发的形式表现出来，如在敌人的进攻面前，革命战士的爱国主义感情会爆发为强烈的怒火。另外，那些与人的生物需要相联系的低级情感，也能由于所赋予的社会内容而改变它的原始表现形式。如上甘岭战役中极度缺水，但一杯水在战士手中传来传去，没有人沾上一口。

人的情感是极其复杂的。我国古代学者认为人有七情，即喜、怒、哀、乐、爱、恶、惧。其实不只这么多。人的多种多样的情感都可以按照对比的性质，配合成对；凡配合成对的两种情感都在性质方面彼此相反，例如欢—悲，乐—哀，爱—恨，勇—惧，等等。任何一种情感都可以找到另一种和它在性质上相反的情感。每一对性质相反的情感之间，由于其强度的不同，又形成了庞大系列的情感色调。例如，喜和恶之间就有许多色调，从大喜到微喜，从深恶到稍恶，由于强度不同，就构成了许多喜和恶的形态。

情感的品种虽然很多，但可以将它们归为两大类，即肯定性情感和否定性情感。情感是人对事物所持态度的主观体验，人对事物的态度概括起来也不外乎两类，一是肯定的态度，二是否定的态度。因此，人的情感也就可以相应地分为这两类，凡是对事物采取肯定态度的，就引起肯定性的情感；对事物采取否定态度的，就引起否定性的情感。肯定性情感有快乐、喜悦、爱、得意、振奋、热忱、英勇、崇敬、骄傲、自豪等；否定性情感有悲哀、痛苦、忧愁、憎恨、绝望、颓丧、灰心、厌恶、恐惧、惋惜、同情、嫉妒、懊悔、自卑、羞耻等。肯定性情感是愉快的情感，和满意联系着；否定性情感是不愉快的情感，与不满意联系着。

二、情感的作用

情感对人起着十分重要的作用。

第一，情感对人的行为有着极大的推动作用。情感是在认知的基础上产生的，但它比单纯的认知活动更为生动、深刻，它触动着人的整个机体。对人的行为说来，情感比认知更富有推动力。认知是重要的，但人们认识了某件事以后，只是知道那件事应该如何去做，却不一定去做。即使去做了，也只是机械地服从命令，是完全被动的、痛苦的。只有当人对某件事产生了情感，这事就会像磁铁一样吸引着他，使他乐意自动地去做。

情感使人对工作充满热情，面对困难百折不挠。人们进行艰苦的工作，需要巨大的热情，没有巨大的热情，就不可能坚持下去。我们常常看到这种情况：有人为了及时完成某项重要工作任务，连续几天几夜不停地干，很少休息，等到工作完成时，他才感到疲劳得无法支撑。战斗紧张的时候，几个战士可以把一门大炮推上山去。这在平时需要多几倍的人才行。为什么会有这样的现象？这是因为人在紧张、恐惧或愤怒的时候，精神被高度激发起来了，身体的各个生理系统也动员起来了，它们加速了工作，尽量给身体提供大量需要的血液、氧气及各种原料，促使人的精力特别旺盛、有力。当工作任务完成或战斗结束时，人的精神和肉体一下子松懈了，体内各个生理系统解除了"紧急动员"状态，一切归于正常，加上原料已经消耗过多，所以感到无力，甚至倒下。

第二，情感对人的生活有着很大影响。心境使人的认识和情感带有明显的倾向性，使人看待事物和生活带上了有色眼镜。什么样的心境就把人的认识和情感染上什么样的颜色。人高兴时，觉得周围的事物似乎充满着喜悦，悲哀时觉得周围的事物显得寂寞哀愁。正因为如此，情感对人的生活产生很大影响。健康喜悦的情感使人生活愉快，生气勃勃，兴致盎然；周围的事物也和他的心情一样，欣欣向荣，山河展笑，草木欢欣。痛苦悲伤等不愉快的情感，就会使人的生活不愉快，死气沉沉，枯燥无味，度日如年；周围的事物也充满着灰色的情调，山河带恨，草木含愁。

第三，情感对人的认识也发生影响。这种影响贯穿于认识的全过程。实验证明，人在愉快的时候，觉得时间过得快，不愉快的时候，觉得时间过得慢。人对某种事情有兴趣时，干起来津津有味，不容易觉得疲劳；对某件事没有兴趣时，干起来就容易觉得疲劳。对认识也是如此，愉快的情感可以增强感知的积极性，减少认识过程中的疲劳。

情感对记忆过程发生显著影响。它可以促进识记和加强记忆。大家都有这样的亲切体会：凡是不能令人体验到生动和强烈情感的事物，就不容易使人识记和贮存下来；凡是足以引起我们浓厚兴趣和强烈情感的事物，都会在我们头脑中留下难以磨灭的痕迹。强烈的情感能使人们产生无意的识记，人们对于这一类事物虽然未曾自觉和努力地进行过识记，但却自然而然地把其识记起来。情感可以激发想象的活动。人在产生比较强烈的情感的时候，很容易自然而然地进行有关的想象。例如，一个人在遭受苦难产生悲哀的时候，就会不由自主地想象各种悲惨的情景；一个人在获得胜利充满欢乐的时候，就会不由自主地想象各种未来幸福的前景。一个人的情感越丰富，其想象也就越活跃。

第四，情感对人的心理有着很大影响。愉快的情感使人心情舒畅，容光焕发，精神饱满，信心满怀。痛苦的情感（包括悲伤、恐惧、绝望、愤怒、憎恨等）使人难受。如果一个人长期陷于严重痛苦的情境之中，就会导致心理失常，常常表现出惶惶不安，心情紊乱；整天沉默寡言，或喃喃自语；不能集中注意，丧失记忆力；视野缩小，造成"隧道视觉"，即好像通过隧道向外视看一样，只能见到正前方的一个小范围，不能顾及周围的广阔视野；阅读书报时极感困难，甚至会眼睛失明，耳朵失聪；运动失去协调，手足颤抖，肌肉紧张，严重者甚至四肢瘫痪。

第五，情感对人的生理机能也有影响。人在情感比较强烈的时候，呼吸系统和血液循环系统就会发生显著的变化，呼吸短促，心跳加剧。在突然受到震惊时，人的呼吸暂时被抑制，面部由于血管的收缩就会显得苍白。在羞愧时，由于血液循环加快和血管扩张，人会表现出面红耳赤。在愤怒时，有的人由于血管收缩而脸孔发青，有的人由于血管扩张而脸孔发红，同时由于呼吸的变化而变得冒粗气，发怒的人是很难心平气和的。

产生强烈的情感时，骨骼肌肉系统也会发生显著变化。人高兴时眉开眼笑，狂欢时手舞足蹈，恐惧时不寒而栗，愤怒时咬牙切齿，受惊时目瞪口呆，忧虑时愁眉不展。产生强烈的情感时，消化系统和各种腺体也有明显的变化。不愉快时人的消化系统功能减弱或暂停，一个长期不愉快的人会显得颜色憔悴，形容枯槁；愉快时人的消化活动特别强，长期愉快的人容光焕发，精神饱满，体重增加。腺体工作的改变更明显，人在悲伤时涕泪交流，愤怒时口干舌焦，羞愧时汗流满面。情感对人的健康有着很大影响。经常愉快的人身心保持平衡，很少患病，健康长寿，长寿的老人都是乐观愉快的人。痛苦焦虑使生理机能失调，造成疾病。

三、情感的调养

情感调养包括培养和调节两个方面。

（一）培养情感

培养主要分为两个方面，一是培养丰富的高级情感，二是要使各种情感恰当地全面发展。人有低级情感和高级情感。低级情感与生俱来，不需要特别培养，只要物质需要得到满足，就自然产生愉快的情感。要培养的是高级情感。要尽量发展高级情感，不要让低级情感占统治地位。低级情感是不可缺少的，因为物质需要是人的基本需要，但是低级情感具有本能性。作为一种本能要求，它带有原始的性质，只要求物质上的满足，不问这些物质是怎么得来的。如果任由低级情感去驱动人的行为，那么人就会变得与动物无异。人在物质需要上之所以不同于动物，就是由于有高级情感的支配。高级情感除了支配人的低级情感，使人的行为符合社会的要求以外，还另有更重要的作用，这就是满足人的精神需要；此外，还激发人的行动。理智情感激发人追求文化知识，改造世界；审美情感激发人追求美，创造美；责任感激发人对社会承担重大责任，努力做出贡献，等等。

物质需要是精神需要的基础，低级情感是高级情感的基础。物质需要是重要的。但是，在一定条件下，即在物质需要基本上满足的情况下，精神需要就比物质需要更为重要了。在生产力比较发达的社会里，人们获得温饱是比较容易的。有些人物质条件很丰富，物质需要可以得到充分的满足，但因为精神需要不得满足，精神痛苦得很。易卜生《玩偶之家》中的女主人公娜拉的弃家出走，托尔斯泰《安娜·卡列尼娜》中的女主人公安娜的卧轨自杀，不正是由于精神需要不满足所驱使的吗？有些人物质条件很差，粗茶淡饭，仅可温饱，但精神上却很快乐。古代孔子的弟子颜回，一碗饭，一瓢水，住陋巷，"人不堪其忧，回也不改其乐"。这说明在一定条件下，精神上的满足比物质上的满足重要得多，高级情感比低级情感力量大得多，它可以驾驭、支配低级情感。

前面我们说过，情感有肯定性的和否定性的两大类。肯定性的情感是愉快的，对人的身心一般都起着良好的作用；否定性的情感是痛苦的，对人的身心一般都起不良的作用。所以，大家都喜欢肯定性情感而不喜欢否定性情感。但是，否定性的情感有时对人也很有用处，不可缺少。世界是十分复杂的，人所面对的不仅有美好的事物，而且也有丑恶的事物，人们不仅要创造美的事物和生活，而且还要消灭丑恶的事物和生活。这样，人就需要从各个方面去感受和反映这复杂的世界，需要各种各样的情感去激发自己的行动。有些否定性情感可以激发我们去否定和消灭丑恶的事物。例如，憎恨本来是人对丑恶事物采取否定态度而唤起的情感，可使我们反对丑恶事物。正是因为憎恨它，所以才抵制它，设法消灭它。如果对丑恶的东西不产生憎恨，就不能促使我们去消灭丑恶的事物，保护美好的事物。不会恨也就不会更好地爱。对丑恶的事物恨得越深,对美好事物的爱护才将更有力。

在否定性情感中只有少数情感是要不得的、应该杜绝的,这些情感只会对人的身心起消极作用。例如嫉妒,这是一种恨,一种对别人的成就和幸福感到痛苦的恨。又如自卑,是低估自己的力量而产生的一种痛苦。此外还有悲观、失望、绝望、消沉、颓丧、灰心等,都是一些使人丧失力量和信心的情感。在肯定性的情感中有一些也是应该杜绝的,例如骄傲与虚荣,虽然它们能够激励人的精力,但却容易把人的行为推向错误的境地。总之,除了少数于人完全有害的情感以外,其余各种情感都应该培养,使人的情感不至于单调和片面。

(二) 调节情感

情感不仅要培养、激发,使之丰富,而且还要调节,使之适中,勿使过度。无论什么情感,即使是快乐的情感,过度了也是有害于身心的。古代曾有过这样的提法:乐而不淫,怨而不怒,哀而不伤。这也可以说是情感适中的主张,情感的适中包括两个方面,一是强度适中,二是长度适中。

所谓强度适中,就是不要让情感过分强烈,过分强烈就成为激情,激情是一种很强烈且具有暂时爆发性的情感。例如,愤怒、悲恸、恐怖、狂欢、绝望等。人在发生强烈激情的时候,特别是在发生各种强烈的否定性激情的时候,往往会降低或者失去理智的作用和自制能力,做出不应该做的事情来。这是因为情感过分强烈,超过了正常生理限度,引起生理机能的紊乱、失调。有些极度悲恸的人会晕倒在地;有些人突然受惊,目瞪口呆;有的人恐怖时两脚发软无法走路。被吓死、激怒而死、悲恸而死的现象是存在的。过分的快乐有时也会死人。有一位外国作家曾举出过许多因过分快乐而死亡的例子:有一个人在四周群众把他当作天才拥护的时候,他快活地死去了;有一个人获悉他3个儿子在奥林匹克运动会上都夺得锦标之后,突然死去;有一位哲学家去世时,他的侄女因为在他床上找到了6万法郎而快活地死掉了。由此可见,过分强烈的情感是不好的,情感的强烈应以一般水平为宜。

每一种情感都有许多等级,从弱到强每一等级都有差别,不超过激情都叫作适中。拿愤怒来说,就分为如下等级:①不满。这是人的要求与意愿达不到目的时的情绪。它的外部表现是"不满之意微形于色"。这是愤怒的最低级。②气恼。气恼的外部表现是"恨现于眼"。对对方的表现，不但不满，而且产生了憎恨，但这憎恨只现于眼神，因为眼神最为敏感，内心稍有变化就先从眼睛表现出来。③愠。愠的外部表现是"恨声嘀咕"。对对方不但不满，而且用自己的喃喃诅咒来表示对对方的恼怒。这是一种最初的敌对情感的表现。④怒。怒的外部表现是"对抗相责"。对对方已由不公开的愠怒发展到公开的对抗反应。这是愤怒早期的一种对人的攻击性表现。⑤忿。忿怒的外部表现是"脸红辞急"。就是说，忿怒者已感到对方对自己是一种凌辱，不得不向对方表示自己不能屈服的态度。⑥激愤。其外部表现是"手颤气促"。激愤者对对方的行为，已发展到一种敌对情绪的激动，不过他内心还想努力避免这种激动的不良后果。由于强自克制，所以出现"手颤气促"的外部表现。⑦大怒。其外部表现是"不自主的趋向对方指责"。虽然这是一种主动性的对对方攻击的表现，但只限于言词的指责。这时激情已开始了。⑧暴怒。其外部表现是"出现对抗侵犯姿态"，暴怒者对自己的情感已失去控制能力。⑨狂怒。其外部表现是"额颈部血管怒张，声音粗哑，不顾一切的狂乱，丧失理智"，人的机体已被愤怒激情完全支配，处于狂乱激动的状态。从愤怒情感说来，六级以下还是一般的强度，还不算激情。到了七级以上，人就被激情所支配了，这时人的理智力受到抑制，自我控制减弱甚至完全丧失，不能正确评价自己行为的意义及其后果，进入狂乱状态。我们所说的情感一般水平的强度，指的是接近但还未达到激情的那种情感状态。

不但情感的强度要适中，长度也要适中。所谓情感长度适中，就是情感唤起的时间要适中，不能过长。情感过分强烈对人的身心固然起不好的作用，激情以下一般状态的否定性情感，如果时间过长也会对人的身心起不良的作用。例如，一个人长期悲伤或气恼、愤怒，也会引起身体内部机能的失调和精神上的失调。即使是肯定性的情感，虽在激情以下，如果比较强烈，时间也不适宜过长。例如，兴奋、振奋、欢乐等情感都使人神经处于比较紧张的状态之中。神经是不能长期紧张的，应该有张有弛；如果得不到松弛，就会疲乏，从而引起不良的生理和心理后果。

调养情感的方法是多种多样的。要使人得到愉快的情感，使人得到情感上的满足，最主要的途径是实践，通过实践获得实际上的满足。前面我们已经说过，情感是人的需要与事物之间关系的反映，是由外界事物引起的。人的需要得到满足，就引起快乐的情感，需要得不到满足就引起痛苦的情感。所以，人要想获得快乐的情感，主要是通过实践的途径，从现实生活中获得实际上的满足。例如，你想得到成就需要的满足，就得努力去干出成绩来；你想得到社会的赞扬，你就得多做好事，多做贡献。

然而，受制于各种主客观条件，人的需要并非都能得到满足。当实际需要得不到满足时，人会产生过度的否定性情感。这该用什么方法去调节呢？有效的方法是提高认识。认识是情感的一个调节器，情感是在认识的基础上产生的，有的人由于对事物认识不清，做出了错误判断，产生了不应有的情感。提高认识，可以使人清除偏激片面的观点，减弱情感的强烈程度或改变情感的方向。提高认识，可以提高情感质量。有些人所以对丑恶事物产生愉快的情感，是由于认识不清，以丑为美。

加强意志锻炼也是调节情感的一个好办法。意志不同的人在相同情况下往往体验到不同的情感。一个意志薄弱的人在碰到困难的时候，只能体验到痛苦、忧虑、悲观、恐惧、紧张等否定性情感，对困难采取屈服态度。一个意志坚强的人在碰到困难的时候，不仅会体会到一定程度的痛苦、忧虑等情感，同时还会体验到一定程度的振奋、自信等肯定性情感，面对困难不畏惧、不悲观，振作精神起来抗击。加强意志锻炼，可以克制不健康的消极的情感。

加强意志锻炼和提高认识水平是调节情感的好方法，但这两种方法主要是用来克制消极的否定性的情感，它对满足人的快乐一类的情感，作用不大，快乐的情感还得靠引起肯定态度的事物。

那么，除了提高认识加强意志锻炼以外，还有没有什么别的方法，可以培养快乐的肯定性情感和调节痛苦的否定性情感呢？有的。艺术欣赏就是一种很好的方法。此外，还有文饰法、表同法、代替法等。

四、文艺的情感功能

前面我们介绍了调养情感的方法，在上述方法中，除了实践这一方法之外，最理想的方法是艺术欣赏。为什么艺术对情感有这么大的作用呢？因为艺术是美的事物，渗透着人的情感，它是现实生活的反映，又比现实生活更高、更理想，是知、情、意、象的统一体。艺术品种很多，作品很丰富，随时可以拿来欣赏。可以说，没有一种事物能像艺术这样，对调养人的情感有着如此巨大的作用。

（一）艺术对情感的滋养作用

由于艺术有上述特点，所以能满足人的审美、求知、亲合、赞许、成就等方面的精神需要，引起人的各种高级情感。

美感是由美的事物引起的。美有现实美和艺术美两类，现实美又分自然美和社会美。人可以从现实美那里获得美感的满足，但是欣赏现实美要受到时间空间的限制。桂林山水、杭州西湖等著名的自然美景，别的地方的人要看就得花钱花时间花力气。社会中一般的美是常看到的，但突出的高水平的壮美却不能经常见到。欣赏艺术以获取美感享受则容易得多。

应该看到：人从艺术中获得比从现实中更丰富的美感。这是因为：①现实中发生的事件和人物的活动往往有较长的过程，人们不容易甚至根本无法观看到它们的全过程，只能看到它们的一些片断和一些鳞爪。这样，所产生的美感就不那么丰富。艺术可以把生活事件和人物活动的全过程完整地反映出来，从艺术中可以比较全面地看到人物活动和事件的过程，美感自然就会丰富些。②现实生活中有一些壮美的事物，由于现实性太强，直接刺激人的生理机体和器官，人往往受不了这些刺激，产生较强烈的生理痛感，抑制美感的产生或削弱美感。如英雄人物牺牲的场面，战火纷飞的战斗场面。艺术作品与现实生活有了距离，现实性减弱了一些，不直接强烈地刺激人的感觉器官，美感就油然而生。③现实中的美，比较分散，不够集中；比较芜杂，不够精粹。艺术中的美由于经过典型化和理想化，比较集中、精粹。

理智感是由于求知需要的满足而引起的，人们在追求知识的过程中，不断产生惊奇、怀疑、确信和喜悦的情感。艺术是现实的反映，它本身具有生活的知识和真理，特别是长篇作品反映着广阔而复杂的社会生活，阅读这些作品人们可以获得极其丰富的社会生活知识，从而得到求知的满足，产生理智感。文艺作品所提供的理智感与科学著作所提供的理智感有所不同。科学著作是用抽象概念去表达的，人们阅读时是要花气力的，获得知识的过程是艰苦学习的过程，有些人能够不怕艰苦努力学习；而有些人却害怕艰苦不愿学习，这就得不到知识。读艺术作品，不像读理论论著那样枯燥和费脑筋，它寓知于乐，寓理于象，生动有趣。艺术有形式美，有内容美。求知的过程，就是娱乐喜悦的过程。这样就大大加强了人的求知积极性。阅读科学著作只产生理智感，阅读文艺作品则是理智感与美感同时产生。

　　艺术不仅能满足人的审美需要和求知需要，而且还能满足人的亲合需要、成就需要和赞许需要，唤起这些方面的愉快情感。这种情感是通过表同作用和其他途径获得的。当人在实际生活中由于各种客观条件的限制，学习、工作和生活上受到了挫折，无法得到亲合、成就和赞许的满足，便可以通过表同作用，即把自己比拟为先进的、成功的人物，从他们的英雄行为和成就中分享到快乐的情感。但在现实生活中，人们在自己周围不容易见到理想的崇敬对象，遇到了也由于时间和空间的限制，不容易熟悉英雄人物的全部事迹。因此，有些人不得不用自己的幻想去虚构出一个表同的对象。这个虚幻的人物往往是脱离现实、虚无缥缈的。例如，穷困不堪的人在自己头脑中幻想出一个百万富翁，把自己比拟于他，似乎自己也过着那样的生活，从而获得快乐。这种脱离实际的形象，遭受挫折的人是很容易创造出来的，因为他总是顺着自己的情感去创造、去幻想。这样，很容易将人引离现实世界。一旦他回到现实世界的时候，便会陷入更大的痛苦之中。

　　文艺作品可以向人们提供可表同的英雄人物。这种英雄人物形象是现实中英雄人物的反映，植根于现实生活中，而又高于现实生活，他是普通的人，却又比普通人更高更美。人们以这种人物作为表同对象，就会分享到成功的喜悦。当人们阅读作品时，深深地被英雄人物所感动，引起了情感上的共鸣，一旦进入角色，便会产生出"我就是英雄人物，英雄人物就是我"的感受。

　　表同作用一般是以与自己条件相同或相近的英雄人物为对象最为有效。这些条件包括身体、年龄、职业、环境等，条件越相似，所起的表同作用越大。身体残疾的人多以保尔·柯察金为榜样，知识分子最容易为陆文婷所感动。文艺作品在这方面的好处是，给各种不同类型的人提供各自所需要的表同对象，文艺作品中所描写的英雄人物，各色各样，应有尽有，任人选择。

　　落后转变的中间人物也能够起表同作用。他们虽然不是先进人物，境界没有那么高，所引起的道德情感也不那么高尚，但是他们与一般弱者情况比较相近。他们从落后到转变，从逆境转为顺境的过程，更容易为一般弱者所仿效。例如，失足的青年很容易为话剧《救救她》等描写失足青年转变过程的作品所感动，以期改邪归正。

艺术不仅能使在生活中得不到满足的人获得了愉快，获得各种精神需要的满足，而且还能使他们认识到自己失败的原因，应该如何做可以得到成功。艺术把情感与认识紧密结合起来，不仅动之以情，而且晓之以理。这样，艺术就不同于宗教。宗教给人的精神找到一个归宿，这就是天堂，它叫人忍受今生的苦难，将来可上天堂过快乐的生活。这种精神安慰只是一服麻醉剂。艺术具有认识作用，它不仅真实地反映现实，而且还评价和说明现实，这种认识作用又是通过生动的形象表现出来的，所以特别容易为人所接受。有了认识作用，就能够给人指明出路，不仅满足他们一时的精神需要，愉快于一时，而且进一步把他们引向解除困苦的正确途径，取得长久的愉快。例如，文艺可以使阿Q们认识到，他们的苦难是由封建地主阶级的压迫和剥削造成的，要解除痛苦只有和其他劳苦人民团结起来，向封建统治阶级做斗争，不要老是用精神胜利法这一武器。虽然斗争不会马上取得胜利，立即改变自己的处境，但解困的道路和方法已经明白，光明就在前面，人们就会为了实现这个目标做长期的斗争，在斗争中他们会不断获得欢乐和快慰。

艺术不仅能唤起丰富的肯定性情感，而且也能培养必要的否定性情感。前面我们已经说过，许多否定性情感如憎恨、愤怒、悲伤、同情、怜悯等，也是人所不可缺少的。人对丑恶的事物要恨得起来，怒得起来；对同志朋友及一切好人的苦难要感到悲伤，有怜悯同情之心。要改变人的情感单调片面，艺术欣赏是一个好办法。艺术作品很多，什么样丑恶的人物和事件都被描写到，什么样悲惨的题材都被反映出来。读文艺作品，喜、怒、哀、乐、爱、恶、惧等，各种情感都会被唤起。历史不能重演，但通过艺术作品历史却可以在我们面前再现。如读了揭露封建时代、国民党统治时代社会黑暗的作品，人们就会激起对那些黑暗现象的憎恨，对受压迫受苦难的劳动人民充满怜悯与同情。读了暴露帝国主义侵略中国的罪行的作品，可以激起我们对帝国主义侵略者的愤怒和痛恨。

（二）艺术对情感的宣泄作用

人的情感特别是否定性的情感过于强烈，就要发散宣泄。否则，身心就会失去平衡，造成不良后果。最好的发散宣泄方法是艺术欣赏。艺术具有宣泄情感的特殊作用。这种作用在古代就已经为人们所认识。我国春秋时代的管子最早提出："止怒莫若诗。"（《管子·内业》）这是说诗是止怨的最好方法。稍后的孔子说："诗可以兴，可以观，可以群，可以怨。"他把"怨"列为诗的一种功用。所谓怨，就是发泄怨恨的情感。这种观点一直为后来的文艺家所继承，成为"美"与"刺"两大诗歌创作流派之一，理论上也得到师承和发挥。为什么要写诗呢？钟嵘在《诗品》中说过，因为诗可以"贫贱易安，幽居靡闷"，即诗能排解痛苦与愁闷。唐代符载在《送薛评事还晋州序》中说："夫诗之所主，大者存讽刺，备劝戒，观风情之美恶；细者眄江山、采云物，导性情之幽滞。"元结说："尽欢怨之声，上感于上，下化于下。"（《系乐府十二首序》）白居易说："欲开壅塞达人情，先向诗歌求讽刺。"（《采诗官》）又说诗歌可以"补察时政，泄导人情"。（《与元九书》）所有这些都是说诗歌可以排解疏通人的愤怒、怨恨和愁闷等情感。管子说是"怒"，后来者都是儒家，倡导"怨而不怒"，所以不敢说诗歌可以发泄愤怒。诗可以"怒"或可以"怨"，从作者来说，是通过诗歌创作发泄内心的愤怒和怨恨；对读者来说，就是通过阅读诗歌，把内心的怨怒之情发泄出来。

在外国，最早提出这一观点的是亚里士多德，他稍后于孔子。亚氏在《诗学》中说："悲剧激发怜悯与恐惧以促使此感情的 Catharsis。" Catharsis 这个古希腊文单词，在宗教方面的意思是"净洗"，在医学方面的意思是"宣泄"。亚氏的意思究竟属哪一种？历来未有定论。有人解释为"净化"，即悲剧可以净化怜悯与恐惧两种情感中不洁净的成分，所以有道德上的效用。有人则认为是"宣泄"，即悲剧可以把怜悯和恐惧两种过多的情感宣泄发散出去，就像给高烧者服一剂发散药一样，把内热发散掉，使心神趋于舒畅。看来后者比较符合亚氏的原意。亚氏在《诗学》中没有作说明，但他在《政治学》第八卷中却有一段可以看作注脚的话。他说："音乐之有效用，应该不仅从一个目的去看，而要从几个目的去看，第一是教育，其次是净化，第三是精神消遣，即在紧张活动后的安静和休息。从此可知，各种和谐的音调各有用处，但是特殊的目的宜用特殊的乐调。要达到教育的目的，就应选用富于伦理意味的乐调。若是在集会中听旁人演奏而自己不演奏，就应用激昂奋发的乐调，因为情绪虽然只在一部分人身上是狂热的，一般人也都有一些，不过强弱程度不同。例如哀怜、恐惧、热情。有些人在受热情支持不能自主时，一听到宗教的乐调，让心灵卷入迷狂状态，随后就感到安静下来，仿佛受到了一种治疗和净化。这种情形当然也适用于受哀怜和恐惧或其他情绪影响的人，个别的人往往随性格不同而特别容易受到某种情绪的影响。这些人都可以受到净化，即感到一种舒畅的松弛。因此，具有净化作用的歌曲可以给人一种无害的快感。"当时希腊人常患一种宗教狂，情感过度兴奋，以致心神不宁。当时治疗这种病的方法是让病人听一种狂热的音乐。音乐把过分的情感宣泄了，病就好了。这里，亚氏说明了悲剧的净化后果是使心理恢复平衡状态，心神宁静下来。

我国古人说诗可以发泄怒、怨、闷，亚里士多德说悲剧和音乐可以发泄哀怜、恐惧以及其他各种过分强烈的情感。其实，能够发泄怒、哀、惧、恶、苦等否定性情感的，具有宣泄作用的，不仅是诗和音乐，还有小说、舞蹈、美术、戏剧等其他艺术体裁；不仅是悲剧，还有正剧、喜剧等艺术形式。

艺术作品为何能使过分的否定性情感得到宣泄呢？这是因为：第一，坏人受到了惩罚。人们看到作品中的坏人受到了打击，在意识上报了仇，泄了恨，出了气。有些人在生活中受到坏人的欺压，怨恨满怀，但又无力惩处他、打击他，心中憋了一肚子气。现在从作品中见到坏人受到打击，心中的怨恨倾泻出来了，就像在现实生活中亲眼见到坏人受到打击一样。这种打击也可以是道义上、精神上的。许多暴露性作品中，坏人为非作歹，作威作福，而且实际上并未受到他人的打击，但作者无情地批判了他的丑恶行为，把他拉上了道德的审判台，从道义上判处了他的死刑。这也可以使人的怨恨得到发泄，内心感到痛快。第二，否定性情感的共鸣。原来心里悲伤痛苦的人，看到作品中好人遭受苦难，引起了共鸣，随着主人公的悲伤而悲伤，哭泣而哭泣，痛苦而痛苦，情感借此也就宣泄出来了。第三，艺术美引起的快感冲淡了否定性情感。艺术的美主要是内容美，正面人物形象可以唤起人们比较强烈的快感，这种快感具有冲淡人内心的各种否定性情感的效用。如果内心的痛感不太大，艺术快感可以把它冲掉。上述三种作用加在一起，力量是不小的，足以排泄人的否定性情感。

第九章　文艺的共鸣

一、什么是共鸣

我们欣赏文艺作品时，总是引起思想感情上的肯定反应，如果没有这种反应，就不愿意再欣赏它。反应有强有弱，当我们观赏时觉得它有趣味，引起喜悦、愉快的情感，这种反应还比较微弱，如果所引起的感情比较强烈，使得身心震动，这就叫共鸣。

《红楼梦》第二十三回《牡丹亭艳曲警芳心》有一段描写："这里黛玉见宝玉去了，听见众姐妹也不在房中，自己闷闷的。正欲回房，刚走到梨香院墙角外，只听见墙内笛韵悠扬，歌声婉转，黛玉便知是那十二个女孩子演习戏文。虽未留心去听，偶然两句吹到耳朵内，明明白白一字不落道：'原来是姹紫嫣红开遍，似这般，都付与断井颓垣……'黛玉听了，倒也十分感慨缠绵，便止步侧耳细听，又唱道是：'良辰美景奈何天，赏心乐事谁家院……'听了这两句，不觉点头自叹，心下自思：'原来戏上也有好文章，可惜世人只知看戏，未必能领略其中的趣味。想毕，又后悔不该胡想，耽误了听曲子。再听时，恰唱到：'只为你如花美眷，似水流年……'黛玉听了这两句，不觉心动神摇。又听道：'你在幽闺自怜……'等句，越发如醉如痴，站立不住，便一蹲身坐在一块山子石上，细嚼'如花美眷，似水流年'八个字的滋味。忽又想起前日见古人诗中，有'水流花谢两无情'之句；再词中有'流水落花春去也，天上人间'之句；又兼方才所见《西厢记》中'花落水流红，闲愁万种'之句：都一时想起来，凑聚在一处。仔细忖度，不觉心痛神驰，眼中落泪。"这里曹雪芹为我们描绘了喜悦、愉快、感动与共鸣的生动景象。黛玉最初听到墙内笛韵悠扬，歌声婉转，心里感到喜悦、愉快。这时她并未听清歌词的具体内容，只是悠扬的音乐感动了她。当她听到"原来是姹紫嫣红开遍，似这般，都付与断井颓垣……"时，她觉得"倒也十分感慨缠绵"。这就比最初的感受进了一步，感情浓了一些，但心情还是平静的。听到"良辰美景奈何天，赏心乐事谁家院"这两句，她"不觉点头自叹"。这会儿，被引起的情感更多了，心也开始有点动了。她觉得戏文美，值得欣赏，"可惜世人只知看戏，未必能领略其中的趣味"。不过，到此为止，黛玉的心境都是处在一般欣赏、喜悦、感动的范围内。后面就进入共鸣的境界了。当她听到"只为你如花美眷，似水流年"时，"不觉心动神摇"，身心开始震动起来；再听，"越发如醉如痴"，而且"站立不住，便一蹲身坐在一块山子石上"，左思右想，回旋激荡，以至"心痛神驰，眼中落泪"。

从这里可以看到，共鸣有两个显著的特点。

（一）情感上所引起的感动比较强烈、深沉，是艺术欣赏中情感感受的极致

在一般的艺术欣赏中，所引起的只是欣赏、喜悦、赞赏、赞叹、感动，情感的强度较低。情感强度的高低如何区分？一般欣赏的喜悦产生时，身心轻松愉快，心情平静，肌肉缓和，呼吸舒缓，血液循环正常，整个身心都没有什么特别的变化；而共鸣时的情况就大不一样，这时情感激动，兴奋，肌肉有点紧张，心脏跳动得比较快，血液流动也加快。林黛玉听曲，在喜悦阶段，除了喜悦之情以外，身心并未有什么变异。到了共鸣阶段，由于情感的激动，身心陡起变化，"心动神摇"，"如醉如痴"，"站立不住"，"心痛神驰"，"眼中落泪"。看，多么不同呀！当然，这也不是说每个共鸣者一定像林黛玉这样。由于各人的气质不同，表现情感的方式也不尽相同，有些人比较内向，情感不易形之于外；有些人比较温和，情感表现得不那么强烈。林黛玉是个多愁善感的女子，所以比一般人的情感强烈。但是，不管哪一种类型气质的人，在艺术共鸣时，其情感都比一般的喜悦、赞赏强烈深沉一些。不同的艺术形态引起不同的情感共鸣，林黛玉听曲所引起的是悲剧性共鸣。如果是观赏喜剧就会引起喜剧性共鸣，笑得前俯后仰。如果是观赏壮美的艺术作品，就产生壮美感。壮美感是强烈而深沉的情感，它包含有崇敬、愉快、恐惧等情感成分，所以壮美的作品最容易达到共鸣境界。

（二）共鸣的境界是忘我的境界

欣赏、喜悦虽然动了感情，但还比较冷静，还未"进入角色"，还未

"入神",只站在旁观者的地位上,物我之间的界限是很清楚的。到了共鸣的时候,就像演员完全进入角色,物我之间、演员与角色之间完全触合在一起,已经没有清楚的界限,物就是我,我就是物;作品中的人物就是我,我就是作品中的人物,呈现出忘我的境界。有的美学家称这种境界为"无我之境""物我两忘""全人格震动"。林黛玉听戏曲时那种"如醉如痴"的神情就是忘我境界。长篇小说《李自成》中有村民听慧梅吹笛的场面,他们那种神情也是忘我的境界。起初,老头子、老婆婆、喂鸡的妇女、牧羊的男孩,各做各的事,谁也没有理会慧梅吹笛。吹了一会,大家都"偏着头听她的笛声",开始欣赏起笛声来了,喜爱它了。接着"所有的声音都停止了","一个老婆婆听得出神,张着缺牙的嘴,唾沫从嘴里流出来,……终予在她不知不觉中落到腿上……。又听着听着,老头们的断断续续的闲话停止了,也不再捉虱子了。一个婴儿被尿布冰醒,刚刚哭了一声,立刻被母亲用奶头塞住了嘴。一只山羊咩咩叫了两三声,被一个半桩男孩子在背上狠狠地打了一拳,不敢做声了"。看,美妙的笛声力量多大,竟使人们停止了工作,忘我地倾听着。开始,他们只是一边欣赏一边做自己的事,进入了共鸣境界以后,大家凝神于笛声,掀起了强烈的情感,以至老婆婆的口水流到衣服上也不知道。这时候,情感往往淹没了理智。

共鸣时还是有理智的,只不过是情感过于强烈或深沉,发挥到淋漓尽致的地步,理智暂时不占上风。人进入共鸣境界时也还是清醒的,尽管感情激动,一般也只是沉浸于陶醉之中,并不去做什么越轨的事。除了看悲剧、喜剧作品显露出特殊的表情如笑和哭之外,一般的艺术作品都不会使人产生什么特殊的表情。

二、欣赏者如何进入忘我境界

欣赏者进入忘我境界有如下几条途径。

(一)通过再造想象的心理活动,在再现艺术形象时,把自己的经历融进作品中去

这样,作品中写的就好像是自己,读作品时自己完全身处其中,与人物同呼吸共命运,喜人物之所喜,悲人物之所悲。这就是你中有我,我中有你。我们知道,艺术欣赏有四个阶段。第一阶段是直觉阶段,所谓直觉

就是对作品的直接感知，反映的只是作品的表面现象，是感官触及的东西。直觉相当于感觉和知觉。直觉阶段人们通过视觉或听觉掌握艺术的直接形象，这些形象分别由线条、色彩，文字、乐音等构成，直接为感官所感知得到。在直觉阶段，人们所引起的情感是喜悦、欣赏、喜爱，感受是比较肤浅的。因为直觉所获得的只限于直接形象，这种形象还不完整。例如，舞蹈《采茶扑蝶》，眼睛所见只是姑娘们挥动扇子走来走去，并没有见到蝴蝶。所以，这时见到的直接画面是残缺不全的。要使艺术形象完整起来，必须通过再造想象，把它的间接形象也表现出来。这就是艺术欣赏的第二阶段——再现。

再现就是把艺术形象完整地再现出来。任何艺术作品都有直接形象和间接形象，间接形象也是作品的有机组成部分，它不直接作用于人的感官，是"象外之象""景外之景"，"弦外之意""言外之意"，只可"思而得之"，即根据作品所提供的直接形象，运用想象再现出来。而想象总是以欣赏者的生活经历为基础，以自己的经历去再现作品的艺术形象。经历不同的人，再现出来的艺术形象就各不相同。富有与作品相同或相似经历的人，就能完整地再现艺术形象；生活经历浅泛，并无与作品相同或相近似经历的人，就不能完整地再现艺术形象，所受的感动也不会深。

欣赏者以自己的生活经历去再现艺术形象，是一种再创造。这种再创造既要凭借自己的经历，将自己的生活经历填进去，但又要根据作品所提供的范围框框去创造。这样，再创造出来的意象既是作家的，同时又是欣赏者的；艺术形象既是作品中的人物，又是读者自己。所以，进入共鸣境界时，欣赏者总是浮想联翩，从作品中人物想到自己，又从自己想到作品中人物，往返回环，越想越多，越想越激动。例如，林黛玉听戏，她所接触的只是一些语言声音符号，她必须根据这些声音符号去进行想象，用自己的生活经历去再现出戏文的艺术形象。而她所要再现的艺术内容完全与自己的身世经历相同。"只为你如花美眷，似水流年""你在幽闺自怜"……她通过想象把自己的经历身世填进了戏文中，戏文的艺术形象创造出来了，她自己却融进去了。人物和欣赏者完全合二为一了，人家唱的似乎不是别人，正是她自己。难怪她越听越想越伤心，最后竟不能自持了。

林黛玉的身世经历与戏文所写的生活内容完全吻合，所以欣赏者与被欣赏者合二为一。这种情况是最容易引起共鸣的，而且共鸣得最强烈。另外有一种情况,欣赏者并无与作品中人物完全相同的经历,只是有一些与之相近似的经历,也可以通过再造想象使自己进入作品,与人物同呼吸、共命运。例如,今天的成年男女既无贾宝玉的生活经历,更无林黛玉那样的生活体验,但读《红楼梦》时,还是会被宝黛爱情悲剧感动得伤心落泪。这是因为我们虽然没有那样的身世,但却经历过爱情生活,或者有过友情的生活体验,有过生离死别的体验,故而能够产生共鸣。当然,由生活经历相似而引起的共鸣,远不及生活经历完全相同所引起的共鸣强烈。

通过再造想象而造成的物我合一,是感知的融合。也就是说,是事物映象的融合。我们欣赏作品时获得了事物的一部分映象,我们过去感知过同类的事物,脑海里存有这类事物的表象,把眼前的映象与过去的表象融合一起,构成完整的艺术意象。这个欣赏者头脑中的意象就是感知的融合。这种感知的融合引起欣赏者情感上的共鸣。

(二)作品的情感与欣赏者的情感直接交流

有些作品主要是抒情性的作品,着重于表现情感,疏于描写客观事物的形象,在作品中我们所感触到的主要是作者所抒发出来的情感。这种情感可以直接与欣赏者的情感交流,引起共鸣,只要欣赏者具有与作品相同或相似的情感就行,而不必像上述那样,要借助于物象的中介作用。例如《天安门革命诗抄》中的《洒泪祭雄杰》:"欲悲闻鬼叫,我哭豺狼笑。洒泪祭雄杰,扬眉剑出鞘。"大凡读这首诗的人,都会产生强烈共鸣。因为诗歌倾泻的正是他们自己的心声。这里的共鸣,不必经过物象的中介,是情感与情感的直接交流。

由情感直接交流的共鸣,不一定要相同的情感,相近似的情感也可以。例如,岳飞的《满江红》,所表现的虽然是一个封建朝臣的爱国情感,有浓厚的忠君思想,但因为这是爱国主义情感,与现代无产阶级的爱国主义有相似之处。所以,当外敌入侵国难当头的时候,人们读这首词,无不壮怀激烈,抚剑长啸。

李煜被俘以后写的一些词,一直受到历代各阶级人们的赞赏,这是大家公认的事实。它们为什么会感动人?有人说由于高超的艺术技巧;有人说由于李煜用比较空泛朦胧的词句去表现亡国君主的哀愁,后人借他的酒杯浇自己的块垒。我以为李煜词的高超技巧的确引人喜爱赞赏,但人们赞赏的并不只限于他的技巧,还为他的思想感情所感动。一般来说,技巧是不会引起共鸣的。至于说后人借他的酒杯浇自己的块垒,这也不能完全说明问题。既然已经知道他所表现的是亡国君主的哀愁,如果自己无相似的情感,就不会引起共鸣。为什么人们对用朦胧诗句去表现汉奸卖国贼的哀愁的作品不引起共鸣,偏偏对李煜这个亡国之君的作品引起共鸣呢?我以为这是由于它们描写了民族的矛盾,表现了民族感情。人们主要不是为一个亡国之君的失国痛苦之情所感动,而是为一个亡国的民族成员失国的痛苦之情所感动。在阶级尖锐对立的情势下,李煜作为一个封建地主阶级的总头子是令人痛恨的,他的悲伤痛苦只能令被压迫的人民高兴,不会使人觉得痛苦,但是在民族矛盾斗争尖锐的情势下,阶级矛盾已经退隐,这时社会上的矛盾主要不是人民与地主阶级头子的矛盾,而是人民、地主阶级与外族侵略者的矛盾。李煜已由人民的敌人变成了外敌的俘虏,只要他对外敌有所不满,就会同人民有相通的感情,有某些共同的语言,因为这时人民亦有亡国之恨,也对外族侵略者不满。这里,二者所表现出来的都属于民族感情。一个是亡国之君,一个是亡国之民,都是被压迫者,在"亡国"之恨上情感是共通的。"独自莫凭栏,无限江山,别时容易见时难。流水落花春去也,天上人间!"(《浪淘沙》)"春花秋月何时了,往事知多少!小楼昨夜又东风,故国不堪回首月明中,雕栏玉砌应犹在,只是朱颜改。问君能有几多愁?恰似一江春水向东流。"(《虞美人》)这些词都是长期以来广为传诵的名篇,尤其是民族矛盾尖锐时期,更能拨动人们的心弦。

(三) 移情

有些作品描写的是没有情感的自然景物,如山水花鸟、江河天地等,在这些山水诗画当中,有一部分是借景抒情的,作品中情感洋溢,与其说是写景,不如说是抒情。例如陆游的《卜算子·咏梅》,李白的《静夜思》等。读这类作品容易使人产生情感上的直接交流。而另有一部分作品并无明显的抒情,更无什么象征意义,作者只是逼真地把自然景物描绘出来。看这类作品能否引起人们的共鸣?当然能。如何才能引起共鸣?要依靠移情。我们知道,自然景物,一片风景,一匹马,一只鸟,一株花,它们的美只是在形式上,即色彩、形体、线条的鲜丽和谐,比例适宜等。这些形式上的美虽然也富有吸引力,人们也很喜爱,但是它们所引起的情感不强烈不深沉,比较肤浅,不能使人达到共鸣的境界。

要使这类作品引起人的共鸣，必须要靠欣赏者的移情作用。在欣赏的时候，人们要把自己的情感外射到事物上去，使事物似乎也有了人的情感。这种事物经过移情作用之后，已经不是纯粹的客观物象，而是渗透了欣赏者情感的物象，所以在欣赏时就情投意合，心心相印，产生共鸣。

通过移情而产生的共鸣，经过"制作"与"共鸣"两个阶段。先是制作阶段，即把自己的情感外射到外物上面，使它成为一个主客观统一的物象，然后才来欣赏，产生共鸣。这实际上是集创作者与欣赏者于一身，主体既是创作者又是欣赏者；先是创作者然后是欣赏者。主体所欣赏的主要是自己附丽上去的情感。

（四）通过表同作用

表同作用就是把自己比拟成现实中或理想中的英雄人物，从而分享他的胜利的欢乐，成功的快慰。前面所列举的三条共鸣途径，都是以读者和作品具有相同或相似的生活经历及思想情感为基础的，如果读者没有与作品相似的生活经历和思想情感，就无法产生共鸣。有许多青少年生长在和平的环境中，没有经过战火的锻炼，没有苦难的经历，也没有战斗英雄的艰险经历和崇高感情。可是，他们读《钢铁是怎样炼成的》《董存瑞》《红岩》等作品，却深深地产生了共鸣，随着英雄人物的喜怒哀乐而喜怒哀乐。这是由于他们自觉地把自己比作英雄人物，不仅自觉地把自己的心灵融合到英雄身上，与之同呼吸共命运，甚至在穿戴上、行动举止上、风度上也模仿英雄。这种现象在现实生活中是常常见到的。

进入忘我境界之后，这种共鸣时间，有的人长些，有的人短些；有的艺术形象引起的共鸣长些，有的艺术形象引起的共鸣短些。一般来说，共鸣时间不过几分钟、几十分钟或几个小时。共鸣只是艺术欣赏过程中的一个阶段，这个阶段结束后就进入"深入本质"和"再评价"阶段，这两个阶段都需要冷静的分析，需要理智出来主宰，尤其是"再评价"阶段更是如此。这时候读者必须从作品中"走出来"，站在作品之外冷静旁观，然后才能对作品进行分析，深入掌握作品所反映的生活本质，并对它做出全面的评价。你不"走出来"，就只见树木不见森林。所以文艺欣赏要"走进去"，也要"走出来"，不能一头栽进作品中老是不出来。当读者的欣赏向前推进时，就会自觉地从忘我境界中清醒过来，激动的情感也逐渐平静，进入理智与情感高度结合的境界，这时主体仍然是充满情感的，但同时又是很有理智的。这种与理智高度结合的情感，是一种更深刻的有效的情感。不能说文艺欣赏进入深入本质阶段就没有情感了。文艺欣赏是形象思维，自始至终都带有情感。

三、共鸣的条件

共鸣必须具备如下条件。

（一）作品的艺术形象必须鲜明生动真实

世界上还没有文艺作品问世以前，人们就对生活中美的事物加以欣赏，这些美的事物都有一个特点就是形象生动。引起美感的东西都不是抽象的东西。抽象的东西如爱自由、爱真理等道德原则也能生发道德情感，人在追求抽象的数学程式时也产生理智的情感，但这些情感都不是美感。文艺作品是反映生活的，引起共鸣的东西是作品所描写的对象及作家于作品中倾注的思想感情。作品写得形象生动，才能感动人。共鸣的首要条件是形象生动。没有这一条，哪怕其他条件十分充分也无济于事。

描写正面事物的作品，有时候即使作家的思想感情表现得很不明朗，不容易看得出来，只要描写得真实，也能够感动人，引起共鸣。例如，一些山水诗和山水画，当它单独展现在我们面前时，不易见出作者的观点，只见它逼真、生动，好像观赏自然中的山水一样。自然中的山水是没有人的思想感情的，但也很感动人。我们所以要提出这一点，因为有些人一定要从某些山水诗中找出作者的思想感情来，似乎找不出它是什么思想感情就共鸣不起来。

揭露性的作品光有生动、真实还不行，还必须灌注作家鲜明的否定态度。为什么要这样？因为揭露性作品描写的对象都是丑的事物，其本身是不能感动人的，相反，它只引起人的反感。生活丑所以能转化成为艺术美的作品，完全是由于作者灌注了憎恶感情的缘故：不是对象本身美，而是主题思想美。

（二）作品的思想感情必须是进步的、健康的，才能引起广泛的共鸣

共鸣是思想情感上的共鸣，由文艺作品的内容所引起。艺术作品的形式不能引起共鸣，它只能引起欣赏者的喜爱、赞赏。艺术技巧如色彩、线

条、形状的和谐、均衡、富有节奏、鲜明生动、优美等，只是一些简单的美，仅给人以直觉上的快感，无法引起人们强烈的深沉的情感。

有些文艺家参观艺术展览时偶尔也为作品的技巧感动得流泪，这现象是存在的。例如，列宾在参观《邦县城的末日》一画时，感动得哭起来，这不是该画的内容感动了他，而是那画的"辉煌的技巧"。甚至在参观以后，他还一反平日的艺术见解对人说："艺术中主要的东西就是技巧的魅力和美妙的手法。"（柯尔尼、楚可夫斯基《回忆列宾》）高尔基也受过同样的感动。一位回忆者说："有一次，他在意大利看到一个雕像，线条的和谐和清晰，甚至使他感动得流下泪来。"（谢明诺夫斯基《阿·马·高尔基，书简与会见》）这两位著名文艺家所以为艺术品的技巧所感动，盖因他们是艺术家，对艺术创作的甘苦有深切的体会，曾为艺术技巧上的成败得失备尝欢乐与痛苦。这现象是极个别的，即使在艺术家当中也极少见。艺术形式美一般说来只能引起愉悦感，不能引起共鸣。

要使作品引起广泛的共鸣而又历久不衰，必须要有先进的健康的思想感情。因为欣赏者与作品近似的思想基础，是共鸣的一个极其重要的条件。前面所列举的四种共鸣途径，除了移情一项以外，基本上都要以相近似的思想为条件。落后反动的作品只能引起落后反动的阶级阶层人们的共鸣，不能引起先进阶级阶层人们的共鸣。

（三）心境对共鸣具有重大影响

人的思想情感像一条意识的河流，川流不息。在欣赏艺术作品之前，人的内心不是一口枯井，而是具有一定情感的。这种情感是欣赏者欣赏艺术时的情感起点，如果他原来的情感是愉快的，那么，其美感起点就高，稍为美的事物也会引起他情感上的激动。心境愉悦者总是倾向于以肯定的眼光看待事物，甚至有些不美的事物他也觉得美。所以，心境良好的人比较容易产生共鸣。如果欣赏者原来的情感是悲伤痛苦的，欣赏中他的美感起点就低，总是倾向于以否定的眼光去看待事物，甚至美的事物也会觉得不美，引不起美感。所以，心境不好的人比较难于产生共鸣。心境之所以起这样的作用，归根到底是生理机能在起作用。人的身体机能是情感发生的物质基础。身体的神经部位原来已经激动，遇上外界些许刺激，遂使情绪高涨起来。饮了酒的人，因为血管扩张，很容易兴奋，稍有一点快乐的事情，都能引起他的高兴。美感当然不同于生理快感，但美感和快感的生理机能却是相同的。

（四）欣赏者要具有与作品相似的思想情感

这是极为重要的一条，没有共同或近似的思想情感基础，再好的作品也共鸣不起来。

第十章　壮美艺术的心理功能

一、壮美的特点

各种情感都是由外物刺激人的感官而引起的，没有外界的刺激就不会产生情感。壮美感也不例外。所以想要了解壮美的心理功能，必须先了解壮美的特点。

壮美的首要特点是巨大。在美的事物当中，那些巨大的事物就是壮美的。有形体上的巨大，有力量上的巨大，有道德品格上的伟大。大山、大海、大河、大草原、大森林、大雨、大雪、大象、狮子、老虎，等等，是形体上的巨大。雄鹰、海燕等，形体虽小，力量却不小，这是力量上的巨大。伟大的革命家、战斗英雄、劳动模范、舍生取义的志士仁人，是道德品格上的伟大。不管是形体上、力量上的巨大还是道德上的伟大，都具有一种压倒一切的力量，一股无可阻挡的气势。强大是相对的，强大与否应以同类事物相比较，不应以不同类的事物作比较。雄鹰与黄莺相比，它是强大的，大家公认它的壮美；小山丘比鹰大过不知多少倍，但没有人承认它是壮美。

壮美的另一个重要特点是往往带有可怕因素。现实中壮美的事物都是一些形体巨大或力量强大的事物，所以往往带有一些可怕的因素。社会中的壮美与自然中的壮美有所不同：自然中的壮美本身具有可怕的因素，大山、大海、悬崖、深渊，包含着险峻、凶猛、艰险、恐怖等因素；雄狮、猛虎、巨鲸等壮美的动物，具有凶猛、残忍的特性。社会中的壮美主要是人和人所从事的事件，壮美者是英雄，都具有崇高的道德品格，本身没有什么可怕的因素。可怕因素来自他们的奋斗历程。他们所以成为英雄，做出卓越的贡献，一定经历了许多艰难险阻，做过英勇的斗争，战胜过各种险恶的势力。这是充满可怕因素的历程，刻印着人们严酷斗争的痕迹。例如，洪秀全领导的太平天国革命运动，中国工农红军所经历的长征，中国人民的抗日战争、解放战争等。在这些革命斗争中，英雄辈出，他们的斗争事迹和英勇精神，惊天地泣鬼神。我们一方面为英雄人物的艰险处境担心，另一方面又设身处地联想到自己，如果处在那样的境况中会感到害怕。壮美与可怕往往不可分割，没有可怕因素就没有壮美；越是惊心动魄，越是崇高壮丽。无边的大海比大草原更壮美，凶猛的老虎比温驯的大象更壮美。英雄人物亦复如此，其战斗历程越艰险恐怖，越显得英雄。"沧海横流，方显出英雄本色。"

壮美的第三个特点是粗犷，与优美的柔和形成鲜明的对此。体积相同的两座山，一为怪石嶙峋，凹凸不平，显得粗犷，这是壮美；另一座山虽有高有低，但比较平滑，显得柔和，这是优美。两个普通的人物，思想品德相同，力量一样，一个作风粗犷，一个细腻柔和，仅就风格而言，前者为壮美，后者是优美。

壮美还可以分为：雄浑、劲健、豪放。

雄浑的特点是形体巨大，刚健厚实，混沌朦胧。司空图在《诗品》中这样表述雄浑："大用外腓，真体内充。返虚入浑，积健为雄。具备万物，横绝太空。荒荒油云，寥寥长风。"意思是说，雄浑这种诗歌，通体充满了真实的内容，外形上才能够浑灏壮宏。从虚无混沌进入浑然一体，积刚健而成伟雄。包涵世间万象万物，横越无边无际的太空。好像莽莽苍苍的云山云海，好像浩浩荡荡的长风。这是司空图给我们描绘出来的雄浑形象，这形象是极其巨大的，大到足以"具备万物，横绝太空"；同时内容刚健浑厚，混沌朦胧。我以为司空图是道出了雄浑的特点的。如巍巍的昆仑山、浩瀚的大海、莽莽的草原、覆盖的大榕树等，都是雄浑的。

毛泽东的《沁园春·雪》是最有代表性的雄浑作品。《沁园春·雪》分两阕，上阕把雄浑壮丽的北国雪景写得淋漓尽致："北国风光，千里冰封，万里雪飘。望长城内外，惟余莽莽，大河上下，顿失滔滔。山舞银蛇，原驰蜡象，欲与天公试比高。须晴日，看红装素裹，分外妖娆。"辽阔的北国完全被冰雪覆盖了，长城内外只剩下无边无际的茫茫白雪。这里是雪的世界，群山如银蛇起舞，秦晋高原如蜡象奔驰。这里广大辽阔，充满着力，一片混沌朦胧，谁也摸不着它的边际，谁也窥不透它的奥秘真容。下阕写雄浑的人物形象。这个人物形象是非常伟大的，但描绘方法却很特别，作者并不直接而具体地描写，而是采用虚写、略写的手法，率先列举了历代若干伟大的英雄人物，肯定了他们的功绩；但他们作为伟大的人物毕竟还有缺陷，"秦皇汉武，略输文采；唐宗宋祖，稍逊风骚。一代天骄，成吉思汗，只识弯弓射大雕"。末句大笔如椽："俱往矣，数风流人物，还看今朝。"一个伟大的英雄人物形象描绘成功了。这个人物形象具有雄浑的特点：伟大、厚实而又含蓄朦胧。在建筑上，像古希腊的巴特农神殿、我国的天安门等都是雄浑的。

劲健的特点是刚劲有力。如果说雄浑的核心在于大，劲健的核心则在于力。司空图在《诗品》中这样描述劲健："行神如空，行气如虹。巫峡千寻，走云连风。"这里用了几个譬喻形象地描述劲健的特色：驰骋精神如天马行空，运气如贯日长虹，像在千寻的巫峡里，风云飞驰惊涛奔涌。这里主要就是突出一个力字。例如，岑参的《走马川行奉送封大夫出师西征》，是一首劲健诗的代表作。且看："君不见走马川行雪海边，平沙莽莽黄入天。轮台九月风夜吼，一川碎石大如斗，随风满地石乱走。匈奴草黄马正肥，金山西见烟尘飞，汉家大将西出师。将军金甲夜不脱，半夜军行戈相拨，风头如刀面如割。马毛带雪汗气蒸，五花连钱旋作冰，幕中草檄砚水凝。虏骑闻之应胆慑，料知短兵不敢接，军师西门伫献捷。"前半段写边塞风雪的威力，狂风怒号，大石随风满地走，冰天雪海，寒气袭人。后半段写戍边将士的威力，尽管环境恶劣，敌人凶恶，但他们英勇善战，威丧敌胆。

不但巨大的事物能成为劲健的，细小的事物也可以成为劲健的，只要它们强有力即可。例如，高尔基在《海燕》中所描写的海燕，形体虽小，却极其勇敢，极有力量！在乌云密布、电闪雷鸣的大海上，海鸥、海鸭、企鹅全都畏缩呻吟，唯它如箭一般破浪穿云，高叫着，欢笑着。这是劲健的一个典型形象。

豪放的特点是热情奔放，想象大胆奇丽，气魄宏大，其核心是气。司空图在《诗品》中这样描述豪放："观化匪禁，吞吐大荒。由道返气，处得以狂。天风浪浪，海山苍苍。真力弥满，万象在旁。前招三辰，后引凤凰。晓策六鳌，濯足扶桑。"前面四句讲作品的豪放风格如何才能产生。他认为要写出这种作品，作家必须广泛地统观自然造化，心胸阔大以至吞吐八荒，先让现实生活激发出诗人的豪气，创作激情才会如醉如狂。中间四句说明豪放作品必须充满诗人的宏大气魄，奔放的热情。这种气魄和激情，像天风横空般浩浩荡荡，像海上群山般莽莽苍苍。最后四句生动形象地描述了诗人大胆奇丽的想象：日月星辰在前面引路，身后跟随着五彩凤凰。清晨用长策驱使六鳌，送诗人到扶桑去濯足。司空图讲的是诗，其实已概括了豪放这一审美范畴的特点。

豪放这一特点只有人及为人所创作的艺术作品才具有,其他事物是没有的,因为其间没有人的感情。伟大人物并非个个都是豪放的,根源在于他们并非个个都热情奔放,想象大胆奇丽。有些伟人沉着冷静,性格比较内向,更多一些雄浑美,如杜甫、白居易、曹雪芹、鲁迅。只有那些性格开朗,热情奔放,想象大胆奇丽的人才是豪放的,如屈原、李白、苏东坡、郭沫若等。

豪放的文艺作品是不少的,屈原、李白、苏东坡、郭沫若、拜伦、雪莱、雨果等都是豪放派的伟大作家,他们的许多作品是典型的豪放作品。例如苏东坡的《江城子·密州出猎》:"老夫聊发少年狂,左牵黄,右擎苍。锦帽貂裘,千骑卷平岗。为报倾城随太守,亲射虎,看孙郎。酒酣胸胆尚开张。鬓微霜,又何妨!持节云中,何日遣冯唐?会挽雕弓如满月,西北望。射天狼。"诗人打猎时,触动了爱国之心,愿为国家民族的自由而努力,年纪虽大,但仍想挽雕弓,射天狼;豪情四溢,志冲霄汉。豪放的作品属于积极浪漫主义,豪放的特征也是积极浪漫主义的重要特征。

二、壮美感的结构及其产生

由于壮美具有巨大和可怕这两个重要特点,作用于人的时候,就唤起强烈而复杂的壮美感。

壮美感的主要因素是愉快,但不是一般的愉快,而是比较强烈的愉快,是一种兴奋。因为壮美是伟大的美,这种美异乎寻常,它的形体和力量特别巨大,所以对人的刺激强度大,所唤起的快感特别强烈。有的人只看到壮美是强大的,而看不到它同时也是美的,把壮与美完全割裂开来,于是只承认其产生恐惧,而不承认其产生愉快。例如,车尔尼雪夫斯基说:"美这概念与崇高或伟大这概念,是完全不同的两个概念,彼此之间没有任何内在联系的。自然与人群中的伟大可能是美的,也可能是卑鄙甚至丑恶的。""如果美学是关于美的科学,那么崇高的理论就不能列入美学之内。"(车尔尼雪夫斯基:《美学论文集》,第94、97页)这种看法是不正确的。壮美是美的一种,壮美快感的强烈性很容易体会得到。当我们站在大海边,眺望滚滚惊涛,排山倒海,或者读苏东坡的《念奴娇》、岳飞的《满江红》、郭沫若的《女神》,我们感到的不是一般的喜悦愉快,而是畅快、痛快、兴奋,略带狂喜。站在绿柳成行的湖边,信步于花前月下，或者读柳永的《雨霖铃》、欧阳修的《蝶恋花》、朱自清的《荷塘月色》，就不会有这样强烈的快感。同样，当我们走进动物公园时，站在老虎的铁笼外边观虎，与站在鸟笼外边观鸟，所得到的喜悦之情也大不相同，前者强烈，后者平静。

  壮美引起的快感不仅是强烈的，而且带有惊喜性质。也就是说，这种快感产生时是突然而来，出乎意料的，它把人的情感一下子提高到强烈喜悦的程度，故我们特地名之曰惊喜。为什么壮美能有这种作用呢？这是因为壮美是一种伟大的美，异乎寻常。平常我们所看到的多数是一般的美，如典雅、清秀、艳丽，这种美所引起的是一般的愉快情感，这种情感我们已经比较适应，比较习惯，形成了神经活动上的动力定型。因为已经习惯和适应，所以没有特别惊异之感。而一旦看到一种不寻常的壮美，便引起了不平常的情感，神经活动上的动力定型旋被打破，与平时的习惯性大不相同，于是就感到突然，出现惊喜现象，犹如一股缓缓向前流去的溪水，突然碰到一块岩石，溪水突然蹦跳起来，向前跃起。生活中有这样的情况：人们信步于花红柳绿、鸟语花香的环境之中，正当心旷神怡之际，突然无意间来到了波涛滚滚的海边，原本舒缓的心境就像投进一块石头，掀起了一股波澜，令人激荡不已。大海的突然出现，使人一下子从一般的怡悦提高到强烈的快感上来。这个转变是突发性的，怎能不叫人感到兴奋、畅快？

  壮美感另一种突出的因素是崇敬。崇敬这种情感包含着敬佩和爱的因素。敬佩是对于某种东西的伟大而产生的情感。人们觉得该对象伟大，自己远远比不上它，从而产生敬佩之情。爱是对某事物表示亲近的情感。敬佩中也包含着爱，但主要因素是敬。爱不等于敬佩。许多引起爱的事物只是优美，不是壮美，不引人敬佩。例如，红花、鹦鹉等自然物，林黛玉、贾宝玉、崔莺莺等人物，可使我们产生喜爱之情，但无敬佩之心。因为此类对象只是一般的美，其程度不曾达到异乎寻常的地步。自己的亲人和亲密朋友，都可以称之为"亲爱的"，但不一定都能称为"敬爱的"或"崇敬的"，因为他们不一定都是崇高伟大的人物。只有壮美的事物才能引起敬佩之情。例如，林则徐、邓世昌、李自成、刘胡兰、江姐、梁三喜等英雄人物形象展现于我们面前时，我们才会产生这种感情。

  壮美感中第三个重要因素是恐惧感，它是由对象的可怕成分唤起的。可怕是壮美的一个特性。因其特别强大，带有凶猛艰险的因素，对人的生理感官刺激特别强烈，甚至可以超越人的生理感官所能接受的程度。当我们欣赏的时候，由于它的异乎寻常，与我们平时常常见到的众多事物大异其趣，它的突然出现冲击着原有神经系统上的动力定型，所以先使我们感到惊讶和痛苦；接着而来的是惧，这是由于自己的安全受威胁而引起的。一惊一惧，使我们的精神处于一种紧张的戒备状态之中，对壮美事物产生抗拒的态度。如果它距离我们太近，威胁着我们的安全，那是不会产生美感的。例如，战争场面：枪林弹雨，血肉横飞；鼓角齐鸣，杀声震天；革命战士金戈铁马，纵横驰骋，敌人被打得落花流水，尸横遍野。这是多么壮观的场面啊！但是很少人敢去欣赏；即使到了战场，也是胆战心惊，很难产生快感，因为它实在可怕，恐惧占据人们的整个心灵，压倒和淹没了快感。

在惊惧初起时，人的心理活动是高度紧张的，先是抗拒，这既出于本能，也是出于理智，人对危险的事物自然是会防备或躲避的。但是壮美的事物并非只有恐怖，还有美，这美是吸引人了。所以，这时候人的心理是矛盾的，犹豫的。设若当其意识到自己是站在安全的地方，不会有什么实际上的危险，危险和恐惧只是观念上的、抽象而朦胧的东西，心理上的抗拒便解除了，恐惧也迅速消失，从抗拒变成接受了。在惊—惧—抗拒—接受这个过程中，心理变化神速，前后只是瞬息间的事，使人难以察觉，只有经过细致的分析才能明辨。

艺术作品中的壮美与现实中的壮美大不相同。艺术是一种意识形态，与现实生活有了距离，它已将壮美事物的恐惧因素完全化为观念上的东西，将实际上的对人有威胁和危害的东西，化成了对人无害的东西。这样，什么壮美的事物、场面都可以欣赏，哪怕是再恐怖的事物也不会使人产生过分强烈的恐惧感，以至压倒、淹没快感。艺术中的壮美是最适宜于人们欣赏的，它既保存了恐惧成分，但却不强烈。例如，文艺作品中战火纷飞的战斗场面，烈士牺牲的场面，山呼海啸的景象，等等。

恐惧感是一种否定性情感，一般说来，对人起着消极作用。因其带有痛苦因素，所以人们都不喜欢这种情感，都想回避它、排除它。但是，恐惧感作为一种配料，作为壮美感中的一个因素，和惊喜崇敬因素配合起来，却能把人的美好高尚的情感激发起来，推向高峰，使高尚情感在人的心灵中回环激荡。我们知道，人在极度恐惧时，由于过度紧张，动作软弱无力，姿态反常，呼吸暂被抑制，血管收缩，面部发青，周身颤抖。但是，如果恐惧只是微弱的，就不会过度紧张，只是比往常紧张一些而已。这时人的情绪激动，呼吸加剧，心脏跳动较快，血液循环也加快，肌肉紧张……总之，整个身体的生理机制，五脏六腑都发动起来了，处于比较紧张的状态之中。这时候，人的情感是最容易产生的，并且很容易达到激动地步。因为情感的起点高，稍有点刺激就激动起来，仿佛柴火极端干燥，一点即燃，一燃即成熊熊烈火。

壮美感中的愉快、崇敬和恐惧这三种主要成分，不是孤立的、各行其是的。壮美感也不是这三种情感因素的总和。愉快与崇敬都是肯定性的情感，它们都具有快乐的性质，二者融合起来，和谐一致。恐惧是否定性情感，与愉快相矛盾。当二者合在一起时，愉快在恐惧的衬托下，更加强烈。恐惧与崇敬也是矛盾的，但却能起到相反相成的效果。在一定的范围内，越恐惧就越崇敬，因为越恐惧的事物越崇高壮美。这样，壮美感就变成为一种强烈的美感，当这种情感产生时，人就会感到畅快、振奋、豪放、自信、乐观、充满活力。

三、壮美的心理功能

由于壮美是伟大的美，所以，对人的心理具有特别重大的作用；在所有各种美的形态中，它对人的良好作用是首屈一指的。其心理功能主要表现在两个方面：一是能将人的道德情操提高到崇高的境界，二是能十分有效地调整人的情感。

壮美能把人的道德情操提高到崇高的境界。一般美的事物虽然也能陶冶人的道德情操，但由于这种美只是普通的美，所以它只能将人的道德情操提高到一般美的水平，但不能把人推向崇高的精神境界。壮美则不然，它不是一般的美，而是一种伟大的美，它能很有效地把人的道德情操推到崇高的境界。

崇高的英雄人物，不论是生活中的还是文艺作品中的，都能给人以极大的鼓舞，成为人们的楷模，将人们的道德情操提高到崇高的境界。他们能将心胸狭窄的人变成心胸开阔的人，能将有私心的人变成大公无私的人，能将弱者变成强者，怯者变成勇者。无数的事实证明了这一点。车尔尼雪夫斯基的长篇小说《怎么办?》，成功地塑造了拉赫美托夫、吉尔沙诺夫、罗普霍夫、薇拉等英雄人物，这些人物激励着无数追求光明的青年。普列汉诺夫说，自从印刷机输入俄国以来，没有一本书享有像《怎么办?》这样成功。列宁也深受此书的感染,他曾说:"这才是真正的文学,这种文学能教导人,引导人,鼓舞人。我在一个夏天里把《怎么办?》读了五遍。每一次都在这个作品里发现一些新的令人激动的思想。"[《列宁论文学与艺术》(二),第897页]无产阶级革命家、杰出的反法西斯战士季米特洛夫在一篇文学讲演中说:"在我幼年时代的脑海里,文学产生了怎样一种特别强烈的印象呢?由于什么的影响,形成了我现在的作为一个战士的性格呢?我可以坦白地告诉你们:那就是车尔尼雪夫斯基的《怎么办?》。我投身于保加利亚工人运动的那种坚定性,以及支持莱比锡审问直到结束的那种坚决、镇定和顽强,——这个,我敢相信在某些方面是和我幼年时所读的车尔尼雪夫斯基的作品有关系的。"保尔·柯察金受到小说《牛虻》主人公的影响,吴运铎、张海迪受到保尔·柯察金的影响,已成为人所共知的事实。当代千千万万中国青年受到牛虻、保尔·柯察金、许云峰、江姐、刘胡兰、董存瑞、黄继光等英雄人物的影响,旧中国许许多多受压迫受剥削的人民受关公、张飞、武松、鲁智深、李逵等人的影响,也都是大家所公认的事实。

  壮美还能十分有效地调整人的情感。壮美唤起的美感特别强烈,这美感不是单纯的情感,而是复杂的情感;不是一般的愉快喜悦,而是畅快、豪放、振奋。当壮美感被唤起的时候,人总是精神振奋,斗志昂扬,壮怀激烈。因此,它能够冲洗和削弱各种否定性的情感,如不快、忧伤、怨恨、苦闷等,进而占有人的整个心灵。优美这种形态是没有这么大威力的,因为优美唤不起像壮美感那样强烈而又复杂的情感。优美感比较单纯而温和,冲刷不了心中的否定性情感,相反往往会被心中的否定性情感所破坏、淹没。当一个人心情悲伤时,美丽的鲜花,婀娜的岸柳,难以引起他的喜悦之情;如果他站到大海边,目睹滚滚的波涛,耳听海风的呼啸,或者是处身于战鼓喧天、万马奔腾的场面之中,其悲伤心情就会比较容易地消失。在许多文学作品中,我们都可以看到作家观赏壮美景物时净化否定性情感的现象。1927年蒋介石叛变革命以后,中国大地上腥风血雨,革命陷入极端困境,每一个革命者内心都充满着愤恨和悲痛。这时,毛泽东正在武汉,心情十分沉重,他登上黄鹤楼,一片壮美雄浑的景致展现在眼前:"茫茫九派流中国,沉沉一线穿南北。烟雨莽苍苍,龟蛇锁大江。"于是他精神振奋,豪情满怀,"把酒酹滔滔,心潮逐浪高"。悲痛难过的心情为之一扫。

壮美如何将人的精神推向崇高境界？主要途径有下列几种。

（一）物我比较，主体向客体看齐

壮美容易引起欣赏者的比较心理活动。比较有物与物之间的比较，有主体与客体之间的比较。这是欣赏壮美事物时特有的心理特点，没有这两种比较心理活动，也就没有壮美感的产生。当我们欣赏壮美事物的时候，首先是进行物与物之间的对比。前面说过，壮美的事物是巨大的事物，这种巨大不是绝对的，而是相对的，是在比较当中确定的。当人们看见一种美的事物时，他不能不加比较就知道它巨大与否，是壮美还是优美。他得先在思想上比较一下才行。当我们说某事物是壮美时，是经过了一番比较的。虽然这个过程很短暂、很迅速，迅速到甚至连我们自己也不觉得，但比较确是存在的。当这个比较完成之后，紧接着就是客体与主体之间的比较。在物我比较中，欣赏者发现壮美对象比自己伟大，于是产生倾慕崇敬之情，从而向它看齐，向它学习，这就把自己的精神提高到了一个新境界。例如，欣赏《董存瑞》《红岩》等作品，在物我比较中，我们深深为董存瑞、江姐等视死如归的大无畏精神所感动。相形之下，我们觉得自己远远不如他们，崇敬之情油然而生；伴随着崇敬之情而来的，是一股勇气和豪情在自己的胸中激荡。

许多文学作品记录着作家观赏壮美事物时精神升腾的情状。苏东坡在《念奴娇》中写到他游赤壁，面对着雄伟景物：大江东去，赤壁故垒，乱石穿空，惊涛拍岸，卷起千堆雪，联想到雄姿英发、羽扇纶巾的周瑜、孔明的英姿及谈笑间樯橹灰飞烟灭的英雄业绩。相比之下，觉得自己大为逊色；"故国神游，多情应笑我，早生华发"，甚感惭愧。虽然因年华虚度，光阴飞逝，而产生人间如梦之感，但最后仍然希望赶上先辈英雄，实现自己改革社会的伟大理想，在一樽还酹江月中，豪迈之情如波浪翻滚。

在物我比较中，之所以使人在看出差距之后向崇高事物看齐，把自己的精神境界向前推进，而不是觉得自己渺小而向后退缩，悲观颓唐，这是因为崇高的事物令人敬爱、倾慕，就像一股牵引力，将人的精神拉向壮美一边。在观赏壮美事物时，有的人也因为物我差距太大而产生悲观情绪，这在古诗中是常见到的。如有人看到宇宙、天地太伟大了，而人是那么渺小，"念天地之悠悠，独怆然而泪下"。有人则感到生命如此短促，于是产生"人生如梦""譬如朝露，去日无多"之感，悲不自胜，求助杜康，以醉解愁。这是他们的人生观中消极思想的表现，当为别论。

在物我比较中，如果对象比主体弱小，或者不相上下，那就不会唤起崇敬之情，自然也就不能把人的精神推向更高的境界。某一壮美的事物是否引起崇敬之情，是因人而异的。例如，一般的悬崖峭壁，一般的高山，在我们一般人看来是惊险的、巨大的，会产生崇敬心理。但对一个登山运动员说来，就不是如此了。他登高山如履平地，所经历过的高山大岭比这险要得多，艰危得多，在他眼里，这当然并没有什么了不起。以大海为家的渔民，履万顷波涛如闲庭信步，对大江河就不会引起崇敬之情。而在一般人眼中特别是在少见江河的山里人眼中，大江河也是非同小可的。对身经百战的战士来说，对抓流氓捉小偷这一类行为，不会感到崇高，因为在他看来这是很容易办到的事，不算惊人之举；而这在一般人看来就不一样了，他们觉得这行为是崇高的、令人敬仰的。审美主体与审美客体差距越大，就越是觉得审美对象伟大、壮美，对它越是崇敬。

（二）激发想象

心理学已经证明，情感可以激发人的想象活动。人在发生比较强烈的情感时，很容易进行有关的想象。例如，一个人被恐惧情感所笼罩时，就会不由自主地想象各种极其危险的情景；一个人被欢乐的情感鼓舞时，就会不由自主地想象各种美好的生活情景。情感越丰富，想象越活跃。壮美是最能激发人的强烈情感的，而且这情感是一种高尚的快乐的情感。因此，壮美感最容易激发人想象各种美好的事物，想象未来的美好远景，这些美好的事物和生活远景会给他力量，鼓舞他前进。在许多诗词和散文中，我们可以清楚地看到，作家面对壮美事物，触景生情，情感激荡，浮想联翩；而且所想象的都是一些崇高壮美的事物。这些事物复又激发着他的情感，构成一系列的连锁反应，情感与想象相逐上升，使人的精神提高到一个崭新的境界。

（三）表同作用

欣赏者通过再造的想象活动以及情感的直接交流和表同作用，进入到作品中去，与作品中的正面人物合而为一，使自己的思想感情和人物的思想感情融合起来。这是文艺作品影响人的又一重要途径。壮美作品的特殊之处在于，它的人物是崇高的英雄人物，具有崇高的思想感情和不平凡的生活经历，这些都是一般人所缺乏的。因此，仅仅通过再造的想象活动和情感的直接交流去进入共鸣，这在欣赏壮美事物时是会受到一定局限的。欣赏者虽然凭借相近似的经历和情感，可以与作品中的壮美人物合二为一，但这种结合不完全、不透彻，共鸣也不够深，因为共鸣的深浅是与主客体的经历、情感相一致的程度成正比例的。在欣赏壮美事物时，表同作用是欣赏者进入作品、提高道德情操的最理想途径。这是因为作品中的英雄人物是最理想的表同对象。表同的目的是欣赏者意欲从他人身上分享胜利和成功的欢乐，满足自己的欲望。因此，表同的对象应该是英雄人物，以普通人物作表同对象是达不到这个目的的。作品中的英雄人物比生活中的英雄人物更高更理想，因为他是经过典型化了的形象。一部文学作品人们可以经常读，反复读，深入体会英雄人物的思想感情和光辉业绩，尽情分享其中成功的欢乐，并且将自己的精神境界推向崇高的境地。人们欣赏壮美艺术品时，在一定时间内是充满崇高感的，一旦共鸣产生，其心灵就进入了英雄人物的形象之中，仿佛自己变成了英雄人物。主体在精神上受过了一次洗礼，体验了一次崇高的情感，心中原有的那些不够高尚的思想情感便被排挤掉了或被抑压住了。欣赏一次壮美事物，心灵受到一次洗礼，多次的经常的欣赏就会使人的心灵发生较大的改观。

  壮美是培养崇高心灵的奶汁，没有壮美是培养不出崇高的心灵来的。猪圈难养千里马，花瓶难栽万年松。千里马要有纵横驰骋的原野，万年松需经暴雨烈日的磨炼。崇高的心灵是高尚、坚毅、勇敢、开阔、伟大的心灵。小巧玲珑，优美典雅是哺育不出这种心灵来的。因此，我们强调文艺要努力创造壮美的作品，音乐家要谱出时代的最强音，画家要画出时代的壮丽图画，其他各种文学艺术家要塑造出时代英雄。英雄人物形象是壮美的最集中体现，最能拨动人的心弦。

第十一章　优美艺术的心理功能

一、优美的特点

优美的特殊心理功能是由优美这种特殊的美的形态造成的，要研究优美的心理功能，必须先弄清优美的特性。

我国古代向来把美分为阳刚与阴柔两种。清代文学家姚鼐在《复鲁絜非书》中说："自诸子而降，其为文无弗有偏者，其得于阳与刚之美者，则其文如霆，如电，如长风之出谷，如崇山峻崖，如决大川，如奔骐骥；其光也，如杲日，如火，如金镠铁；其于人也，如凭高视远，如君而朝万众，如鼓万勇士而战之。其得于阴与柔之美者，则其文如升初日，如清风，如云，如霞，如烟，如幽林曲涧，如沦，如漾，如珠玉之辉，如鸿鹄之鸣而入寥廓；其于人也，漻乎其如叹，邈乎其如有思，暖乎其如喜，愀乎其如悲。观其文，讽其音，则为文者之性情形状，举以殊焉。"姚鼐认为雷电、长风、崇山、峻崖、骐骥、烈日、猛火等，乃阳刚之美，而清风、白云、彩霞、烟雾、幽林、曲涧、珠玉等，为阴柔之美。这里，他仅描述了这两种现象，并未在理论上加以阐明。

笔者认为优美有两个显著的特点：第一是小巧。在美的事物当中，凡是小巧的事物就是优美的。有形体上、力量上的小巧，如小鸟、小猫、小狗、小鸡、小树、小丘、小河。有道德上的小巧，如克己奉公，热心服务。大与小是相对的。一般说来应以同类事物相比较，不应以不同类的事物相比较。大象比小山小得多，但人们仍把小山看成优美，把大象看成壮美。这是因为小山比大山小得多，大象比小狗小鸟大得多。

优美的第二个特点是柔和。在美的事物当中，不论是自然事物还是社会事物，凡是具有柔和特性的就是优美的。一条直线，因为刚直，所以不属于优美；一条抛物线，因为柔和，所以属于优美。一个圆形或椭圆形，没有锐利、方正的角度，显得柔和，因而属于优美；菱形或长方形、三角形、正方形，角度锐利、方正，给人刚直锐利之感，所以不入优美之列。

自然界中，绿杨垂柳，平湖秋月，白云苍狗，晚霞夕照，冬日阳光，拂煦春风，都是优美的。就男女而论，体态上女子细腻柔和，富于曲线，性格上女子比较温柔，同属优美。

优美的艺术是优美的自然事物和社会事物的反映，因其形象都是小巧柔和的，作者灌注其间的情感也就比较委婉。在优美的艺术作品中不可能存在激烈的社会冲突、剑拔弩张的场面，也不可能存在波涛激荡气贯长虹的情怀。

优美可以分为一些不同的品种，每一种对人的心理作用有所不同。我国唐代美学家司空图把诗的风格分为二十四种，其实就是二十四种美的形态，其中冲淡、纤秾、典雅、绮丽、飘逸、清奇等，都属于优美范畴。不过，他分得未免过细，有些品种区别不大明显。这里笔者且将优美分为典雅、清秀、艳丽三种。

典雅这一美学范畴在我国美学史上出现很早，而且一直很受重视。汉代王充在《论衡·自纪》中说："深覆典雅，指意难睹，唯赋颂耳。"他没有对典雅作说明。后来曹丕在《与吴质书》中说："而伟长独怀文抱质，恬淡寡欲，有箕山之志，可谓彬彬君子者矣。著《中论》二十篇，成一家之言，辞义典雅，足传于后，此子为不朽矣。"在曹丕看来，典雅就是"恬淡寡欲"，文质"彬彬"。刘勰在《文心雕龙·体性》中，把典雅列为八种风格之首，认为典雅的特点是：效法和融化古代经典，具有那种端庄、凝重、雍容华贵的气派。司空图对典雅有过详细的描述："玉壶买春，赏雨茆屋。坐中佳士，左右修竹。白云初晴，幽鸟相逐。眠琴绿荫，上有飞瀑。落花无言，人淡如菊。书之岁华，其曰可读。"司空图认为典雅就是这样的一种情景：在茅屋里，几个高雅之士，饮酒赏雨，屋外满地修竹，宿雨初晴，白云飘曳，飞鸟相逐。雅士饮罢酒抱着琴在绿荫下躺着，看着山上瀑布飞泻。落花片片，人淡如菊。概括说来，司空图的所谓典雅，就是高雅之情，闲逸之趣，淡泊之志。这是封建士大夫的一种美学理想。

笔者认为典雅的特点是：情趣高雅，精致玲珑，轻盈灵活，妩媚多姿。典雅的文艺作品一般要求有精美的形式，高雅的情趣。例如李商隐的《无题》："相见时难别亦难，东风无力百花残。春蚕到死丝方尽，蜡炬成灰泪始干。晓镜但愁云鬓改，夜吟应觉月光寒。蓬莱此去无多路，青鸟殷勤为探看。"这诗写情人相思，至死不渝，互相关心，体贴入微。情趣甚为高雅，形式极为精彩别致，珠圆玉润，娓娓动人，不愧为一首典雅佳作。

清秀的特点是淡雅自然，色彩不鲜丽，比较素淡；形体结构较为简朴自然，无斧凿痕迹，犹如"清水出芙蓉"。司空图所说的"清奇"近似于清秀，他是这样描写"清奇"的："娟娟群松，下有漪流。晴雪满竹，隔溪渔舟。可人如玉，步屟寻幽，载瞻载止，空碧悠悠。神出古异，淡不可收。如月之曙，如气之秋。"司空图在这里突出了松、流、雪、玉、月、秋。总的说来，就是：像新月的明净皎洁，像秋天的清高气爽。清秀主要是一种静态美，不以灵活多变取胜，而以恬静淡雅取胜，如芙蓉、水仙、荷花、青山绿水、茂林修竹、秋江如练、雨后春山。

清秀是中国美学的一个范畴，在诗歌中有着重要地位。清秀诗风有一个形成过程，南朝诗人谢朓是这个过程中的重要人物。李白在《宣州谢朓楼饯别校书叔云》一诗中说："蓬莱文章建安骨，中间小谢又清发。"施补华《岘佣说诗》也说："谢玄晖名句络绎，清丽居宗。"他的诗最显著的特征就是清秀，这是古今所公认的。例如，他那首被人传诵的《晚登三山还望京邑》中写道："……余霞散成绮，澄江静如练。喧鸟复春洲，杂英满芳甸。"写得何其清秀动人！唐代的王维、孟浩然等又把清秀诗风推向更高的境界。且看王维的《山居秋暝》："空山新雨后，天气晚来秋。明月松间照，清泉石上流。竹喧归浣女，莲动下渔舟。随意春芳歇，王孙自可留。"寥寥几句诗，就把清新秀美的景色和盘托出，令人如临其境。

艳丽，也叫华丽。它色彩鲜明强烈，大红大绿，五彩缤纷，形体结构比较庞大、复杂、多变，不那么精巧；气氛浓郁，情态雍容。艳丽近似司空图所说的"纤秾"。他这样描述纤秾："采采流水，蓬蓬远春。窈窕深谷，时见美人。碧桃满树，风日水滨。柳荫路曲，流莺比邻。乘之愈往，识之愈真。如将不尽，与古为新。"司空图认为纤秾就是这样的景象：活活泼泼的流水，蓬蓬勃勃的春色。花草茂盛的山谷里，时常有美人出没。碧桃满树，河边日暖风轻。柳荫路曲，流莺争鸣。这景象正是色彩鲜明强烈，气氛浓郁。在五彩缤纷的自然美景中，司空图又请来了浓妆艳服的美人，这就锦上添花，艳丽动人。

许多文艺作品具有艳丽的特色。在诗歌中，最具代表性的是张若虚的《春江花月夜》。这首诗色彩艳丽，五彩缤纷，事物交错，相互辉映，景象瑰丽,光彩夺目,迷离变幻,情感浓郁。春天、江水、潮水、明月、花甸、花林、江树、江潭、海雾、白沙、落花、鸿雁、鱼龙、扁舟、月楼、妆台、佳人……这些形象交替出现,构成一幅复杂多变的"春江花月夜"景象,这种艳丽的景象与浓郁的相思情绪相融化,更增加了迷人色彩。这首诗不仅景物、情调艳丽,辞藻也很华丽,讲究声律,大量使用排比句和对偶句,整齐而多变。

艳丽的作品虽然往往辞藻华丽,但与艳靡的作品有明显的区别。后者辞藻华丽,堆金列绣,内容空虚,多写女性的香艳,充满色情或低下的情调,如齐梁时代的宫体诗。艳丽的作品内容广阔,思想高尚,即使写男女恋情,情调也是健康的。

二、优美感的结构及其产生

优美的事物由于小巧柔和,作用于人的感官就不太强烈,对人的生理和心理刺激比较温和。人们在接受这些事物的时候,不会有任何不适应和突然的感觉。因为这些事物都是经常见到的,人的神经活动比较习惯和适应,神经系统的动力定型没有受到什么冲击,不需要做出什么改变,因而不会有痛苦或不愉快的感觉。还有,优美的事物本身和谐一致,没有什么矛盾,因而也就不会引起人的思想情感上的矛盾,人们在感受优美的过程中,情感的变化幅度不大。总之,无论是形式上的优美还是道德品质上的优美,都非常适合人的感受习惯,能使人舒舒服服地接受过来。

优美感在所有各种美感当中是最单纯的情感,它的基本因素是愉快。当优美感产生的时候,人们觉得心情舒畅,心旷神怡,轻松愉快。这种情感比较温和,情感发生时,主体身体内部各种生理机能没有什么特别变化,心脏跳动、血液循环如常。由于心理上的愉快,生理上也感到舒适,肌肉松弛,有一种轻松的感觉。英国美学家柏克这样描写人在欣赏优美时的姿态:"头靠在一旁的什么东西上,眼睑较往常略闭,眼睛斜斜地、沉静地在对象上溜转,嘴巴微张,呼吸放慢,不时发出低叹,整个身体都处于安定状况,两手则舒泰地垂向两边。这一切都伴随着一种内心的感动和慵倦之感。这些姿态往往同对象里的美和观察者的敏感程度成正比例。……即美是使整个坚实的身体松弛舒畅而起作用的。"(《关于崇高与美的观念的根源的哲学探讨》,载《古典文艺理论译丛》第五辑)柏克的描述基本上是符合事实的。

大量的审美实践都证明了上述的观点。范仲淹的《岳阳楼记》中有一段描写:"至若春和景明,波澜不惊。上下天光,一碧万顷。沙鸥翔集,锦鳞游泳。岸芷汀兰,郁郁青青。而或长烟一空,皓月千里,浮光跃金,静影沉璧。渔歌互答,此乐何极!登斯楼也,则有心旷神怡,宠辱偕忘,把酒临风,其喜洋洋者矣。"这里,范仲淹具体描写了他面对优美的洞庭景物所产生的心态:"心旷神怡,宠辱偕忘。"这是愉快的极致,到了这个境界,一切人世间的荣辱都置之脑后了。这种感受是带有普遍性的。在正常的情况下,所有的人面对优美的自然景物,都会产生这种愉悦的感受。

优美感还有一种次要因素,就是喜爱或亲爱。当优美的事物呈现在我们面前时,我们总觉得它可亲可爱,很想亲近它,就像见到老朋友那样感到亲切。不论自然界的优美还是社会中的优美都是这样。这主要是由优美的柔和特点造成的。莫泊桑在《月色》这篇小说中,这样描写人物对优美景物的爱抚心情:"在他这个被清辉浸透的小园子里,成行的果树,在小径上映出它们那些刚刚长着绿叶子的枝柯的纤弱影子;那丛攀到他住宅墙上的肥大的金银花藤,吐出一阵阵美妙甘芳的清气,使一种香透了的情感在这温和明朗的夜色里飘浮……一经走到了田地里,他便停住脚步去玩赏那一整幅被这种具有爱抚意味的清光所淹没的平原,被这明空夜色的柔和情趣所浸润的平原。成群的蟾蜍不住地向空中放出它们的短促而有金属性的音调,远处的夜莺吐出它们那阵使人茫然梦想的串珠般的音乐,吐出它们那阵对着月色诱惑力而起的清脆颤动使人指望搂抱的音乐。"在这优美的月夜,一切都显得十分可爱,温柔,有诱惑力,有爱抚意味,甚至使人指望搂抱。这种感受不仅是作者莫泊桑所具有,也不仅是作品的主人公所具有,其他人也同样具有。置身于如此优美的环境中,谁能不为之陶醉?

优美中的不同形态所引起的情感略有差异。典雅更多地给人以轻松愉快之感。由于它妩媚多姿,轻盈灵活,所引起的心理较多变化,处于动态之中。清秀更多地给人以喜悦、恬静之感。欣赏清秀时的心理安适自在,很少变化。艳丽由于色彩强烈,形体较巨大、复杂,情态雍容,所以给人的情感是愉快而浓郁。

优美是比较容易引起共鸣的。当人们欣赏优美事物的时候,虽然情感并不强烈,但很容易陶醉,进入物我两忘的境界。这是因为优美是比较平易近人的事物。优美以其小巧柔和，与一般人的精神境界、情感以及生活经历相接近，人们很容易通过各种途径，进入共鸣境界。这是优美所特有的现象。

优美作品所描写的社会生活内容，既不是轰轰烈烈的社会巨大事件，也不是不同凡响的英雄行为，而是比较平凡的社会生活和个人日常生活。这是一般人所经历过的。因此，在阅读作品时，人们通过再造想象活动再现艺术形象时，很容易把自己的生活经历融进作品中去，造成你中有我、我中有你的意象，以为作品中写的好像是自己，主体于欣赏中与作品中的人物完全同感受、共欢乐。例如，李白的《月下独酌》。这首诗写作者月下独酌的情景和心理活动：春夜花好月圆，独酌无伴，只好以明月和自己的影子作为酒伴，"三人"交杯对饮，各自情态不同。通过这种描写，表现出作者作客他乡寂寞而又不甘寂寞的心情。他乡作客、月夜饮酒的经历是很平常的，许多人都有，特别是月下饮酒，更为普遍。所以读这首诗时，很容易把自己的生活经历融进去，好像举杯邀明月的正是自己，而不是李白。又如，小时离乡别井，老时才落叶归根的人，读贺知章的《回乡偶书》，就会把自己的经历完全融进去。"儿童相见不相识，笑问客从何处来"的情境不正是这样的吗？

欣赏者通过再造想象的心理活动，在再现艺术形象时把自己的生活经历融进作品中去，造成物我合一的境界，这是艺术共鸣的一条普遍规律，其他形态的艺术也不例外。但优美艺术写的是平凡的日常生活和社会现象，一般人都亲身经历过，所以他们对作品的体验更深，共鸣可以达到完全融合无间的地步。欣赏其他艺术时就有点不同。例如，壮美艺术所描写的是伟大壮丽的社会生活和行为，一般人是缺少这种生活经历的。他们和作品之间隔有一定的距离，虽然凭着自己与之相近似的某些生活体验也能进入作品，达到共鸣境界，但很难达到与作品完全融为一体的地步。

抒情性的作品着重于表现作者的情感，这种感情可以直接与欣赏者的情感交流，产生共鸣。这是一般的规律。优美的抒情性作品比起壮美的抒情性作品来，更容易产生情感的直接交流。因为壮美感是一种崇高的情感，当人们产生这种情感时，总是豪情满怀，壮怀激烈，气宇轩昂。这种情感不是人人皆有，也不是经常产生的。而优美感虽然不是人人具有，但为一般常人所具有，并且经常产生。因此，优美的抒情性作品更容易与一般读者产生情感上的直接交流。例如，李商隐的《无题》诗："相见时难别亦难,东风无力百花残。春蚕到死丝方尽,蜡炬成灰泪始干。晓镜但愁云鬓改,夜吟应觉月光寒。蓬莱此去无多路,青鸟殷勤为探看。"这首诗抒发了心心相印至死不渝之情。这种优美的情感是一般人所具有的,所以与之容易产生直接的情感交流。如果是岳飞的《满江红》,一般人就不容易产生直接的情感交流。当然,这不是说,一般人对壮美的抒情性作品不能进行直接的情感交流,只是说,由于一般读者不完全具有像作品那样的崇高感情,所以这种交流就不那么容易,而且由此引起的共鸣也不那么深刻,因为共鸣的程度是与物我双方情感的吻合程度成正比例的。

优美的自然景物以及描绘优美自然景物的作品,在欣赏过程中很容易被欣赏者移注进否定性情感,从而披上否定性的情感色彩。这是因为人们在欣赏优美的自然景物时所产生的优美感不强烈,比较温和,所以很容易受心境影响。当人心境愉快时,优美的景物容易诱发人愉快的情感。但是,当主体心情不佳、内心哀伤的时候,优美的景物就难以诱发起优美感,即使产生了,也由于受到不愉快的心境冲击而变得十分微弱,不愉快的心境仍然占上风,这时候去欣赏优美景物或描写这种景物的作品,就很容易把不愉快之情外射到景物上去,使它披上否定性情感的色彩。许多描写优美自然景物的古诗词,都带有哀伤愁苦的情感,其原因即在于此。这就是说,诗人欣赏优美景物时,本应引起愉快之情,心旷神怡,但由于他原来内心充满哀愁,优美感无力驱除它,所以只好听任它向外移情。例如李白的《劳劳亭》:"天下伤心处,劳劳送客亭。春风知别苦,不遣柳条青。"本来,初春的劳劳亭四周景物是优美的:春风拂拂,一排排杨柳已吐出黄嫩的新芽,劳劳亭绿瓦红梁,甚为雅致。这样的美景理应唤起诗人喜悦之情,但这时他正在长亭送别,离情别绪塞满了内心,所以觉得劳劳亭并不优美雅致,而是天下最伤心的地方,四周景物也并不引人愉快,倒是春风还体恤离人的别苦,特意不让杨柳发出青枝绿叶,以免更多一番感叹。

三、优美的心理功能

优美虽然不像壮美那样震撼人心,但对人的心理也有重大作用。没有优美的欣赏和熏陶,人是不堪设想的。优美的心理功能有如下几个方面:

首先,优美对人的身心平衡起着重要的作用。我们知道,壮美虽然对人起着巨大作用,能震撼人心,将人的精神提高到崇高的境界,但是人不能老是欣赏壮美,不能一天到晚,从工作到休息,从社会到家庭都为壮美所激动,时刻处于波涛激荡的情海之中。因为这样做,人是受不了的,他会因过分兴奋而疲劳,失去生理和心理的平衡,产生生理上和精神上的疾病。从人的整个生活来说,更多的时间需要处于优美的陶冶之中,因为优美能唤起愉快喜悦的情感,它可以使人身心愉快,舒适宁静,保持平衡状态,感觉生活充满着乐趣,从而健康长寿。优美的自然环境、日常生活环境和社会环境,对人是十分需要的。古今中外不少人喜欢到山清水秀、景物迷人的幽静处去旅游、休养,疗养院都建在风景优美的地方。保加利亚有一个名叫斯莫利安的山村,有 65 个 100 岁以上的老人。这个村庄风景如画,家家屋前屋后种满鲜花;人们陶醉于优美的大自然的怀抱中,加上村里的社会环境也较好,生活安定,大家心情愉快,反常的情绪很少出现,这是构成他们健康长寿的一个很重要的原因。如果生活环境不优美,不安静舒适,而是肮脏嘈杂,动乱恐怖,使人心烦意乱,焦虑惊恐,这就会破坏身心平衡,造成精神不振,令人缺乏生活乐趣,以至悲观厌世,染上精神上的毛病。

人们不仅在工余休息的时候需要优美,就是在紧张工作的时候也往往需要优美。优美使人轻松愉快,减少疲劳,提高工作效率。实践证明,一个车间如果颜色调配得当,工人心情就好,劳动生产率可提高 10%～20%。国外有一家服装厂,利用颜色的审美作用,把缝纫机漆成绿色,桌子和墙角涂上褐色,墙壁刷成浅绿色,天花板刷成白色;结果劳动生产率比原来大大提高,创造了同行业日产的最高纪录。国外某些统计资料表明,工厂车间的门窗明净漂亮,可提高劳动效率 5%～15%;照明设备美观而适当,可提高劳动效率 10%～30%;车间内外环境以及机器、工具饰上适当的色彩,可提高劳动效率 2%～4%;把噪音减少到最低限度,或在从事某种工作时播放优美的音乐,可提高劳动效率 6%～14%。

其次,优美可以陶冶人的优美性情。优美小巧柔和,能唤起人的优美感,经常受到优美的熏陶,性情就会变得高尚美好、细致柔和。优美性情对人也是必要的,它使人处事耐心细致,待人接物和蔼可亲。这不论在工作中还是在日常生活中都是不可缺少的。一个人如果只受壮美的熏陶,老是处于紧张的激奋情感之中,就会养成一种紧张而粗犷的性情,不论在日常生活中还是在待人接物,友情交往方面,都像参加战斗一样,紧紧张张,慷慨激昂,毫无和蔼可亲、温文尔雅的风度,这就令人望而生畏,敬而远之。

　　优美性情也有其不足之处，它比较脆弱，缺乏宏大气魄，缺少一往无前的精神。它像柔和的杨柳，不像刚强的青松；它像潺潺而下的溪水，不像奔腾咆哮的江河。因此，我们既不能忽视优美性情的培养，也要注意壮美性情的培养，使二者很好地结合起来，不可偏废。如果只有壮美性情而无优美性情，人就变得强悍而粗暴，如张飞、李逵、鲁智深；如果只有优美性情而无壮美性情，人就变得软弱，如贾宝玉、林黛玉、崔莺莺。完美的性格应该刚柔兼济，刚中有柔，柔中带刚，如诸葛亮、周瑜、西施、貂蝉、花木兰。清代文学家姚鼐曾经说过："阴阳刚柔并行而不容偏废，有其一端而绝亡其一，刚者至于偾强而拂戾，柔者至于颓废而阉幽，则必无与于文者矣。然古君子称为文章之至，虽兼具二者之用，亦不能无所偏优于其间，其故何哉？……文之雄伟而劲直者，必贵于温深而徐婉。温深徐婉之才，不易得也；然其尤难得者，必在乎天下之雄才也。"（姚鼐《海愚诗钞序》）姚鼐讲的虽是文章风格，但也适用于人的性情。他认为刚与柔应统一起来，不可只取一端。二者结合时也不是半斤八两，而应以刚为主，柔次之。笔者认为他这意见是很对的。

　　最后，优美可以提高人的道德品质。就道德水平说来，优美没有壮美那样高。壮美人物是伟大崇高的人物，其思想是最先进的，其精神是时代精神的最高体现，其声音是时代的最强音，无疑会对社会做出巨大的贡献。优美的人物不是伟大的人物，只是比一般人略为先进，没有什么惊人之举，也无重大贡献。在爱情生活和家庭生活中，优美的品格往往表现得特别突出，特别感人，如《长恨歌》中"在天愿作比翼鸟，在地愿为连理枝"的忠贞爱情，李商隐《无题》诗中"春蚕到死丝方尽，蜡炬成灰泪始干"的苦恋之情，贾宝玉与林黛玉的赤子童心之爱，等等，就是突出的例子。这些优美的道德品质都会感化着人们。由于优美的人物到处都有，常常可以见到，这就更能经常地影响着人们。当然，优美在道德作用方面也有其不足之处。它的道德水平不够高，与普通人的道德水平相差不远。这样，人们受其感化之后，道德境界虽然有所提高，但升华不够。正因为如此，人们一般都不会用优美的人物作为表同对象。以其作为表同对象，分享不到多少胜利的喜悦，满足不了自己的精神需要。

第十二章　悲剧的心理功能

悲剧是一种很特殊的艺术，对人的心理作用与壮美、优美大不一样，人们在观赏悲剧时，一面感到喜悦，一面感到痛苦、悲伤，甚至流泪。为什么人们愿意花钱进戏院去看悲剧呢？悲剧是如何使人产生快感的？悲剧如何提高人的道德情操？这些问题虽然已经提出两千多年了，但是至今尚未得到很好的解决。

一、美学史上关于悲剧心理功能的论述

在西方，对这个问题论述过的人很多，我们只能把几个重要的观点做一简单的介绍。

（一）幸灾乐祸说

关于悲剧为什么引起快感的问题，最早提出并试图解答的是柏拉图。他认为这是由于欣赏者"拿旁人的痛苦来让自己取乐"。他在《理想国》中说："听到荷马或其他悲剧诗人摹仿一个英雄遇到灾祸，说出一大段伤心话，捶着胸膛痛哭，我们中间最好的人也会感到快感，忘其所以地表同情，并且赞赏诗人有本领，能这样感动我们。"（《西方文论选》上卷，第38页）为什么见别人受苦难还会感到愉快？柏拉图做了这样的说明："我们亲临灾祸时，心中有一种自然倾向，要尽量哭一场，哀诉一番，可是理智把这种自然倾向镇压下去了。诗人要想餍足的正是这种自然倾向，这种感伤癖。同时，我们人性中最好的部分，由于没有让理智或习惯培养好，对于这感伤癖就放松了防闲，我们于是就拿旁人的痛苦来让自己取乐。我们心里这样想：看到的悲伤既不是自己的，那人本自命为好人，既这样过分悲伤，我们赞赏他，和他表同情，也不算是什么可耻的事，而且这实在还有一点益处，它可以引起快感，我们又何必把那篇诗一笔抹煞，因而失去这种快感呢？"（《西方文论选》上卷，第39页）这里，柏拉图明白说出悲剧的快感，是"拿旁人的痛苦来让自己取乐"。

柏拉图的观点对后人影响甚大。法国近代批评家法格对此加以发挥，他认为人性是恶的，看到别人受苦就会幸灾乐祸。他在《古今戏剧》里说："人是一群猛兽，我知道很清楚，因为我自己就是其中之一。"（转引自朱光潜《文艺心理学》第 16 章）这种看法实在荒谬。人不是野兽，人看到悲剧中的好人受难，引起的是同情而不是幸灾乐祸。只有敌人的受难或毁灭才使人幸灾乐祸。企图从人性上去说明问题，是不会成功的。

（二）刺激说

法国 17 世纪学者杜博认为，悲剧好像烈性饮料，可以助人排解忧闷。人心原来好动，一遇闲散便苦闷无聊，就要消遣。消遣有二法，一是潜心冥想，一是感受外部的刺激。刺激越强烈，喜感也越浓。最强烈的刺激是悲哀苦恼，所以看悲剧很能引起人的喜悦。法国 17 世纪学者芳藤纳尔又认为："喜和痛虽是两种不同的情感，而原因却无大异。如搔皮肤，太强烈则生痛感，稍轻缓则可生喜感。从此可知本来是痛感，只要把它变弱些，就变成一种轻松愉快的微痒了。人心本来好动，使它动的就是苦恼也无妨，只要有一件东西把它们的力量减轻一点就行了。在剧场中凡所要表现的虽跃跃如实境而究竟不是实境。观者尽管耳迷目眩，理智尽管为感觉和想象所蒙蔽，心里总还脱离不了'这是虚幻'一个想头。这个想头尽管很薄弱，尽管受蒙蔽，其力量还能减杀观者看见无辜受祸所生的痛感，把它一直减轻到变为喜感的程度。观者一方面见到自己所爱好的主角不幸受祸，替他流泪，而同时返想到这幸亏还仅是空中楼阁，心里又觉到快感。"（转引自朱光潜《文艺心理学》第 16 章）

杜博所谓强烈刺激产生快感，实际上是一种麻醉。看悲剧如饮烈酒，这不能说明悲剧喜感问题。生理快感不等于心理快感，麻醉只是失去感觉，不是什么心理快感。芳藤纳尔倒是想从心理反应的变化来说明问题，但他又把喜与痛两种不同的感情，看作由同一个东西所产生出来的，他把悲剧只看成单纯的事物，不了解它有多种属性，正是这些不同的多种属性才唤起苦与乐的不同情感。所以他的解释虽也有某些道理，但未抓住要害，未能真正解决问题。

（三）宣泄说

这是亚里士多德最先提出来的。他这个说法影响最大，一直被认为是最权威的说法。所谓"宣泄",即是说,悲剧能把人心中过分激烈的怜悯与恐惧之情宣泄出来。这两种情感太强烈使人不舒服,宣泄出来之后就舒服了,心里就感到愉快了。亚氏的意思应是"宣泄"。

亚氏的宣泄观点是有一定道理的,宣泄确实是悲剧产生快感的一个原因,尽管不是主要原因。这观点比幸灾乐祸说和刺激说更有道理,也是美学史上关于悲剧快感的比较令人信服的一种观点。但是,亚氏并未说清楚悲剧如何宣泄怜悯与恐惧,同时他认为悲剧只能产生怜悯与恐惧两种情感,不能直接发生愉快的情感及其他情感。这也是他的不足之处。

二、悲剧感的结构及其产生

悲剧所唤起的情感叫作悲剧感。悲剧由哪些情感因素构成?这些情感如何产生?它们是怎样组合在一起的?这是首先需要弄清的问题。

悲剧感由如下因素构成。

(一)恐惧

关于恐惧,亚里士多德在《诗学》第13章中说:"恐惧是由这人与我们相似而引起的。"在《修辞学》第2卷第5章中他给恐怖下了一个定义:"恐怖可以界定为一种痛苦或恐慌的感觉,其原因是由于人想象有某种足以引起破坏或痛苦的灾祸即将发生。""要使听众发生恐惧之情,应使他们感觉他们会遭受苦难,应告诉他们那些比他们强大的人都已遭受苦难,应向他们指出那些和他们相似的人正在或已经遭受苦难,那些苦难来自想象不到的人,出于想象不到的方式,发生于想象不到的时间。"亚氏认为要使观众产生恐怖,应使他们感到不知在哪一天自己也会遭受灾难,个个都无法逃避厄运。这种看法没有普遍的意义。这是他从古希腊的命运悲剧总结出来的观点。当时希腊人迷信命运,认为命中注定厄运难逃,任何主观的努力都是徒劳的。当时的悲剧家写的就是这种命运悲剧。人们相信,主人公的苦难不知哪一天也会落到自己头上来,所以观看悲剧时充满着恐惧感。亚氏的这个观点不适合于其他时代的悲剧,文艺复兴时代的人文主义悲剧,17世纪的古典主义悲剧,19世纪的批判现实主义悲剧,都不再是命运悲剧,观众也不会像古希腊人那样害怕悲剧真正落到自己头上。

一般来说,悲剧的恐惧感来自两个方面,一方面,是来自替英雄人物担心害怕。悲剧主人公多是崇高的英雄人物,有着极不平凡的经历。这斗争的历程充满着恐惧,最终甚至趋于毁灭。这作为现实生活本身,人们是无法欣赏的,因为现实性太强,恐怖已占据了整个心灵。例如,刘胡兰就义时,在旁边看见的人是觉得很恐怖的。但悲剧艺术是观念形态的东西,现实性已大大减弱了,所以恐惧感就不那么强烈,只是朦朦胧胧地存在,它并不真正威胁欣赏者的生命安全;在艺术作品中那些血淋淋的恐惧场面,经过艺术处理之后,也不那么刺激人了。另一方面,欣赏者也为自己担心,感觉恐惧已临到自己头上。怎么会出现这样的情况呢?这是由于欣赏者观赏悲剧时,在再现阶段将自己摆了进去,自己和主人公合而为一了。这是物我两忘的共鸣境界。这时欣赏者和主人公同呼吸共命运,主人公受到毒打,他就觉得痛在自己身上。一般观众的胆子远不如悲剧英雄人物的胆子大,当他们进入角色感受敌人的残酷手段时,最初是害怕的。因为主人公的大无畏精神仍未充分展示出来,欣赏者也刚刚进入角色,还未完全化为英雄人物,他们只以自己的胆子去迎接敌人的毒手,所以出现一瞬间不寒而栗的感觉。当主人公展现出视死如归的勇气时,欣赏者也驱散了自己的怯弱,比较英勇起来,像英雄人物那样迎击苦难和毒刑。这时候恐惧还是存在的,但不那么强烈了。

(二) 怜悯

亚里士多德在《诗学》第 13 章说:"怜悯是由一个人遭受不应遭受的厄运而引起的。"在《修辞学》第 2 卷第 8 章,他给怜悯下了这样的定义:"怜悯可以界定为一种痛苦的感觉,其原因是由于人看见一种足以引起破坏或痛苦的灾祸落到不应受难的人头上,并且认为这种灾祸也会在最近期间落到自己或自己的亲友头上;因为,很明显,一个可能发生怜悯之情的人,一定是一个认为自己或自己的亲友也会遭受某种灾祸或本定义中所说的这种灾祸,或与此类似的灾祸的人。"亚氏还认为引起怜悯的剧中人物必须是善良的,和我们相似或较我们为好。太坏的人遭受灾祸是活该,他们的遭遇不能唤起我们的怜悯。太好的人遭受灾难只能使人厌恶,不能唤起我们的怜悯之情。(参阅《诗学》第 13 章)

亚氏指出怜悯是一种痛苦的感觉,是剧中善良的人物遭受苦难所引起的。这是对的。但他认为剧中人必须和我们相似或较我们为好才引起怜悯,这是欠妥的。一般来说,怜悯是属于同情一类的情感,但它是对于弱小者（即在觉悟上、道德上或力量上低于我们的人）而发的。对于弱小的人物我们觉得他可怜，表示怜悯；对于崇高伟大的人物所产生的不是怜悯，而是同情，我们并不觉得他可怜，而是觉得他伟大，表示敬仰。对于我们相似的人也是引起同情。悲剧有不同品种，有以英雄人物为主角的悲剧，如刘胡兰、狼牙山五壮士、岳飞、屈原等；有以弱小者为主角的悲剧，如祥林嫂、闰土、林黛玉、窦娥等。对前者所产生的是同情，对后者所产生的才是怜悯。亚里士多德认为太好的人遭受苦难，只能唤起厌恶，这是不符合实际的。

（三）崇敬

崇敬是悲剧感中一个突出的因素。这种情感是由于英雄人物的崇高品格引起的。许多悲剧都是以崇高壮美为主要对象。悲剧的壮美与普通的壮美有所不同，普通的壮美除了社会事物以外还包括自然事物，这些自然事物本身不具有伦理道德的品格。悲剧的对象只能是人，本身具有伦理道德的品格，崇高的人也就是道德品格很高尚的人。其次，一般来说，悲剧中的崇高比一般的壮美程度更高更感人。悲剧中的英雄人物所经受的考验比一般的英雄人物更为严峻，其结局是主人公的壮烈牺牲。主人公在毁灭中最充分地展示出他的崇高伟大的灵魂。生死关是人生中一个最严峻的关卡，有的人通得过，有的人却通不过。当着人民的事业需要的时候，自觉地献出自己生命的人，才具有最崇高的品格。悲剧英雄就是这样的英雄，所以观众是非常敬仰的。当然，我们也不能得出结论说，只有死去的英雄才最崇高，活着的英雄一定比死去的英雄低一等。

悲剧的壮美之所以特别引起人的敬仰之情，内中还有一个原因，这就是悲壮悲剧特别着重于通过斗争，揭示英雄人物坚强不屈的性格，使我们能够十分具体地看到他英勇不屈的过程。有些壮美的作品着重写英雄人物的机智与勇敢，写他如何运用自己突出的机智和勇敢去夺取胜利，这样对英雄坚毅不屈的性格就展示得不够充分。悲剧作品写英雄人物由顺境转入逆境，有相当的篇幅表现他身处逆境如何斗争，这样就把他的坚毅和勇敢写得淋漓尽致，从而唤起我们强烈的敬仰之情。

（四）勇敢

悲剧的英雄人物既然是视死如归的人物，他的坚毅和勇敢表现得那么突出，那么淋漓尽致，所以就能唤起人们勇敢无畏的情感。一个胆子小的人和英雄站在一起会觉得自己胆子变得大起来。刚上战场的新兵，如果他的周围都是新兵，他一定会感到害怕。如果他周围都是身经百战的老兵，胆子再小的人也不觉得怎么害怕。观赏悲剧时，英雄人物的勇敢行为和精神会深深感动我们，使我们心里也涌起勇敢的情感。

（五）正义感也是悲剧感中的一个突出因素

所谓正义感，就是对合乎道德的事物的热爱。合乎道德的事物是很多的，值得热爱的事物数不胜数。正义感主要是对祖国、对集体、对人民的热爱。由于热爱这些事物，不惜牺牲个人利益，甚至献出自己的生命。悲壮悲剧之所以能够唤起这种情感，因为它的主人公都是自觉地为祖国和人民的利益奋斗的。例如，屈原、岳飞、邓世昌、刘胡兰、梁三喜等就是杰出的代表。当我们欣赏这类悲剧时，深受他们的正义行为感动，心中就涌起强烈的正义感。悲剧主人公最后死了，失败了，但是这不会使我们丧失正义感，因为毁灭的只是英雄的躯体，而不是他的精神。正义并没有死亡。相反，它因英雄人物个人的死亡而显得更有价值。作为一种价值，它更深刻地被人认识到了，从而使更多人愿为它奋斗，前仆后继。这是悲剧的主要美学价值之所在。

（六）喜悦

喜悦的情感首先是由悲剧主人公美的灵魂和行为唤起的。所有悲剧的主人公都是善良的人物，坏人不能成为悲剧的主人公。悲壮悲剧的主人公不是普通的善良人物，而是崇高的英雄人物，他们体现的不是一般的美，而是壮美，因之唤起情感的不是一般的喜悦，而是强烈的喜悦，是兴奋。其次，喜悦来自恶势力被冲击。悲剧中的反面力量是凶恶的、强大的，英雄人物对它无所畏惧，进行针锋相对的斗争，无情地揭露批判它的反动性和虚伪性，把它的反动性和虚伪性暴露于光天化日之下，使我们感到痛快，平时积压在心中的闷气得到了发散。恶势力最后虽然得胜了，但它在道义上却失败了，它受到了道德法庭的公开审判，权威的法官宣布：杀人凶手是恶势力，我们要惩办凶手！这个权威的法官是谁？就是作品的欣赏者。

（七）悲伤

悲伤是悲剧所特有的一种情感，是由于好人遭受苦难而引起的。

（八）愤怒

愤怒是由于恶势力所引起的。悲剧中的坏人对好人进行残酷的打击，摧毁美好的事物，对此我们就会感到义愤填膺。

上面这八种情感是构成悲剧感的主要因素。但在不同的悲剧中，这些情感因素也还有些不同。并不是所有的悲剧都具有这八种情感，而且各情感的分量也各不相同。我把悲剧分为四种；第一种是悲壮悲剧。这种悲剧的主人公是崇高的英雄人物，自觉反对旧势力旧制度，为了解除人民的苦难而英勇牺牲。他们的奋斗目标是壮丽的，他们的行为是崇高的。这种悲剧在冲突中着重展示英雄人物性格，表现其壮美的心灵和行动。因此，这种悲剧所唤起的情感主要是勇敢、正义感、喜悦、崇敬，其次是同情、悲伤、恐惧和愤怒。第二种是悲愤悲剧。主人公不是英雄，而是一般的人物，他敢于反抗旧势力，但主要是为了个人利益而不是为了人民的利益，他要打倒的是个别的坏蛋，而不是人民的共同敌人。如《李慧娘》《白蛇传》等，就是这类悲剧。这种悲剧所唤起的悲剧感与悲壮悲剧的情感差不多，但正义感与崇敬之情远不如后者那么强烈。第三种是悲悯悲剧。这种悲剧的主人公是善良而懦弱的人物，他们往往麻木不仁，深受苦难而不知苦从何来，或者虽然知道但不敢起来反抗，逆来顺受，不敢大声疾呼。在阶级压迫和民族压迫的时代里，人民大众多是这种悲剧的角色。鲁迅的《祝福》《故乡》《孔乙己》等作品中的主人公就是这种人物。这种悲剧着重展示的不是主人公的美好一面，而是他们受苦受难的一面。所以这种悲剧引不起勇敢与崇敬之情，喜悦之情也比较微弱，主要的情感是悲伤和怜悯，其次是愤怒和恐惧。观众从这类悲剧中所得到的快感是很少的。人们之所以喜欢看这种悲剧，这与它的认识作用和道德教育作用有很大关系。它虽然较少给人以喜悦，但却帮助人认识生活，能够满足人的求知欲望，能唤起人对丑恶的愤慨，对好人的悲悯，这都是好的道德情感。第四种是喜剧性悲剧。主人公是值得怜悯的人物，但他们又有不少缺陷，他们的悲剧性格也是以喜剧形式表现出来的，所以引起的悲剧感很特别，令人又悲又喜，又哭又笑。在这里，勇敢与崇敬的情感是没有的，主要的情感是悲、怜悯、喜悦，其次是愤怒和恐惧。所以从娱乐的角度说来，人们喜欢看喜剧性悲剧甚于悲悯悲剧。

首先，悲剧虽然令人流泪，感到悲痛，但仍然令人觉得愉快，并且愉快是主要的。如果不是这样的话，人们就不会喜欢看悲剧，谁也不会乐意花钱去买痛苦和眼泪。为什么悲剧感以愉快为主呢？首先，这是因为悲剧的主人公是壮美的，引起的勇敢、正义感、崇敬和喜悦是强烈的，这四种都是肯定性的情感，都具有愉快的性质，能和谐地融合起来，形成特别强烈的快感，以至其他各种否定性的情感都无法压倒它。这四种情感是最先出现的。悲剧主人公最初还是处于顺境，他的事业正在得到发展，他在舞台上叱咤风云、勇往直前，这时我们内心充满着的都是这四种情感。此外还带有点恐惧，但其他情感还没有出现。剧情向前发展，主人公由顺境转入逆境，他开始受到折磨，但未达到严重的地步，所以这时虽然唤起我们的同情、愤怒、悲伤，但这些情感还不强烈；而这时英雄人物的壮美却在斗争中得到了进一步表现，引起的愉快比前一段更强烈。最后是英雄人物的死亡或遭受极严重的苦难，这时我们的悲伤、愤怒和同情达到了强烈的地步。但是水涨船高，英雄人物那种视死如归的英勇气概也得到最充分的展示，这就把我们的勇敢、正义感、崇敬与喜悦提高到空前的高度，喜悦之情只受到了削弱，并未被压倒。这就是为什么在看到悲剧的末尾时，我们心里虽然特别难受，特别悲痛，但同时还感到喜悦的原因。

其次，有些情感因素虽然互相矛盾，但渗透在一起，却起到互相烘托、相反相成的作用。恐怖与勇敢、正义感、崇敬、喜悦等四种情感是矛盾的，但它在一定的范围内，美的事物越恐怖就越壮美，越能唤起勇敢、崇敬、喜悦和正义感，恐怖与这几种情感成正比例。例如一个英雄人物在枪林弹雨中战斗是令人感到恐惧的，同时也令人感到勇敢、崇敬和喜悦。他被敌人抓住，经受着敌人的严刑拷打，更加令人产生勇敢和崇敬之情了。愤怒是烘托崇敬的，敌人越残酷，我们就越愤怒，对英雄人物越敬爱。悲与其他情感可以结合起来构成各种新的情感因素，与它单独存在时的味道大不一样。悲与崇敬结合成为悲壮，与愤怒结合成为悲愤，与喜爱结合成为悲痛或哀怜。正因为如此，所以我们才不愿品尝单独存在的悲，而愿意品尝与其他情感化合了的悲。

最后，喜悦之情由于有恐惧和愤怒这两种情感的铺垫，起点特别高，很容易强烈起来。人在恐惧的时候，血液循环就加快，心脏跳动加剧，肌肉比较紧张。这时候，稍有一点美的事物作用于人，就会产生比较强烈的愉快情感。壮美感中的喜悦所以那么强烈，原因就在这里。在悲剧感中，起这种铺垫作用的不只是恐惧，还有愤怒。愤怒的时候，人的身心处于紧张之中。愤怒与恐惧两种情感加在一起，人的身心更为紧张了，因而其他情感的起点就更高了。稍一触动，就很强烈，好像一根绷得紧紧的琴弦，稍一触动就大声响起来一样。喜悦有了高的起点，悲不是也有了同样高的起点了吗？悲不是也增多起来了吗？是的，悲伤也有同样高的起点，不过，它始终压不住喜悦。悲剧最悲的时刻是主人公死亡的时候，这时的悲伤是严重的，不过至此戏已经结束了，在这以前一般不会有过分的悲伤。由于不让结局时过分悲伤，我们中国的悲剧作者常常以"大团圆"去削减它。

悲剧产生快感还有一个很重要的原因，这就是悲剧的宣泄作用。广泛地说，各种文艺都可以宣泄情感，使人的身心得到平衡，但悲剧在宣泄否定性情感特别是悲伤和痛苦方面，有着特殊的作用。人在现实生活中遭受挫折，受到打击，饱受侮辱和欺凌，就会产生浓烈的悲伤和痛苦之情，如果能把它宣泄出来，就会心情舒畅，精神愉快。想要使它得到宣泄，必须用各种方法去诱发它，疏导它，让它有一个宣泄机会。19世纪奥地利医生勃洛尔用"谈疗法"去医治迷狂症，收到良好效果。有一个女患者，精神错乱时喃喃呓语，勃洛尔医生把这些呓语记下，然后给病人催眠，再把呓语复述给病人听，听她把那些字句所唤起的联想一齐说出。病人因此联想起许多致病的痛苦记忆，这些记忆一经说出，她醒来后病势就减轻了。施行这种治疗时，病人不能只是不动声色地说，必须带着强烈的感情，让被压抑的情感尽量发泄出来，疾病方能痊愈。目前国外正在推行"喊叫疗法"，此法与"谈疗法"道理相通。它是通过急促、强烈、粗犷、无拘无束的喊叫，将内心的郁积宣泄出来。其中有一个例子。在一间关得严严实实的屋子里，一位年轻姑娘双手紧抓头发，面对墙壁狂呼猛喊："你！你让我绝望了！你使我十分痛苦！我不准你进我的屋子！你破坏了我的生活，我要把你扔到窗外去，我要把你撕成碎片。"病人口中的"你"，不一定指哪个具体人，可以泛指造成痛苦的一切对象。也有些医生让许多病人围坐在一起，海阔天空地大谈特谈，有时连续一两周。谈兴越浓，精神越振奋，效果就越好。他们时而狂喊高叫，时而欢歌狂舞，直到病人疲劳得浑身肌肉震颤，精神上就会感到无比轻松。有一个公司职员，平时沉默寡言，不爱自己的一切，精神萎靡不振，面带愁容，经过治疗后变得豁达开朗，笑容常驻。

不论是"谈疗法"还是"喊叫疗法"，都是通过语言将内心的痛苦情感发泄出来。这是行之有效的方法。我们中国似乎还没有实行这种医术，不过，在日常生活中我们也有些体会。我们常常看到，一些很悲伤的人大哭一场之后感到轻松好多。"有苦无处诉"是很苦的，所以有苦的人总是爱找人倾诉。鲁迅的小说《祝福》中的祥林嫂，第二个丈夫死了，儿子又被狼吃了以后，苦不堪言，逢人便诉苦。开始很得大家的同情，后来诉多了，大家听腻了，不想再听，她一开口就走开。但是，祥林嫂还是不厌其烦地想向人复述她的悲惨遭遇，不管你愿不愿听，她都说"我真傻，真的"。这是为什么？就是为了倾吐苦水，减轻痛苦，至于别人是否有兴趣听，那是无关紧要的。有一则外国笑话说，有一位先生半夜接到一个陌生女人打来的电话，那女人向他大骂丈夫怎样待她不好。骂了一通之后，这先生问那女人是谁，她却不好意思地笑道："谢谢你，我心里舒服多了。"这实际上是一种"喊叫疗法"。

人们欣赏文艺时是静静地欣赏的，并没有喃喃细语，更不会大喊大叫，怎能发泄内心的痛苦呢？道理是这样的：心里有苦的人一般都会有一段悲剧性的生活，欣赏悲剧作品时，很容易通过再现想象活动进入作品，与人物完全合二为一，他成了作品中的人物，人物成了他的化身。人物悲啼号哭，就等于他悲啼号哭；人物痛骂悲剧的制造者，就等于他在痛骂。这时他也和人物一样伤心哭泣，带有强烈的感情。这样，他内心的痛苦就自然地得到了发泄。例如，《红楼梦》第二十三回《牡丹亭艳曲警芳心》，写林黛玉听12个女孩演习戏文，听到"只为你如花美眷，似水流年……""你在幽闺自怜……"不觉心动神摇，如醉如痴，站立不住。坐在石头上，心痛神驰，眼中落泪。这时她与戏文中的人物融为一体了，女子所唱的戏文，就是她的心声，引起她强烈的共鸣。她平日积下的苦闷因而得到了发泄，她会感到轻松很多。《窦娥冤》中的窦娥，惨遭迫害，备受冤屈，她悲愤地喊出："地也，你不知好歹何为地！天也，你错勘贤愚枉做天！"有类似冤情的观众听到这几句话，心头的痛苦就会随之宣泄出来。通过悲剧作品的欣赏而发泄自己内心的痛苦，其道理与"谈疗法""喊叫疗法"相通，只不过欣赏作品时欣赏者不是直接"谈""喊叫"，而是间接地通过代言人去"谈""喊叫"而已。

三、悲剧的道德教育作用

悲剧的矛盾冲突是各式各样的，有政治的、经济的、军事的、文化的、集体的、个人的、家庭的，等等，不论是什么样的冲突，最后都集中到两种伦理力量的冲突上来，两种伦理力量的冲突是一切悲剧冲突的焦点。古往今来，没有一个真正的悲剧作品不直接或间接地反映两种伦理力量冲突的，不与伦理道德有关的。因此悲剧是一所道德教育的学校，人们通过悲剧可以获得良好的道德教育，有效地提高道德情操。

悲剧如何提高人的道德情操呢？有些人认为亚里士多德所提出的"净化"观点就是最正确的观点，谈到悲剧的道德教育时，总是喜欢以亚氏的"净化"说作理论根据。17世纪法国剧作家高乃依，根据自己的观点发挥了亚氏的"净化"说。他说："亚里士多德说：'对于我们所见的那些负荷着不应得的不幸的人们，我们感到怜悯，而当我们看到与我们类似的人遭到不幸时，便产生畏惧之情，但愿类似的不幸不要落在我们的身上。'由此可见，怜悯之情是针对我们所见的陷于不幸的人而发的；继怜悯而产生的恐惧则是针对我们自己的。只此一点便使我们有充分的权利做出结论：悲剧是用什么手段来使情欲净化的。我们看见与自己类似的人陷入不幸，因而产生对不幸者的怜悯，而怜悯之情则使我们引起深恐自身遭受同样不幸的恐惧，恐惧之情引起避免这种不幸的愿望，而这种愿望则促使我们去净化、抑制、矫正、甚至根除我们内心的情欲——也就是使我们所怜惜的剧中人陷于不幸的那种情欲。上述的这一切之所以能够产生，都是出于这样一种简单的、但也是必然无疑的想法：要想避免后果，便需根除原因。"（《西方文论选》上卷，第255～256页）

笔者认为这种说法是牵强附会的。如果说欣赏者怕陷入剧中主人公的不幸，促使自己清除或抑制自己内心的情欲，这根本不是使人向好的方面"净化"，而是向坏的方面"净化"。我们知道，悲剧主人公往往是为了正义的事业英勇奋斗，而不惜做出牺牲，他的思想情感和愿望都是美好崇高的，我们要学习的正是他这些好的东西。他牺牲了，我们也决心为实现他未遂之志而继续奋斗。现在高乃依却要人们为了避免遭受同样的结局，而"抑制、矫正、甚至根除我们内心的情欲"，这岂不是要人们不要学习悲剧主人公的崇高思想品德吗？当然，高乃依的本意不一定是这样，但他的理论却会导致这样的结果。高乃依所以引出这样的观点，主要是由于他也和亚里士多德一样，只看到悲剧产生怜悯和恐惧，看不到它还能产生其他情感，因而老是从怜悯与恐惧这两种情感中做文章。已有人对老是在亚氏的"净化"说上打转转的做法表示怀疑。18世纪法国批评家圣·艾弗蒙说："这种办法，以前没有人懂得，而且照我看来，就连他自己怕也从来没有完全理解哩。"（《西方文论选》上卷，第269～270页）

悲剧的道德作用主要表现在三个方面：①帮助人们树立鲜明的善恶观念。悲剧的冲突归根结底是善与恶的冲突。悲剧是一个道德法庭，在悲剧中，丑恶的东西受到无情的揭露和谴责，善良的东西受到了赞扬。人们通过悲剧作品的欣赏受到生动而深刻的善恶观念的教育。②培养人一系列的高尚道德情感——正义感，对坏人愤恨，对好人同情以及怜悯、勇敢、崇敬等。这些情感是激发人们为正义斗争的动力。③培养人刚强坚毅、见义勇为的壮美性格。这三方面的内容可以在欣赏过程中特别是在共鸣中获得。

四、悲剧"大团圆"结局的心理功能

悲剧本来是以正面力量失败、好人遭受严重苦难为结局的，许多悲剧都这样写。但是也有一些悲剧在这个结局之后，还再加上一个"大团圆"的结局，即好人最后获得了胜利。中国古代悲剧基本上是这样的，外国的悲剧有少数也是这样，古希腊时代就有人提出过这种主张。亚里士多德是反对这种做法的。他在《诗学》第13章中曾说过："完美的布局应有单一的结局，而不是如某些人所主张的，应有双重的结局，其中的转变不应由逆境转入顺境，而应相反，由顺境转入逆境。"亚氏这里所说的"双重结局"，就是在悲剧结局之后又加上一个喜剧性结局。古希腊有一些悲剧就是这样结局的，后来西方有少数悲剧作品也没有完全按照亚氏的主张去写。例如17世纪古典主义悲剧作家高乃依的《熙德》，就是以"大团圆"为结局的。罗狄克和施曼娜相爱，后来罗杀死了施的父亲。施不愿和罗结婚，并请求国王把罗处死。罗受命出征，救了祖国，当了民族英雄。施听从国王的劝告，同意与罗结婚。

中国古代悲剧普遍以"大团圆"为结局。大致说来，大团圆有如下几种情况：①真正的胜利。有的悲剧主人公含辛茹苦，经过千难万险的曲折斗争终于获得胜利。例如，《赵氏孤儿》，最后程婴揭明真相，杀了屠岸贾，赵氏母子得以团圆。《秦香莲》中的秦香莲，经过艰难的斗争，终

于实现了刀铡陈世美的愿望。②死后化为异物实现生前愿望。如梁祝双化蝶;《娇红记》中申纯与王娇娘生前相爱,不遂所愿,死后合葬,坟上出现鸳鸯鸟。③梦中团圆。有的悲剧,在现实生活中主人公无法团圆了,于是最后出现梦中相会。例如《汉宫秋》,以汉元帝思念昭君入梦始,醒后听到孤雁哀鸣为结束。《梧桐雨》中唐明皇思念杨玉环成梦,被雨打梧桐惊醒。《长生殿》中唐明皇与杨玉环假托成仙,居于天宫,永为夫妇。④鬼魂报仇。有些悲剧主人公含冤而死,死后化为鬼魂复仇。如《窦娥冤》中的窦娥死后,鬼魂找到父亲窦天章,申诉冤屈,冤案终得平反。《李慧娘》中的李慧娘,死后鬼魂救出裴生,勇敢地同贾似道进行斗争。⑤后辈或亲友报仇解救。例如,《白蛇传》中的白素贞已彻底失败,被镇压在雷峰塔下。现在的京剧本还安排了小青梦塔解救的尾声;老本的演法是她的儿子许仕林由小青带大,考中状元前来祭塔,母子相会。《宝莲灯》的三圣母被压在华山下,夫妻拆散,生子归刘,戏本来可以结束了,但传统演出却又安排了沉香劈山救母。

从上面可以看到,中国古代的悲剧一般在主人公从顺境走入逆境,遭受到严重的苦难或死亡以后,最后还有一个尾巴,人物再从逆境走向顺境。总之,都是以胜利收场。从亚里士多德的悲剧定义和悲剧目的来说,"大团圆"结局破坏了悲剧气氛,破坏了"唤起怜悯和恐惧"的悲剧艺术效果,要不得,应该取消。如果按照亚氏悲剧定义的要求,当然悲剧越悲越好,主人公的苦难越多越好,观众的眼泪越多越好。但事实并非如此,悲剧应该更多地唤起同情、勇敢、正义感、崇高之情,从而提高人们为美好事物勇于牺牲的精神。

"大团圆"结局的作用有如下几点:

第一,能缓解观众过分剧烈的悲痛情感。悲剧主人公从顺境转入逆境以后,观众感受到了悲痛,特别是当主人公遭受苦难或杀害时,观众的悲痛达到极点。人们看到那么好那么崇高的人被害死了,心里是非常难过的。虽然这是很好的道德情感,但是过分强烈就会使人的生理和心理失去平衡,酿成不良后果。我们首先肯定主人公遭受苦难的结局是十分必要的。如果没有这个结局,悲剧就不成其为悲剧了。不唤起悲痛的作品算什么悲剧呢?但对悲痛应该限制,不要让它过分强烈和延伸。西方古代悲剧也注意到这个问题,作者采用各种手段把舞台与现实生活拉开距离,使悲剧的现实性受到削弱。他们运用的手段是:采用古代生活或神话传说作题材,加强抒情成分,安排合唱队,加插超自然的神怪气氛,用舞台技巧和布景效果加以限制,等等。我国的古代悲剧除了采用抒情成分、布景和演技手段以外,还特地安排了一个"大团圆"结局。这是最有效的缓解方法。观众看到梁祝生前不能结成美眷,死后却能化蝶双飞,终于遂愿,先前引起的悲痛,就缓解了许多;看到李慧娘变成鬼魂,报仇雪恨,悲痛就有所减弱。颍考叔的鬼魂活捉了阴险毒辣的子都,人们剧烈的悲痛和愤怒就大大削减。我们只说缓解了许多,不能说已消除得一干二净,这是不可能的。因为最后这个"大团圆"结局,只是虚幻性的,不可能成为事实。谁都知道人死后化不了蝶;人劈不开山,压在地下的人早已死了,救出也活不成;鬼魂不能申冤雪恨。这些虚幻性的"大团圆",只是一种精神上的安慰,就像吞服一剂清热药,把体内的高温发散出去一样。这样,人们走出戏院时,就不会太难过,不会眼泪汪汪的,更不会回到家里茶饭不思。保留一部分悲痛是必要的,人们看了悲剧走出戏院以后尚有余悲余愤,这就能更好地促使人去思考悲剧所提出的问题,深入体验悲剧主人公的崇高思想感情,不至于看完悲剧,高高兴兴,好像什么事也没有,觉得现实世界什么都很圆满,都无须忧虑,无须改造和抗争。

第二,可以提高观众的勇敢、正义感、崇敬等肯定性情感,避免它们受到过分强烈的悲痛和愤怒情感的破坏。悲痛和愤怒如果过分剧烈,就会破坏勇敢、正义感和崇敬等情感。悲痛和愤怒只有在适度的情况下,它们才对其他肯定性情感起促进作用。

第三,"大团圆"结局可以使人看到希望,受到鼓舞。悲剧主人公从顺境转入逆境之后,一旦毁灭或遭受苦难,戏便立刻收场,观众往往看不到光明和希望。这不能不是一个严重的问题。悲剧性的结局能够告诉人们:什么是善,什么是恶,善是合理的,恶是不合理的。但是,恶的事物会不会被铲除?善的事物有没有出头之日?这个问题却还没有答案。认识水平不高而又较为软弱的人,就会产生悲观绝望情绪。"大团圆"结局表现了人民不断追求理想,不断向黑暗势力做斗争的精神。像鬼魂报仇一类,斗争精神极强,死了也不屈服,也要报仇雪恨。所谓鬼魂,实即是活人的化身。后代报仇一类,则是表现了一代接着一代坚持斗争的精神。化蝶成仙也表现了人们对理想的努力追求。总之,它通过各种不同的方式表现了理想,表现了不屈的精神,给人们带来了希望,带来了鼓舞。

由上述可见,悲剧"大团圆"结局起着良好的心理作用,我们不可盲目否定它。有些人以亚里士多德的悲剧定义来衡量悲剧，否定"大团圆"结局，甚至还由此得出结论说，中国没有悲剧。这是不对的。有些人认为"大团圆"结局违反历史真实，对人起瞒骗和麻痹作用。我以为不能一概而论，要具体分析，有一部分低劣的"大团圆"作品的确是这样的，但优秀的作品却并不如此。我们说的是优秀的作品，不是低劣的作品。优秀悲剧中的"大团圆"结局，从科学角度看，的确是不真实的，世间根本不可能存在化蝶和变鬼的事。但是，我们不能因此就说，它对人起瞒骗作用。文艺是要真实的，但文艺的真实不完全等同于生活的真实。文艺反映生活不像科学反映生活，科学的反映是一是一、二是二，必须完全符合客观事物。文艺容许理想化和典型化，并且容许用虚幻的形式去反映生活。神话中人神同台，人有几十种变化，吞云吐雨，飞天遁地；童话中无机事物能说话能表情，这是众所周知并且得到公认的事实。死后报仇是表现不屈的斗争精神，现代作家也这样写。陈毅的《梅岭三章》就有这样的诗句："此去泉台招旧部，旌旗十万斩阎罗。""后死诸君多努力，捷报飞来当纸钱。"文艺反映现实的方式是多种多样的，作家既可以按照现实生活的面貌去写，也可以在现实的基础上渗进自己的理想，把生活理想化。创作的侧重点不同，在方法上就有现实主义和浪漫主义的区别，我们不能因为浪漫主义作品不如实地描绘现实，写了理想，就说它起瞒骗作用。如果能这样说的话，还有什么理想化，还有什么浪漫主义呢？再者，我们也不能只考虑文艺的真实性，只考虑文艺的认识作用，还要考虑到文艺的善与美，考虑文艺的道德作用和美感作用。

悲剧"大团圆"结尾充分体现了我们民族审美心理的特色。它是在长期的历史发展中形成的，其构成的原因有社会生活因素，有民族心理因素，有文化传统因素等，所以它是我国人民喜闻乐见的悲剧形式，否定它是不对的。

在肯定悲剧"大团圆"结局的时候，我们也要指出，有些"大团圆"是低级庸俗的，其中有一些宣传了阶级调和的观点，情节上既不合理也不合情。例如，《金玉奴》的大团圆结局就是如此。

第十三章 喜剧的心理功能

喜剧是一种很特殊的审美形态,它所引起的心理过程以及心理功能与其他审美形态如壮美、优美、悲剧等是大不相同的。尤其是讽刺喜剧更加特别,它的主人公是丑的人物,读者不能进入角色,不可能物我合一,不能和他交流情感。它另有一套共鸣的规律。

一、喜剧的特点

喜剧最显著的心理效果是引人发笑,不引起发笑就不算是喜剧,这是古今中外所有的美学家都公认的。喜剧为什么会引人发笑呢?许多西方美学家只从心理方面去找原因,而不从客观方面去找原因,所以解决不了问题。笑是人的情感的一种表现,是由人发出的,研究笑的心理规律是必要的。但是,笑毕竟是由外界事物刺激人的感官而引起的,为什么有些事物能引起笑,有些事物却不能引起笑呢?这里必有其客观原因,所以研究笑必须首先研究喜剧本身的特点。

有些事物之所以引人发笑,就在于它的内容和形式相矛盾。可以这样说:那些内容与形式、动机与效果相矛盾的言行和事件,都具有喜剧性。这也就是喜剧的定义。这里所说的喜剧是广义的,即一切带有喜剧性的生活现象和文艺现象,而不仅仅是指戏剧形式中的喜剧。内容和形式、动机与效果相矛盾的人物是喜剧人物。唐·吉河德、阿Q、《亨利四世》中的福斯塔夫、《伪君子》中的达尔丢夫、《钦差大臣》中的赫列斯达柯夫和市长等,都是著名的喜剧人物,令人捧腹大笑。他们之所以引人发笑,就是因为他们的内在本质与表现形式、动机与效果不一致。达尔丢夫本是一个极端卑鄙无耻的家伙,但表面上却装成一个道貌岸然的君子,骗取他人的财产和爱情;赫列斯达柯夫原是一个潦倒的纨绔子弟,市长却把他当作钦差大臣,对他阿谀奉迎,二人一吹一拍,丑态百出。如果这些人物的本质与表现形式、动机与效果相一致,就不会成为喜剧性人物了,就不会引人发笑了。

上面所说的是人物性格本身存在内容与形式、动机与效果的矛盾，这些人物的性格是喜剧性格。人物性格的内容包含思想、感情；人物性格的形式就是思想感情的外在表现，人的思想感情主要是通过眼睛、面孔、语言、行动等表现出来的，人的内在的思想感情与其表现形式可以一致，也可以不一致。之所以不一致，这是因为人能够用自己的意志去驾驭、驱遣自己的表情和语言行动。一个人内心充满痛苦，却可以强颜欢笑；内心十分高兴，却可以故作愁容；丑的心灵可以表现出美的表情、美的语言、美的行动，美的心灵可以表现出丑的表情、丑的语言、丑的行动。社会环境是十分复杂的，为了个人或国家民族的生存和发展，人有时要根据客观情况及个人的愿望，调整自己的外部表现形式，使之内外矛盾，以掩饰自己的真实面貌。一些野心家、阴谋家、骗子为了掩盖自己的丑恶本质，总是装出一副正人君子的样子来，如《伪君子》中的达尔丢夫、《钦差大臣》中的赫列斯达柯夫和市长，就是这种人物。一些心灵美的人物，有时以丑的形式出现，如《红岩》中的华子良，是个坚定的革命者，对党对人民无限忠诚，对同志情如烈火，但表面上却装疯卖傻，麻木不仁。《宇宙锋》中的赵艳容，为了不嫁给皇帝，装疯痛斥赵高。

有些人物的心灵及其表现形式不一致，并非只是由于社会斗争的需要所造成，而且还取决于气质的因素，后者是更为广泛更为深刻的原因。气质是一个人在各种心理活动和外部动作的进程中，所表现出的某些关于速度、强度、稳定性、灵活性等方面的特性。气质是带有先天性的，后天的因素也可以改变气质。人一旦形成某种气质，他的心灵活动及其表现方式就具有比较稳定的模式，长时期不会改变，不论在什么场合什么环境中，不论是跟外人打交道还是跟自己的亲人相处，都是如此。心理学上习惯于把气质分为四大类，即多血质、胆汁质、黏液质、抑郁质。这只是大致的分法，实际上人的气质是多种多样的，除这四类之外，还有其他许多种，幽默就是其中之一。一般人说话总是有碗说碗，有碟说碟，心里怎么想就怎么说。有些人却不是这样，说话往往是指碗说碟、就碟说碗，心里想的跟说的不一样。例如，有人问某厂的工人："你们厂长定的是什么技术职称？"一个工人答道："他什么技术职称也没有，他不懂技术，只会作空洞的政治报告。"另一个工人却回答说："大概是中医师吧。他的报告专治失眠症。"前者表里如一，不令人发笑；后者表里不一，十分幽默，引人发笑。我国古代有许多幽默专家，优孟、优旃是最著名者，他们走到哪里，哪里就有笑声，甚至在皇帝面前，也是笑话脱口而出。现代的相声演员，也是幽默专家，有些人称之为"笑星"。这些幽默专家一般都具有幽默的气质，不仅在舞台上，就是在会议上，在和朋友的交谈中，在家里，说起话来都富有幽默感。在群众当中也有不少具有幽默气质的人，阿凡提就是最突出的一个。有些人虽有喜剧性格，但不一定有幽默气质，他的喜剧性格只是为了某种目的，在一定时间一定场合中表现出来，并不是经常如此。例如，华子良，并无幽默气质，他只在渣滓洞里为了迷惑敌人，才装疯卖傻，逃出敌巢回到人民当中以后，他就不会如此。因此，具有幽默气质的人，其喜剧性格才是最深刻的。

有些喜剧作品中的人物并无喜剧性格，他们都是表里如一的人，心中怎么想就怎么说、怎么做，并不存在内容和形式的矛盾。例如，《五朵金花》中的主人公阿鹏，就是这样的人物，他说话一是一、二是二，行动也老老实实，毫无幽默感。但这个作品自始至终引人捧腹大笑，是个公认的优秀喜剧。那么，其喜剧性从何而来？来自事件。剧本以阿鹏应约找自己的女朋友金花为主要事件来展开剧情，这个事件充满着内容与形式的矛盾。阿鹏一心一意找金花，恰好同村有五个名叫金花的姑娘，他并不知道这情况，听说哪里有名叫金花的姑娘就往哪里找，结果一次又一次找错人。这事件虽然是阿鹏的行动构成的，但阿鹏并非有意找错人，这里只是事件本身的内容与形式不一致，而不是人物性格本身的内容与形式不一致。这种靠事件构成的喜剧，我们可以称它为事件喜剧。剧作家用以构成喜剧事件的手法主要是误会、巧合。所谓误会就是人对事物的认识有偏差，主观与客观不一致。阿鹏误把积肥金花和养猪金花当作他的恋人，情意绵绵地去追求，观众觉得很可笑。巧合是把一些看来没有什么关系的事物摆在一起，大出人们意料之外。巧合不一定是内容与形式的矛盾。例如，阿鹏找了很久找不到自己的恋人，后在一个结婚典礼上偶然遇到了她。他所要见的就是这个金花，这没有什么可笑之处。巧合往往是造成误会的主要手段，把一些看来不大可能连在一起的事摆在一起，很容易造成主观与客观的矛盾，引人发笑。例如，阿鹏在那个婚礼上巧遇恋人金花之后，又产生了误会：她原是婚礼的主持人，阿鹏以为她就是新娘，因而带来了一系列可笑的言行。这里必须指出，以误会、巧合构成的事件，不可造成悲剧结局。如果是悲剧结局，就不能成为喜剧事件而只成为悲剧事件，因为误会也可以造成悲剧。《奥赛罗》中的奥赛罗，误会自己的妻子苔丝德梦娜不忠而把她杀死，酿成了一个大悲剧。

性格喜剧与事件喜剧是紧密相连的，一个喜剧作品往往二者兼而有之。性格喜剧作品是少不了喜剧事件的。但是，二者确实不是同一个东西。我们之所以要把二者区别开来，主要是帮助喜剧作家更好地创作。一般说来，喜剧作家写喜剧作品应该首先寻找具有喜剧性格的人物作主人公，这是最理想的。但是，如果找不到合适的喜剧性格，是不是就不能写喜剧了呢？不是的。在这种情况下，作家可以运用误会、巧合等手法去组织喜剧事件，创作出喜剧作品来。《五朵金花》《今天我休息》等基本上就是没有喜剧性格只有喜剧事件的喜剧。这样，就扩大了喜剧的题材范围，使一些没有喜剧人物的生活领域也能进入喜剧舞台。当然，比较起来，性格喜剧比事件喜剧能更好地表现人物，使人物性格更加鲜明生动、深刻。因为在性格喜剧中，人物本身的思想言行已具有喜剧性，刻画人物性格与制造喜剧性是一致的。作家只要努力写好人物性格，喜剧性就自然而然地出现了。事件喜剧则不然，因为人物本身没有喜剧性格，作品的喜剧性基本上是靠作家用误会巧合等手段去组织喜剧事件、编织喜剧故事情节来产生，而这些故事情节不一定都能充分表现人物性格。我们有时会看到一些事件喜剧中的人物性格不够鲜明生动、深刻，有点脸谱化、漫画化，即使像《五朵金花》《今天我休息》等优秀事件喜剧，人物性格也有点欠深刻。其原因就在于此。

从喜剧内容的性质看来，喜剧可分为讽刺喜剧、歌颂喜剧和悲剧性喜剧三种。讽刺喜剧的主人公是否定对象，他们是丑陋的，但又与一般的丑陋不一样。一般的丑陋总的说来，内容与形式是统一的，即丑的形式表现丑的内容。喜剧中的否定人物则不然，他们本质上是丑的，却以美的形式出现，如达尔丢夫、赫列斯达柯夫等。歌颂喜剧主人公是肯定的对象，是美的人物。但他们与一般的正面人物不同，一般正面人物内容与形式是一致的，即美的形式表现出美的内容，他们令人赞美，但不会令人发笑；歌颂喜剧中的主人公则不然，他们的本质是美的，其外在形式却是丑的或者是不够美的。例如，《七品芝麻官》中的唐知县，外貌丑陋，表面粗鲁迂拙，但却是个不畏强权、为民请命的人，有"当官不与民做主，不如回家卖红薯"的抱负。在公堂上他同诰命夫人抢拍惊堂木，用激将法逼她承认自己是凶手，最后依法剥去了她的凤冠诰服，亲自动手给她戴上枷锁。《盗甲》中的时迁，是个智勇双全的梁山好汉，但在形体动作上却模仿蝎子的形象。悲剧性喜剧的主人公总的说来是好人,遭受着苦难,值得我们同情,令人产生怜悯和悲痛。但又有许多缺陷,这些缺陷是以喜剧的形式出现的,即主人公并不承认这是自己的缺陷,反而认为这是自己的优点而加以展示。其悲剧性格和命运是通过喜剧的形式表现出来的,所以令人既悲痛又好笑,哭中带笑,笑中带哭。例如,阿Q是一个苦难深重的农民,最后被诬而杀头,这是一个十足的悲剧人物。但是,他又具有喜剧的性格,他穷困却以为比别人阔得多,他处处失败,却觉得自己总是个胜利者。在被杀头的时候,他还以为画押很有意思,使劲地想把它画得圆一些。唐·吉诃德也是这样的人物。

二、笑的心理过程

笑的起因多种多样,并非只有喜剧才引人发笑。但搔脚底板或胳肢窝所引起的笑,人们事业上取得成绩时的欢笑,朋友相见时亲切的笑,欣赏优美风景时喜悦的笑,等等,都不是喜剧性的笑。喜剧性的笑是由于内容与形式相矛盾的喜剧特征所引起的,而且具有一定的社会内容。

内容与形式不统一的事物,为什么会引起人发出喜剧性的笑呢?让我们先从笑的生理机制讲起。达尔文在《人类和动物的表情》一书中,对人的笑做过说明。他说:"笑声是由于一种深吸气而发生的,在进行这种深吸气的时候,紧接着胸部和特别是横隔膜的短促的继续的痉挛收缩。因此,我们就听到'双手捧腹的大笑'。由于身体震动,笑者就点起头来。下颚时常上下颤动,正像几种仿佛在非常愉快时候所发生的情形一样。""大概笑声最普通的原因,就是某种不合适的或者不可解释的事物,而这种事情会激发那个应该具有的幸福的心境的笑者感到惊奇和某种优越感来。当时周围情况应该不具有重大作用,一个穷人在突然听到有人把一笔财产遗赠给他的时候,就决不会作笑或微笑。如果有人受到愉快感觉的强烈兴奋,还有如果任何微小的偶然事件或者偶发的思想出现,那么正像赫伯特·斯宾塞先生说:'大量没有被容许把自身耗用到产生一种等量的新生的思想和情绪方面去的神圣力量,就突然停止流动'……'这份过剩的神经力量必须使自己朝着另外一个方面排除出去,所以结果就发生了一种从运动神经而达到各种肌肉的急流,使肌肉发生半痉挛的动作,就是我们所称的声笑。'"达尔文说得颇有道理。

现在让我们看看笑的心理过程。这与人的注意心理有极其密切的关系。当一个人对某种现象发生注意的时候，他的各种心理活动就集中指向那个对象，他的感觉、知觉、思维等都高度活跃起来。例如，我们对某人产生注意，就调动各种心理因素去观察他、思考他，直到把他认清楚为止。在这过程中，如果某人的内容与形式相一致，我们的注意力和想象、期待，就按照常理和逻辑发展，对这人的认识由表及里，由浅到深，一步一步地顺利前进，结果，我们的想象、期待与客观事物完全一致，这就不会有什么惊讶、出乎意外之感，也就不会发生喜剧性的笑。当一个内容与形式相矛盾的人出现在我们面前时，我们的注意力及想象、期待起初老是往一个方面发展，到最后，事实却完全相反，想象及期待完全落空，这就引起我们发笑。

相声组织"包袱"，进行"三翻四抖"，就是以这种发笑的喜剧心理规律作为依据的。相声是笑的艺术，很有喜剧的特点，分析它的"包袱"的组织，对了解声笑心理规律很有帮助。所谓"包袱"，就是采取种种艺术手段把可笑的东西包起来，待到时机成熟，突然把它打开，让那些可笑的东西一下子呈现在观众面前。所谓可笑的东西，就是内容与形式相矛盾的东西。组织包袱就是选择生活中内容与形式相矛盾的事物，加以合理的夸张，使矛盾更加尖锐突出，然后巧妙地包藏起来，埋下伏线，让观众不知不觉。这里特别讲究"观众不知不觉"，以造成"出乎意料"的效果，所以对包袱要严丝合缝，滴水不漏。在抖包袱之前，一定不能把"底"露出来，如果把它露了出来，观众早已知道，就不是"出乎意料"，而是"在乎意料之中"，他们就不觉得好笑了。

喜剧之所以引起人们喜悦和发笑，还与人的另一种心理活动有关系，这就是对真理的突然发现。我们知道，人在认识活动过程中会产生理智感，当人们有新的发现时，就会产生愉快的情感。喜剧的事物总是内容与形式相矛盾的，它最初总是将人们引向一个方面，使人们的想象力往这方面集中，而把真正的内容掩盖起来，到最后才突然把它亮出来，使人大吃一惊。正是在这一惊中，人们发现了新的知识、新的事物，从而获得了愉快。由于这愉快来得十分突然，充满着惊讶，所以发出声笑。阅读其他形式的文艺作品也是一种认识过程，人们也获得理智上的喜悦感，但这种情感一般不会导致发笑。因为这类作品的情节和人物性格，都不像喜剧那样的结构，人物性格内容与形式是一致的，人们对他的认识是一步步向前深入的，人们对知识的发现也是一步步增加的，不会像喜剧那样。

上面所说的是笑的一般心理过程。但是，笑有发出声音的哈哈大笑，有不发出声音的微笑。前者叫作滑稽的笑，后者叫作幽默的笑。这是两种大不相同的笑的形式，它们的心理过程也是不同的。笔者想趁便提一下，许多人喜欢将喜剧分为滑稽、讽刺、机智和幽默四种。笔者觉得这种分法不是很恰当的。首先，机智不能算是一种喜剧。机智本身并不能引人发笑。所谓机智就是聪明而处事机敏。机智不一定具有内容与形式相矛盾的特性。例如，一个机智的人在工作中日理万机，干脆利落，对答如流。我们会敬佩他，却不会发笑。只有当机智的言行表现出内容和形式不一致的时候，这个人才具有喜剧性。把机智列为喜剧品种的文章，都未能说清其道理，不是把它划入滑稽之中，就是把它划入幽默之中，所举的例子不是滑稽的就是幽默的。其次，把讽刺与滑稽、幽默并列也不妥当。讽刺不过是否定性喜剧，人们叫它是讽刺喜剧，它的对象是丑的或有缺陷的人。强烈的讽刺是冷嘲热讽，可归入滑稽之中，温和的讽刺是含笑的批评，可归入幽默之中。它是不宜与滑稽、幽默并列的。我们划分喜剧种类不是任意分的，必须根据喜剧的客观实际。从喜剧内容的性质方面来区分，可以把它分为歌颂喜剧、讽刺喜剧、悲剧性喜剧；从喜剧的形式特点方面看，可以把它分为滑稽（包括肯定性滑稽与否定性滑稽）与幽默（包括肯定性幽默与否定性幽默）两种。有人认为滑稽是低级的喜剧，幽默才是高级的喜剧，因此，把一切优秀的喜剧名著统统说成为幽默作品。这是不对的。滑稽与幽默是从喜剧冲突的形式来区分的，二者都是由内容与形式的相矛盾所构成。但它们的矛盾表现方式不同，滑稽的冲突比较露、比较激烈，人们一下子就看得出来，幽默的冲突比较隐蔽、幽雅而隽永，人们不能一下子看得出来。因此，滑稽的笑与幽默的笑就各有特点，它们的心理过程也就不完全一样。

滑稽的笑是突发性的。我们平常由喜悦而产生的笑，一般说来都是慢慢地产生的，笑者有一个自我意识的过程。例如，我们欣赏一片美丽的风景，由于心里充满了喜悦，于是在脸上慢慢现出笑容。这里有一个循序渐进的过程，先是产生喜悦，喜悦之情逐步增多，然后露出笑意。观看滑稽作品时的笑就不是这样，它是突如其来的，令人毫无思想准备，完全出乎意料，好像不假思索似的。当然，这里面也还是有理智作用的，没有理智的作用，喜剧特别是有深刻社会意义的喜剧就唤不起笑来，只不过其过程很迅速，以至令人察觉不出。

滑稽的笑还充满着惊讶。发笑的时候人们好像突然发现了新大陆似的，从来没有见过的东西，从来没有想过的东西，突然间展现在眼前，觉得十分惊讶。这是因为滑稽的事物是由内容与形式之间剧烈、尖锐的矛盾所构成的，每一次笑声都是随着矛盾的彻底揭露而产生，具有突然性。例如《五朵金花》中阿鹏好不容易找到了正在湖里积肥的金花，满怀情意，正要向她倾诉，殊不知对方却是一个陌生女子。我们感到很好笑。这里，我们也和阿鹏一样感到惊讶。后来他找到养猪金花那里，在窗外痴情地唱情歌，想用歌声把自己的恋人唤出来，殊不知招来的是一盆喂猪脏水，我们又一次哈哈大笑，同时又大为惊讶，原来这不是他要找的那个金花。

幽默的笑是微笑，无声。由于它的内容与形式之间的冲突比较隐蔽、幽雅而深沉，所以引起的笑不是突发的而是渐进的，有一个意会的过程。当幽默的对象呈现在我们面前时，我们要经过一番揣摩、咀嚼、思考之后才发笑。例如，我国民间文学中著名的幽默家阿凡提的故事中有一则《各得其所》。

一天，国王问阿凡提："阿凡提，如果在您这边放着金子，在那边放着真理，您要哪一样呢？"

"陛下，我要金子。"阿凡提回答说。

"多蠢呀，阿凡提！"国王大笑道："金银财宝算得了什么，而要得到真理可就不容易了。我如果是您的话，是要选择真理的。"

"陛下，您的话对极了，"阿凡提说道，"谁缺少什么就需要什么。咱们各得其所呀！"

这是一则很精彩的幽默。国王有钱而无真理，却自以为很爱真理，也很聪明；相反认为阿凡提蠢，不爱真理只爱钱。但这矛盾比较含蓄深沉，不显露。"谁缺少什么就需要什么。咱们各得其所呀！"意思就是说：我有真理而缺少金子，所以我选择金子，只有你国王才要选择真理，因为你有金子而缺少真理。如果阿凡提这么直截了当地说出这话，也就没有幽默感，不引人发笑了。但是，我们是否一听完阿凡提上面这句话之后，就马上发笑了呢？不是的。听了这句话，我们要咀嚼、思索一下，明白了它的真实意思之后才发笑，因为它不是一下子就让人弄明白的。

再看《史记·滑稽列传》中的一则幽默故事：秦二世继位，想把长城用漆漆过。优旃说："很好。主上虽然不说起，我早就想提出这个请求了。漆长城，百姓虽然愁于费力，但却是很妙的。漆过的城十分阔大，敌寇来了爬不上去。要做成它，上漆是容易的，只是用来阴干它的房子却不容易找。"秦二世听了，笑了一笑，也就作罢。这则故事是令人发笑的，但不会一听完就笑，而是要思索一下，明白优旃说话的真意之后才笑。他说他本来也很赞成漆城，因为漆城可以御敌，只是找不到阴干油漆的房子才不得不作罢。这些都是反话。他的真意是反对漆城的，理由是漆城劳民伤财，耗费极大，而且漆了也没有什么用，来敌不会因为你的城上了漆就爬不上来。

幽默与滑稽最明显的区别在于，前者不说出"谜底"，让你去想，想出来了，你才发笑；后者说出"谜底"，用不着你去想，"谜底"一揭，你就哈哈大笑。请把上面两则幽默喜剧与滑稽喜剧的相声《醉酒》对照一下吧。

甲　（对观众）"你乐什么？你喝醉了？"
乙　"人家喝醉了？"
甲　"我就这样儿，今儿我就在马路上躺会儿。"
乙　"你躺在马路上啦？"
甲　人家劝他，快起来吧，来车啦。"什么车？""自行车。"
乙　"什么车你也得躲呀。"
甲　"不躲，让它往这儿（指腰）来。"
乙　"从身上轧过去？"
甲　人家能轧他吗？一拨把，躲开了。又来一辆三轮车。"快躲开！三轮车来啦。"
乙　"躲开吧？"
甲　"不躲！让它往这儿（指腰）来！"
乙　"真横。"
甲　一会儿又来辆汽车。"快起来，汽车来了，汽车来了！"
乙　"这行啦。"
甲　"不躲！"
乙　"还不躲？"
甲　"消防队的汽车！"

乙 "也不躲。"
甲 "先躲一会儿。"
乙 "这怎么躲开了?"
甲 "救火车轧了白轧!"
乙 "这是真醉了吗?"
甲 "装蒜!"

这里通过"三翻"把谜底包得很紧,自行车、三轮车、汽车来了,这人都不躲开,因为他说他醉了,这样一而再、再而三地表白,观众真的以为来什么车他都不躲开,谁知救火车来了他突然躲开了。为什么要躲开呢?作品明白地揭出了谜底:因为"救火车轧了白轧",这个醉汉并非真醉,只是装蒜。这就不用听众去思索了。这个作品如果写到醉汉一听说是"消防队的汽车"就说"先躲一会儿"即结束,也是可以的,大家只要想一想,就知道这人并非真醉。果真如此,这作品便成为幽默的作品而非滑稽的作品了。上面说到的阿凡提和优旃的故事都是不说出"谜底"的,因此需要一个意会、思考的过程。正因为幽默引起的笑是渐进的而不是突发的,所以幽默一般不像滑稽那样引起惊讶。

三、讽刺喜剧的共鸣规律

在本书第九章中所论述的文艺共鸣规律,是一般意义上的共鸣规律,对讽刺喜剧这种特殊的共鸣规律本书还没有论述,笔者有意把它放到这一章来。因为讽刺喜剧与其他美的形态如壮美、优美、悲剧、歌颂喜剧等很不相同,它是一种很特殊的艺术。只有说明它的特点以后才能说清楚它的共鸣规律。

一般的共鸣有两个显著特点:一是情感比较强烈或深沉;二是读者和作品中的人物合而为一,进入忘我境界。讽刺喜剧也能唤起强烈或深沉的情感,人们欣赏喜剧时常常爆发出阵阵笑声,笑得前俯后仰,乐得忘乎所以。这般情景,在听相声时最为突出。如果在相声演出时,台下鸦雀无声,那一定是失败的演出。充满社会意义的声笑,是强烈感情的一种表露方式,没有强烈的感情就不会发出这样的声笑。当然也不是只有声笑才算是讽刺喜剧的共鸣,有些作品引起幽默的笑,笑得深沉隽永,也是共鸣。在情感强烈或深沉这一点上,讽刺喜剧的共鸣与一般的共鸣是共同的。所不同的是在共鸣中，讽刺喜剧的欣赏者和作品中的人物不是合而为一、物我两忘，而是互相对立、相反相抗。欣赏者完全是站在作品人物的对立面上，思想感情针锋相对、互为冰炭。强烈的美感就在这种物我相反相抗中激发出来。这就是讽刺喜剧共鸣规律的基本特点。为什么会这样呢？因为讽刺喜剧的主人公是丑的。他的所作所为违反历史方向，不符合社会道德。欣赏者对这种人物是厌恶的，持否定态度的，无论从哪一方面他们都无法进入角色与人物合二为一，既无共同的情感可交流，又无相同的生活经历可在再现作品形象时将自己带进作品中去。即使本身是丑恶的人，在欣赏讽刺喜剧时也不会与作品中的人物合而为一，因为作品中的人物是被鞭挞的、被嘲笑的对象，没有谁愿意钻到作品中受人鞭挞和嘲笑。

那么，欣赏讽刺喜剧时欣赏者通过哪些途径进入共鸣境界呢？途径有以下两种。

（一）直接的鞭挞活动

论述一般的共鸣时我们曾说过，欣赏者可以通过对英雄的表同作用，分享胜利的欢乐和成功的快慰。讽刺喜剧的人物是否定人物，自然无法进行表同。但正由于他是否定性的喜剧人物，欣赏者就能对其进行直接的鞭挞，使自己成为实际的胜利者。这种效果只有在欣赏讽刺喜剧时才可能产生，一般的批判性作品不可能产生这种效果。一般的批判性作品中也有否定人物，但不具有喜剧性，不能引人发笑。阅读这种作品时，看到作家对否定人物进行鞭挞，我们感到痛快，觉得鞭挞得好。但是，这只是作家在鞭挞，不是欣赏者在鞭挞，他只是在旁边观看，是一个旁观者，虽然也获得快感，但毕竟与直接鞭挞者大不相同，直接鞭挞者参与鞭挞活动，是一个实际胜利者，他比旁观者感到更痛快，而且也不像在表同作用中那样，只是分享他人的胜利喜悦。

欣赏者用什么手段去鞭挞否定性的喜剧人物？用讽刺的笑。前面说过，笑是喜剧的必然效果。不同的喜剧引起不同的笑，歌颂喜剧引起赞美的笑，讽刺喜剧引起讽刺的笑。所谓讽刺的笑，就是对某事物进行讥笑，充满着轻蔑、鄙视、反感、厌恶和憎恨之情。言为心声，笑为情貌。人可以用语言来表达内心的憎恶之情，这就是骂。人也可以用讥笑来表达这些内心的感情。骂，是批判和打击，对某人怒骂一顿，就是对某人狠批和打击一顿，这是大家都知道的。讥笑也是批判和打击，虽然其猛烈程度不及怒骂，但二者的性质基本上是相同的。所谓嬉笑怒骂皆成文章，道理即在于此。一个人用什么手段批判他人，要根据具体情况而定，有时候用骂，有时候用平静的说理，有时候则用冷笑或一声轻蔑的笑来代替一顿怒骂，以发泄满腔怒火。在现实生活中，当一个人对丑恶的事物进行嬉笑怒骂的时候，他觉得自己是一个敢于坚持正义的战斗者，是一个胜利者，他会感到光荣和自豪，充满胜利的喜悦。在艺术欣赏活动中，人们面对的是作品中的人物，不是现实中的真人，所以一般说来是骂不起来、讥笑不起来的。但是在讽刺喜剧的欣赏活动中，情况却不一样，人们可以对作品中的否定人物放声讥笑，冷嘲热讽，犹如讥笑现实中的坏人一样。因为讽刺喜剧中的丑是以美的形式出现，内容与形式相矛盾，能唤起人的讥笑。这一阵阵的讥笑声，就像鞭子的抽打落到否定人物身上，执鞭者不是别人，正是发出笑声的欣赏者。因此，他感到光荣、自豪，充满胜利的喜悦。

讽刺的笑大致分为两种，一种是无情的嘲笑，充满着憎恨，对对象采取彻底的否定态度，恨不得立即把它铲除。这种嘲笑的对象是各种反动腐朽的事物。例如我们观赏《伪君子》《钦差大臣》《亨利四世》《枫叶红了的时候》《葛麻》《借靴》等喜剧时，所发出的就是这种笑，因为这些作品中的主要喜剧人物，都是可憎可恨的反动腐朽分子。另一种是温和的讥笑，讥笑中带有同情和爱，对该对象不是要彻底的否定，只是部分地否定。这种讥笑的对象是有缺陷的好人。他们基本上是好的，但有这样或那样的缺点和错误，这些东西应该批判。这种批判是从爱护的立场出发，在讥笑中带着热切的希望，希望他去掉身上的毛病，成为一个健全的人。例如我们在欣赏《阿Q正传》中，对阿Q所发出的就是这种笑。

（二）保持对立，居高临下

讽刺喜剧人物是丑的人物，他的思想感情、道德风貌与欣赏者处于对立的状态，在欣赏作品时，欣赏者总是居高临下，处处觉得自己比他高超、优越，所发出的阵阵讥笑声中，充满着强烈的优越感。英国哲学家霍布斯在《人类本性》中说："笑的情感显然是由于发笑者突然想起自己的能干。人有时笑旁人的弱点，因为相形之下，自己的能干愈易显出。人听到'诙谐'也发笑，这中间的'巧慧'就在使自己的心里见出旁人的荒谬。这里笑的情感也是由于突然想起自己的优胜。若不然，借旁人的弱点或荒谬来抬高自己的身价，究竟是怎样一回事呢？如果我们自己或是休戚相关的朋友成为笑柄，我们决不发笑。所以我可以断定说：笑的情感只是在见到旁人的弱点或是自己过去的弱点时，突然念到自己某优点所引起的'突然的荣耀'感觉。人们偶然想起自己过去的蠢事也常发笑，只要他们现在不觉到羞耻。人们都不喜欢受人嘲笑，因为受嘲笑就是受轻视。"（转引自朱光潜《文艺心理学》第十七章）霍布斯所说的如果仅仅是指讽刺喜剧所引起的笑，是符合实际的。

　　人们在嘲笑丑的人物时，的确产生一种优越感。嘲笑他蠢笨，就会感到自己聪明；嘲笑他的丑，就会感到自己美；嘲笑他卑劣，就会感到自己高尚；嘲笑他自私，就会感到自己忘我；嘲笑他怯懦，就会感到自己勇敢。总之，人们总是拿自己和他对比，并且觉得自己总不与他相同，总是比他高一等。例如，我们读《阿 Q 正传》，看到阿 Q 明明失败了偏偏不肯承认，反以为自己胜利，觉得很可笑，在讥笑中我们自然而然地产生一种优越感，觉得自己不会像他那样懦弱、无知，那样不争气和自欺欺人。如果有人觉得自己和喜剧人物一样，他就笑不起来，不会感到喜悦，而是感到痛苦，因为他觉得自己也已成了被嘲笑的对象。谁也不愿意作为被嘲笑的对象的，正如谁也不愿挨打大板一样。

　　这并不是说，欣赏讽刺喜剧的人一定不存在剧中人那样的缺点，有些欣赏者的缺点也许比剧中人的缺点严重得多，他们在欣赏时同样会发笑。例如具有阿 Q 精神的人很多，不仅阿 Q 所在的阶级有，知识分子、工人、职员、官僚、商人等各阶层的人都有，有些人可能比阿 Q 严重得多，但是他们当中许多人读《阿 Q 正传》的时候，仍然会发笑，觉得愉快。这岂不是和上面所说的矛盾了吗？不是的。凡是觉得自己和否定人物一样坏、一样低能、一样可笑的人，是不可能引起共鸣的。大家要注意，这里所说的是"觉得"，而不是实在。有些人虽然存在剧中人物那样的缺点，但观赏作品时他已忘记了它，或者他还不认识自己有这些缺点，或者已经开始认识并准备向它告别，他是站在新的自我立场上来观赏作品的。所有这些因素都使他"觉得"自己和否定人物不一样。现实生活中确有这样的情况：有些人读某一讽刺喜剧作品，开始时感到好笑，充满优越感，因为他觉得自己并无主人公那样的缺点。后来深入想了想，觉得作品所讽刺的就是自己，于是笑意消失了，随之而来的是痛苦和恐惧。过了一段时间，经过调查了解，知道作者并不认识他，根本不了解他的隐私和缺点，作品所讽刺的并不是他，于是他对作品又产生了兴趣，消失了的笑脸又重新出现。例如,当《阿Q正传》一段一段陆续发表于报纸上的时候,有些读者就经历了这样的过程。当时《现代评论》上有一篇涵庐写的文章,叫作《闲话》,写道:"……我记得当《阿Q正传》一段一段陆续发表的时候,有许多人都栗栗危惧,恐怕以后要骂到他的头上。并且有一位朋友,当我面说,昨日《阿Q正传》上某一段仿佛就是骂他自己,因此便猜疑《阿Q正传》是某人作的,何以呢?因为只有某人知道他这一段私事……从此疑神疑鬼,凡是《阿Q正传》中所骂的,都以为就是他的阴私;凡是与登载《阿Q正传》的报纸有关系的投稿人,都不免做了他所认为《阿Q正传》的作者的嫌疑犯了!等到他打听出来《阿Q正传》的作者姓名的时候,他才知道他和作者素不相识,因此,才恍然自悟,又逢人声明说不是骂他。"(转引自鲁迅《华盖集续编的续编·阿Q正传的成因》)文中所提的这位"朋友",是有阿Q那样的毛病的,但他的隐私掩盖得比较好,还不为人知道,于是就装作若无其事的样子。开始读《阿Q正传》的一些篇章时他是觉得好笑的。但是再读下去,觉得不是味道了,仿佛作品写的骂的就是他,他的隐私被作者知道了。后来知道作者与他素不相识,不知道他的隐私,骂的并不是他,他读作品时自然就觉得自己和阿Q不是本家,比阿Q阔得多,高明得多,充满优越感。观看《钦差大臣》演出时,没有一个人是不发笑的,没有一个人不以为自己比剧中那批官僚高尚,但事实上恐怕并非如此。在旧俄时代演出此剧时,坐在剧场包厢里的俄国官僚,一定有一些像市长那样的人。他们之所以笑得起来,仅仅是因为自己"觉得"本人比剧中人优胜而已。

四、讽刺喜剧的道德力量

历来有一种轻视喜剧艺术道德作用的观点,认为喜剧不过是供人笑一笑,开开心,没有多少道德教育的作用。最早持这种观点者是亚里士多德。他在《诗学》中说:"喜剧以下劣的人物为摹拟的对象,然而,'下劣'不是指一切'恶'而言;滑稽不过是'丑'的一种,其原因是由于一点错误,或是那种不使人感到的痛苦,受到伤害的丑态。"由于他是一个很权威的理论家,加上罗马理论家贺拉斯在《诗艺》中的解说和文艺复兴时期批评家的发挥,在西方便形成一个占有主导地位的传统观念,即悲剧是崇高的艺术,喜剧则是微不足道的。近代德国美学家立普司的话是很有代表性的,他说:"喜剧性并非使人欢快,有如高尚的行为或者伟大的情操,而是'使人开心'。先前还补充说过,这种特别的喜悦,可能具有最紧张的性质;但是它始终和那种更庄重、更深刻的喜悦有区别;它始终是轻松的,内容是贫乏的,稀薄的,空洞的;而且它始终浮在表面,是一阵与心灵无关的痒痒。"(立普司:《喜剧性与幽默》,载《古典文艺理论译丛》第七辑)

轻视喜剧的社会作用是不对的,笔者认为悲剧和喜剧同样具有重大的社会作用,只不过它们各具特点而已。关于喜剧的重大社会作用,早就为一些作家和理论家所认识。古希腊的喜剧之父阿里斯托芬谈到喜剧诗人的职责时说:"他会不断在喜剧里发扬真理,支持正义。他说他会给你们许多教训,把你们引上幸福之路:他并不拍马屁、献贿赂、行诈骗、耍无赖,他并不天花乱坠害你们眼花缭乱,他是用最好的教训来教育你们。"(《阿里斯托芬喜剧集·阿卡奈人》人民文学出版社1954年版,第38页)在法国古典主义悲剧盛行、社会上大反喜剧的时候,莫里哀坚持创作和推崇喜剧。他认为喜剧不仅是一种无害的娱乐,而且在纠正人的恶习方面有特殊的社会作用,至少要比一本正经教训人的悲剧要大。他说:"一本正经的教训,即使最尖锐,往往不及讽刺有力量:规劝大多数人,没有比描画他们的过失更见效的了。恶习变成人人的笑柄,对恶习就是重大的致命打击。责备两句,人容易受下去的;可是人受不了揶揄。人宁可作恶人,也不要作滑稽人。"(莫里哀:《〈达尔杜弗〉的序言》,载《文艺理论译丛》1958年第4期)果戈理认为把喜剧看成是个卑下的剧种是不对的。他说:"对于那种只看字面不究深意的人来说,的确如此。但难道正面的东西和反面的东西不可以服务于同一个目的吗?难道喜剧和悲剧就不能表达同一个崇高的思想吗?难道淋漓尽致地剖析一个卑鄙无耻者的灵魂还不足以勾画出一个正直的人的形象吗?难道这集一切违法乱纪、丑行秽迹之大成,还不足以发人深省法律、义务、正义要求我们的是什么吗?在一位高明医生手里,热水也好,冷水也好,同样能够治病,而且疗效同样的好。一位才子,他手中的一切都可以成为达到美的工具,只要他有为美服务的崇高思想。"(果戈理:《剧场门口》,《春风文艺丛刊》1979年第三期)上述这几位喜剧作家的话是有道理的。

总的说来,讽刺喜剧的道德力量在于惩恶扬善,消除社会上的各种道德污秽。具体说来它有两方面的作用,一是帮助思想不健康的人除去自己的病垢,二是给思想健康的人提供保健。这两方面是同样重要的。

先说第一方面的作用。思想不健康的人是各种各样的,他们都存在这样那样的思想病垢,这些思想病垢有的属于阶级本性,有的为社会污染所造成,有的人病情很重,甚至达到无可救药的地步,有的则较轻。不论哪一种病垢,讽刺喜剧都能起作用。它的特殊手段就是笑,笑是一种具有特别效力的批判武器,有恶习的人是很怕嘲笑的,正如莫里哀所说:"责备两句,人容易受下去的;可是人受不了揶揄。人宁可作恶人,也不要作滑稽人。"笑的批判比一般的批判更有威力。这是因为:第一,讥笑是一种直接的打击活动,这一点前面已经说清楚。讥笑不但使欣赏者直接体验到胜利的喜悦,而且也使被打击的对象感到特别痛楚。第二,讥笑是批判加上讥笑,批判者总是处于居高临下的地位,表现出优越和骄傲的神态,被批判的对象则置于低下的地位,所以觉得特别难受。一般的批判与此不同,尽管批判者严厉批判一个坏蛋,但坏蛋可以感到自己不比别人低,你批你的,他还会洋洋自得。只有在嘲笑声中,他才会灰溜溜的,感到自己是个失败者。第三,可笑的喜剧人物与一般丑的人物有所不同,他是以美的形式来掩盖自己的丑恶本质,美和丑处于鲜明的对比之中,他是自我否定,他告诉读者和观众:"我是金玉其外,败絮其中。"这个自我否定比别人的否定更为彻底有力。

由于讥笑是一种具有特别效力的批判武器,所以那些顽固不化的反动派十分害怕。他们的恶习是出于反动统治阶级的本性,他们要把恶习带进棺材里去。这些人自己不愿看也不愿别人看讽刺喜剧,因为讽刺喜剧对他们来说就像一把刺刀,致他们于死地,所以拼命反对。那些有权势的人会利用自己的权力去禁止上演讽刺喜剧。例如,莫里哀写了《太太学堂》,否定了修道院的教育和封建男权思想,就被当时法国的反动顽固势力禁演。莫里哀一生写了30多部喜剧,讽刺了各种各样的恶习,给广大群众带来了不息的笑声,消除了社会上许多污秽,保护了许多人的思想健康,顽固的反动派因此对他恨之入骨,死时教会甚至连一块坟地也不给他,他是在一个黑夜被人偷偷地抬出去埋葬的。但后来墓穴又被宗教徒掘开,骸骨被抛掉。在文艺史上,因为写讽刺作品而遭受打击的,大有人在。

讽刺喜剧对更多的有恶习有缺点的人来说,却是一把手术刀,它会帮助他们清除恶习和缺点,从而成为一个思想健康的人。前面说过,观赏讽刺喜剧时总是引人发笑,在发笑中产生优越感,即使有同样恶习或缺点的人,也能笑起来,也一样感到自己比剧中人优越。他们之所以笑得起来,是因为他们还未知道自己有这种缺点，或者虽知道但忘记了它，或者不承认它的存在，或者已开始认识并准备同它告别。不论属于哪一种情况，只要笑了起来，他们的思想就会升腾起来。我们知道，艺术欣赏有四个阶段：直觉阶段—再现阶段—深入本质阶段—再评价阶段。在再现这个阶段中会出现共鸣境界，产生强烈的情感。但欣赏活动不是到此为止，欣赏者不会只是情感激动，只是哭或笑，他们还要进入深沉的思考阶段，当共鸣结束以后，他们就会从如醉如痴的状态中跳出来，用较为冷静的态度去思考他们刚才所笑所哭所激动的内容，认真分析和评价，这就是"深入本质"和"再评价"阶段。这是文艺欣赏的一般规律，欣赏讽刺喜剧的过程也不例外。那些不认识到自己也有像剧中人那样缺点错误的人，当他们笑过之后，就会认真想想，对照自己的行为，从而发现自己的错误。这时他们会因此感到难过和痛苦，这就促使他们产生改正错误的要求和决心。那些忘记了自己错误的人，看了讽刺喜剧之后，就会重新或加深认识自己的错误。那些对自己的错误采取不承认主义的人，笑过了剧中人之后也不得不正视这些错误，他可以瞒骗别人，却不能再瞒骗自己，他将会偷偷地改正自己的错误。

幽默的笑是一种含笑的批评，拿来批评自己人、朋友的缺点最合适。被批判者不会感到过分的痛苦和辛辣，所以乐于接受，甚至会出现"笑纳"的现象。我国古代著名的幽默专家优孟、优旃等，甚至用幽默批评雷霆震怒的国王，使其回心转意。

讽刺喜剧第二方面的道德作用，是给思想健康的人提供保障，使他们免受各种精神病菌的侵入。思想健康的人不是生活在真空里，社会上的精神病菌随时会侵害之，如何保护他们的健康是一个重要问题。讽刺喜剧对这部分人所起的是预防针的作用。他们观赏讽刺喜剧作品，除了娱乐身心之外，还可以认识到社会上原来还存在各种坏人坏事，它们是可憎可恶的。讽刺喜剧表现了它们的怎样产生，怎样发展，怎样危害他人。这样人们就时时刻刻提高警惕，防其影响和侵蚀。看了一个讽刺喜剧作品，就像打了一支预防针，吃了一服预防剂。例如，精神健康的人看了《唐吉诃德》之后，就认识到历史不会倒转，骑士当不得，人的思想行为要符合客观实际，不能按自己的胡思乱想去行事。看了《阿Q正传》，人们就会懂得受苦受难的人必须要觉悟起来，团结一致向压迫阶级斗争，才能真正摆脱痛苦，不能回避现实，否认失败，搞自欺欺人的精神胜利法。

德国美学家莱辛有一段关于喜剧作用的话。他说:"喜剧的真正的普遍功用就是在于笑的本身,在于训练我们的才能去发现滑稽可笑的事物;也就是说,在任何热情和风尚的掩盖之下,在任何更坏的或者良好的品质的混杂之中,甚至在那表现严肃的情感的皱纹之间都能够迅速地很容易地发现滑稽可笑的事物。即使我们承认,莫里哀的'吝啬者'连一个吝啬的人也没有改造过来,莱克纳特的'赌徒'也并没有把任何一个赌徒教育好;即使我们承认,笑根本不能把这些傻瓜改好,那么,倒霉的是这些傻瓜,但并不影响喜剧。如果喜剧不能医治不治之症,它能够巩固健康的人的健康这也就够了。'吝啬者'对于慷慨的人也是富有教育意义的;'赌徒'对于从不赌博的人,也是有教诲作用的;……预防剂也是一种珍贵的药品;在整个道德中再也没有比滑稽可笑的事物更强有力、更有效果的了。"(莱辛《汉堡剧评》第29篇,《文艺理论译丛》1958年第4期)笔者认为这段话说得很好。

文艺欣赏心理法则

第十四章　审美探究心理

一、探究是人类的一种本性

探究是人类的一种天性。人生来就具有一种好奇心，爱好探求自己的周围世界。儿童对新奇的事物总爱去拿、去摆弄，甚至破坏，想制止儿童这种好奇行为是很难的，不让他去摆弄，他会感到很难受。成年人对现实世界也喜欢不断地探索、操纵、控制，这些行为的产生有物质需要的原因，同时也是由于探求欲的驱使。

这种探究心理不仅人类有，动物也有。巴甫洛夫说："有一种尚未充分加以估计的反射，可以称之为探究反射，或者像我所给它取的名称'是什么？'反射，这也是基本的反射之一。我们和动物当周围环境发生轻微的变动时，就把有关的感受器指向这种改动的动因。这种反射的生物学意义是巨大的。假如动物没有这种反应，那么可以说，它的每分钟的生命都是千钧一发的。"（《大脑两半球机能讲义》，戈绍龙译，第 14 页）巴甫洛夫在实验研究的过程中曾一再发现，动物对于周围环境中任何新的变化都会发生一种阳性的、积极的反应。例如，动物的眼睑、眼睛、耳朵、鼻孔会发生特殊的运动，头部、躯干以及其他个别的部分会这样或那样地转向这里或那里，而且这些运动性的动作或者是重复与加强，或者是呆立不动，保持一定的姿态。巴甫洛夫把动物这一类必然的反应，称为"定向的、目标的反射"，有时他把这种反射也称之为"探究反射"。

一些动物遇到新奇的事物或处于新的环境时，常常表现出注视、操弄等行为。促动这种行为的内在力量，心理学通常称之为好奇驱力。实验证明：将一只饥饿的白鼠置于新的环境中，并在此新环境中放置白鼠爱好的食物，白鼠总是先到处探索一番，然后才吃食物。显然，这种好奇驱力与其生理上的需要无关，而是由于外在的刺激所引起。好奇驱力的强弱与刺激的新奇性及复杂性有密切关系，刺激越新奇、越复杂，动物也越好奇。心理学者的实验证明：将一猴子置于撒满果子的环境中，并在这环境中放一个用绳子捆好的箱子，箱内也盛有果子。猴子宁愿花 2 小时的时间把箱子打开，取出果子吃，而对撒满地上唾手可得的果子反而置之不理。猴子这种持久而有目的的行为，绝不是由于想吃果子的内在需要所产生，而是由于对事物的好奇所驱使。如果同时训练白鼠学习简单与复杂的两种迷津，等它全部熟习之后，将两个迷津的进口同时置于白鼠面前，由它自由选择时，白鼠常常选取复杂的进口进入。

　　人的探究反射与动物的探究反射有本质上的不同。动物的探求欲完全是一种好奇心的驱使，一般停留在无条件反射水平上。这种探究只是一种本能的活动，没有别的目的和要求，可以说是为探究而探究。人的探究则不然，巴甫洛夫在指出动物也有探究反射之后说："我们的这种反射特别发达，最后表现为求知欲的形式，求知欲创造着提供和预示我们以在周围世界中的最高尚的、无限的定向作用的科学。"这是说，人的探究反射特别发达，动物无法与之相比。因为人由自然的生物变成为社会的人之后，由于劳动生产的实践和语言的使用，大脑特别发达，不但有低级的感性认识，而且有理性思维能力。人的探究反射不仅可以在新异的具体事物的影响之下发生和进行，而且可以在适当的词的作用之下发生和进行。有些科学家长期孜孜不倦地从事科学研究活动，也正是在有关的词的作用之下进行的一系列连锁性的探究反射。还有，人的探究反射已经发展为求知欲，这种求知欲具有更高的目的和要求，人们认识世界是为了改造世界，要利用客观事物为人类服务，在探究中创造出各种有用的科学，不是为了探究而探究。

　　人在探究过程中产生惊奇、怀疑、确信等情感，这些情感反过来又激发其深入探究。人在探究中由于新异事物或不可思议之问题的影响，就会发生惊奇的情感。当一个人碰到与自己的知识经验不一致的事物时，觉得与自己已形成的暂时神经联系系统不相协调，就会产生怀疑的情感。惊奇和怀疑两种情感可以反过来激励人的求知欲，从而使其对这事物获得明确的认识，并且对于所考虑的问题获得彻底的解决。如果一个人碰到某种足以验证和充实自己所相信的理论的论据或资料，或者是碰到了某种与自己所相信的理论不相符合而又不足以动摇自己已有信念的其他理论，也就是说，如果一个人感受到某种足以加强和发展自己已形成的暂时神经联系系统或动力定型的刺激作用，或者是受到了某种与自己已形成的暂时神经联系系统或动力定型极难相容，但又不足以破坏他的这种暂时神经联系系统或动力定型的刺激作用，他就会发生确信的情感。这种情感又可以反过来加强他的信心和激励他的求知欲，使他为维护和发展自己的理论进行不懈的努力和探究。

二、审美探究心理

探究心理既然是人的一种本性，是人类普遍存在的一条心理规律，审美活动也就不能离开这一规律。因为美的事物也是人认识的对象，审美认识也是一种认识。审美探究就是审美过程中的探究反射，它具备着一般探究反射的特点，但又有自己的特殊性。

第一，从对象范围方面看，一般探究的对象包括一切外界事物，美的丑的都在内。丑的事物也能满足人的好奇心，引起人探索的兴趣。审美探究的对象是美的事物，丑的事物是不能成为审美探究对象的。现实丑可以成为艺术描写的对象，艺术家对现实丑也要进行探究，但这是一般的探究，不是审美探究。艺术家把现实丑转化为艺术美以后，这个现实丑才成为人们欣赏的对象。

第二，从心理反应方面看，一般探究只产生惊奇、怀疑、确信等情感，这是理智感。审美探究因为以美的事物为对象，所以它不但引起人的好奇心，唤起惊奇、怀疑、确信等理智感，同时还能引起人的美感。理智感与美感虽然都是高级情感，但二者是不同的。理智感的对象不一定是美的，它可以是丑的，并且可以是抽象的。科学家在斗室里研究一些不美而又抽象的东西，仍然兴致勃勃，甚至废寝忘食，这是因为在科研当中唤起了比较强烈的理智感。一个艺术欣赏者面对一堆数学公式或者一本物理教科书，为什么不引起兴趣呢？因为这些东西不能引起美感。在审美探究中，理智感与美感完全融合在一起了，既充满着惊奇、怀疑、确信的情感，又充满着喜悦的情感。惊奇、怀疑、确信等染上了喜悦的色素，理智感以美感的形式表现出来，所以我们统称之为美感，不再区分哪些是理智感，哪些是美感。

第三，从思维方式方面看，一般探究基本上是用抽象思维，审美探究是用形象思维。审美探究经历着由感性到理性，由表及里的过程，但这过程始终不离开感性现象，这就决定了它必须运用形象思维的方式。审美探究是在思维过程中不断进行具体生动的联想和想象，以激发起惊奇、喜悦的情感。

探究心理的核心是求知欲，审美探究心理的核心就是对美的求知欲。艺术欣赏是从感知过渡到思考和评价，在整个过程中，支配主体心理活动的主要动机是求知欲。别林斯基说："对于我们，只是欣赏还不够，——我们还想求知，没有知识，我们就谈不到欣赏。假如有人说，某某作品使他很兴奋，可是却不能解释这种快感，追究不出快感的原因何在，这种人就是自欺欺人。"（《别林斯基论文学》，第259～260页）审美探究的心理活动过程，就是欣赏者被艺术作品激发起一种巨大的探究欲望，兴致勃勃地欣赏作品，努力理解作品并作出自己评价的过程。

那么，什么样的作品才能适应欣赏者的探究心理，激发他们的探究热情呢？

既然审美探究心理的核心是对美的求知欲，那么，这就要求艺术作品必须具有新颖的特点，要具有独创性，从内容到形式都给人以新鲜的感觉。内容陈旧、结构千篇一律的作品是激发不起人们的探究热情的。新是审美探究心理的主要要求。第一部拖拉机开进偏僻的山村，人们就会围拢来看，赞赏不已，以后看见拖拉机，人们就不会有这么大兴趣了。初进大城市的农民，对城里的各种事物都产生兴趣，城市居民却不会这样。桂林山水、西湖风景很美，外地人不远千里万里前往游览，流连忘返；而那里的居民却缺乏外地人的那种热情。人们喜欢看"百岁挂帅"，不喜欢看"百岁养老"；喜欢看"十二寡妇征西"，不喜欢看"十二寡妇上坟"；喜欢看"武松打虎"，不喜欢看"武松打狗"；喜欢看"木兰从军"，不喜欢看"木兰出嫁"。这充分说明新颖事物是特别吸引人的。艺术家必须抓住人的这个审美心理，创作艺术作品时要锐意创新，不论在题材、主题方面还是艺术语言、结构、表现手法方面都应力图有所独创，显出与众不同的特色。清代著名戏剧家李笠说："人惟求旧，物惟求新。新也者，天下事物之美称也。而文章一道，较之他物，尤加倍焉。戛戛乎陈言务去，求新之谓也。至于填词一道，较之诗、赋、古文，又加倍焉。非特前人所作，于今为旧，即出我一人之手，今之视昨，亦有间焉，昨已见而今未见也。知未见之为新，即知已见之为旧矣。古人呼剧本为'传奇'者，因其事甚奇特，未经人见而传之，是以得名；可见非奇不传。新，即奇之别名也。若此等情节业已见之戏场，则千人共见，万人共见，绝无奇矣，焉用传？"（《闲情偶寄》）他认为文艺必须创新，在语言、情节、思想内容上不要完全抄袭前人。这意见是很正确的，他的这个主张成为后来剧作家写作时所遵奉的一个原则。

题材新颖不一定都是大家未经过的新生活，人家完全未写过的新题材，有些大家熟悉的生活，人家已写过的题材也可以出新，这就要求艺术家眼光敏锐，发现别人所没有发现的东西。托尔斯泰说："实际上当我们阅读或思考一个新作家的一部艺术作品的时候，在我们心里产生的一个主要问题经常是这样的：'喂，你是个什么样的人呀？你在哪一点上跟我所认识的人有所区别？关于应当怎样看待生活这一点，你能够对我说出什么新鲜的东西来呢？'……如果这是一位熟知的老作家，那么，问题就不在于你是什么样的人，而是：'喂，你能够对我说出些什么新鲜的东西呢？你现在是从哪一方面向我阐明生活的呢？'"（转引自赫拉普钦科《作家的创作个性和文学的发展》，第69页）这里托氏要求作家对生活要有新的发现，不要重复别人已经写过的东西。

文艺作品没有创新，只是重复别人已经写过的内容，人物性格、故事情节都是老一套，公式化，这是违反审美探求心理法则的。如果老是拿这些作品给人看，就会出现逆反心理，即引起人的反感、厌恶。逆反心理出自于同类事物感官接受的饱和，当感官对某类事物已经感受得饱和了，已经不再需要了，你还是继续不断地让它感受，就会反感。鲁迅的小说《祝福》曾形象地揭示过逆反心理产生的过程：祥林嫂讲述儿子阿毛被狼吃的惨状，一度使听众叹息落泪，然而长久不断地进行相同的叙述，最后连心软的人也躲避不愿听，甚至还抢先以嘲弄的口吻学她要重复的话。她的听众并非缺少心肝，完全没有同情心，只是因为饱和程度的听闻，使他们对她的创伤产生了逆反心理。

并不是一切新的东西都可以激发起审美探究的热情。能激发审美热情的新是有前提的，这就是美。就是说，这新的东西必须是美的。

审美客体的多变也是主体审美探究心理的一个要求。任何一个审美客体，虽然新颖，但是如果极其单调而毫无变化地连续发生作用，它就不再能够引起人的注意和兴趣。反之，一个审美客体，虽然并不新颖，可是比较多变，它也能够引起人的注意和兴趣。例如，晚上放烟花，那种颜色和形状最多样的最富有吸引力；万家灯火的市面上，那些忽明忽灭或彩色缤纷的霓虹灯最引人注意；声调抑扬顿挫的讲演者能吸引听众，声调没有变化只有一个腔调的讲演者容易令人打瞌睡。为此，作家总是力图使自己的作品结构上多变化，特别是叙事性的文艺作品，总是尽量把情节组织得生动多姿。情节的生动性和丰富性是叙事作品"生命"攸关的问题,即使有好的内容,如果没有生动的情节去表现,就不能吸引人。我国古典小说作家是很懂得读者探究心理的,所以创作出来的作品,情节总是生动丰富,波澜起伏,跌宕多姿。

含蓄是激发探究热情的一个重要条件。情节跌宕多姿虽然能引人入胜,但有些艺术形式,如一首抒情诗,一幅静物画,一座单人雕像,就无法表现出复杂的情节。这些作品只能以自己特有的艺术表现手段,去激发人们的探究热情。这就是用含蓄手法把艺术形象表现得半隐半露,象外有象,景外有景,不是把它完全显露出来,让人们一眼看透。隐藏着的那部分内容如镜中之花,水中之月,朦朦胧胧,若隐若现,若即若离,不让观众读者一下子捉摸得透。第一次看时,似乎看尽了,理解透了,第二次第三次再看时又会有所发现,以后多次看它,体会又有些不同。正如司空图在《与极浦书》中所说:"戴容州云:'诗家之景,如蓝田日暖,良玉生烟,可望而不可置于眉睫之前也。'象外之象,景外之景,岂容易可谭哉?"长江三峡有座神女峰,近看一目了然,不过是一块巨石。但是,由于常被缭绕云雾半遮半掩,时隐时现,远远望去成了"半入仙境半人间"的境界,使人产生种种奇妙的想象。宋玉写了一篇《神女赋》,把这巨石想象为一个神女,她美丽无双,情感丰富,自愿做楚王的妃子。人民群众把它想象为另一个动人形象:神女峰的神女原是天宫西王第二十三女,来到巫山顶,站在那里常常看到三峡的礁石吞没了许多贫苦的船夫。她很怜悯,决定离开天宫永留这里为民除害,于是化作一座亭亭玉立的神女峰。

审美活动不是被动消极的,而是积极主动的。在欣赏艺术的过程中,人们会运用自己的想象去进行再创造,这种再创造也是一种审美探究。欣赏者根据艺术品提供的直接形象,去探求隐藏着的间接形象,他们所找到的也就是自己所能想象到的东西。宋玉从那朦胧的巨石想象到一个追求荣华的帝王的妃子,人民则从中想象出一个为民分忧勇于献身的女神,这是他们所找到的不同的间接形象,都是他们的发现。上面举的神女峰是自然的作品,一切人工的文艺作品更是这样,一幅画、一座雕像、一首诗,都有隐藏着的部分,这是艺术家有意做出的。由于这个隐藏的间接形象比较丰富,同时也比较朦胧,不那么显露清晰,这就给欣赏者的探究留下了广阔的天地,使他们不可能一下子就捉摸清楚,引起一读再读的兴趣。特别是一些古诗词,更是如此。

激发审美探究心理的艺术方法很多,不同的艺术品种还有许多各自的特殊方法,上面所说的几点是各种艺术共有的主要方法。

在审美探究心理活动的全部过程中,高潮是在刚刚得到又未完全得到的时刻,即似得非得的时刻。这时候探求欲最旺盛,美感最强烈,所以我们称之为探究高潮。为什么似得非得的时刻探求欲最强烈?这是因为人的行为是由需要来发动的结果。心理学证明,人的行为是由需要来发动的。当人的需要完全得到满足之后,欲望便消失了,接着而来的是索然之感。若要进行新的行动就要有另一种新的欲望来发动。欣赏艺术也是一种需要,虽然这是精神上的需要而不是物质上的需要,但毕竟也是需要。正是因为有了审美需要才驱使人进行审美活动。在开始审美之初,刚刚接触到审美对象,主体尚未产生许多美感,所以还不能形成探究高潮。只有在欣赏欲望得到了相当一部分满足,尚有一部分还未得到,这时才会出现探究高潮。探究高潮维持得越久,人们的审美欲也保持得越久。

三、审美探究的生理基础

新的事物容易引起人的注意和兴趣,旧的事物反复出现容易使人习以为常,难以唤起注意和兴趣,这是有其生理基础的。高级有机体具有各种不同的分析器,人类的各种分析器的结构和机能是非常复杂和精致的。客观事物刺激我们有关分析器的外围末端——感受器,感受器的神经组织内所引起的兴奋沿着内向神经传达到分析器的最高末端——大脑皮质的相应部位,结果我们的大脑两半球就对客观事物的某种个别特性发生了反应。这种简单的反映过程就是感觉过程。某种强度的刺激物如果长时间地作用于我们有关的分析器,就会使我们的这种分析器发生一定的变易。这种变易就叫作感觉的适应。

各种感觉器官的适应情况不完全一样。皮肤感觉内的压觉很容易发生适应作用,如果某种物体和我们的皮肤某一部分继续接触一定时间,我们皮肤机械性分析器的感受性就会很快降低。实验证明:一般人的皮肤机械性分析器对于压力的感受性,在 3 秒钟之后就只有刺激刚开始时的 1/5 了。例如,我们静坐时几乎完全感觉不到衣服的压力,也不感到帽子的重量,甚至有人时常戴着草帽找草帽,或者寻找移到额上的眼镜。温度感觉的适应也非常明显。我们在河里游水,最初感到水冷,经过三四分钟之后,就不觉得它冷了。用热水洗澡,起初感到水很热,几分钟后就不再感到热了。嗅觉的适应表现得非常迅速。从空气清新的地方走进空气混浊的房间，立刻感觉到难闻的气味，过了几分钟就不会有这种感觉了。古语说得好："入芝兰之室，久而不闻其香；入鲍鱼之肆，久而不闻其臭。"听觉的适应表现不明显，一支乐曲反复地听了又听都不腻，一篇小说反复读几次就腻了。听觉所以不容易发生适应，是由于声音刺激的强度一般说来都是相当大的，因此，大脑皮质内的有关神经细胞就不容易立即转入抑制状态。当然这也不是说听觉完全没有适应现象，一种单调的声音长时间地作用于我们的听感官，我们的音度感受性就会降低，最后甚至使我们进入瞌睡和睡眠。视感觉的适应复杂而特殊。有强光适应和暗光适应，我们从黑暗的地方走到强光的地方，最初什么也看不清，经过四五分钟后，视力就恢复正常，这就是强光适应。我们从强光的地方走到黑暗的地方，最初什么都看不清楚，经过若干时间之后，眼前就不再是一片漆黑而能够分辨出物体的轮廓了，这叫作暗光适应。在所有感觉中，只有痛觉最不容易发生适应。

我们的某些感觉所以会明显地发生这种适应的现象，是因为在有关分析器的大脑末端内，产生这些感觉的神经细胞转入了抑制的状态。巴甫洛夫根据实验的事实证明：凡是微弱、单调而又重复出现的刺激物，就会直接引起大脑皮质的有关神经细胞的抑制过程。"如果当时从皮质的其他各活动点得不到对抗的作用，这种抑制过程就会扩散开来，引起睡眠。"这就说明为什么"一切的人，特别是不具有强烈的内在生活的人，由于单调的刺激作用，就会不管在什么地方和什么时间不可克制地陷入瞌睡和睡眠"。（《大脑两半球机能讲义》，第 247～248 页）

新奇的事物为什么容易引人注意呢？为什么那么多的事物当中人们只选择这一种而不选择那一种作为注意的对象？这就是注意的选择性。所谓注意，就是人的各种心理活动的指向性和集中性。当人注意某一事物时，他的各种心理活动就集中指向这个事物。人之所以注意这一事物而不注意其他事物，就是由于大脑皮质的兴奋和抑制所造成的。当一个人对某一事物发生注意时，他的大脑两半球内的有关部位遂形成最优越的兴奋中心，同时这兴奋中心会对周围的其他部位发生抑制作用，使得主体对于这事物产生高度的意识性，而对其他事物则视而不见，听而不闻，食而不知其味。心理学家还认为，这种现象的产生也同网状结构的作用分不开。网状结构除了上行系统以外，还有下行系统。下行网状系统的重要功能之一，就是对传入的感觉神经冲动行使一种"闸门"或控制的作用。在经过脑干通往大脑皮质的特殊传入系统内的感觉神经冲动，可能被下行网状系统内的神经活动加以堵截或阻止，从而使大脑皮质得以免于"超载"，并且可以使大脑皮质一次专注于一种感觉信息。注意，特别是注意的选择性，与丘脑的非特殊核和纹状体的尾状核，以及海马也具有很密切的关系。事实表明，它们似乎能对新旧刺激发生比较作用，也就是对新的信息发生反应，对旧的已经习惯了的刺激物则停止反应。这些组织特别是尾状核和海马，被人们认为是保证有机体有可能实现精确选择的器官。这些组织的损伤就会破坏注意的选择性。在临床方面发现，凡是中心线（在左右丘脑之间）附近的深部肿瘤患者，都表现出心理活动的选择性受到破坏，较轻患者表现出高度的分心，较重患者就会陷入半醒的、梦寐状态中，分不清现在和过去，出现虚构症现象，而且任何不相干的刺激都会立即干扰正在进行的心理活动，有组织有选择的意识状态让位于精神错乱。

第十五章 审美习惯心理

人们在欣赏艺术时，不仅求新，同时也求旧。求新是探究心理，求旧是习惯心理。这两条都是不可忽视的艺术欣赏心理法则。

一、习惯

在谈审美习惯以前，我们先谈一般的习惯。习惯指的是人在一定的情况下自然而然地或自动地去进行某些动作的特殊倾向。习惯是后天养成的，当一个人养成某一种习惯以后，就自然而然地去做，不必经过意志的驱使。所谓"习惯成自然"就是这个道理。有这么一件事：一个老兵退伍回到家里，虽然做了老百姓，但在军队里长期养成的习惯仍然保留着。有一次他两手端着菜从外面走回家，有个恶作剧的人突然叫了一声"立正！"这个老兵立即垂直两手，身体笔挺地站立，菜倒在地上。

人所以养成各种特殊的习惯，是由于一定事物的刺激和主体的某些有关动作在大脑中形成了巩固的暂时神经联系，因此人在受到这一类事物的刺激作用时，就自然而然地去进行这些有关的动作。巴甫洛夫指出："显然，我们的任何方式的教育、学习、训练，各种各样的习惯都是长系列的条件反射。谁都知道，已知的条件，也就是一定的刺激作用，与我们的行动所建立的、所获得的联系往往纵然受到我们的故意的抗拒，也会倔强地自然而然地表现出来。"（《大脑两半球机能讲义》，第380页）神经通路也像河水通路一样，一种刺激物作用于人的感官，传送到大脑皮层，这神经通路就会留下一定的痕迹，这种刺激物多次作用，神经通路就会一次又一次地加深，以至成为一条比较固定的通路，以后再通过就很容易。例如，一个人养成吃饭前洗手的习惯，开始第一次洗手，对神经系统是一次刺激作用，留下一点印象，但很浅。如果以后中断了，第一次印象很快就不存在下去；如果他反复地作同样的动作，神经通路就会变深，以至形成习惯。这是一个简单习惯的形成过程。更复杂的习惯的形成大致也是如此。习惯的形成还有一个特点，不一定都是有意识地去培养成的。有些坏习惯是在一定的生活环境中不自觉地养成的,多数人不会有意养成坏习惯。

习惯会产生这样的作用:①习惯使达到某个结果所需要的动作简单化,使这些动作更准确、熟练,减少紧张和疲劳,做起来不费气力。例如,初学小提琴的人全身紧张用力,熟练习惯之后并不费力。初学写字的人拿起笔杆写字,也很费力;写惯的人挥笔自如,十分轻松。②习惯可以减少我们所需要的自觉的注意。本来要做一件事情,必须有一连串先后的神经变化,从一个动作到以后若干个动作,都要专心致志,稍不留意就会出差错。但习惯以后,做完第一个动作之后,不用思考就会做出第二个第三个动作,用不着自觉的意志。例如,日常生活中洗脸、穿衣服等,一系列动作都用不着意志,用不着思考先做什么后做什么。当然,这并不是说,习惯了的行动完全不是意识的对象了。人在行动中只要有一个动作出差错,离开了既定目的,立即会被察觉出来。所以,所谓习惯的行动自动化,不是机器那样的完全无意识的机械自动化。这里只是说明,习惯的行为可以减少自觉的注意,可以不用思想、意志的引导,只有直觉的作用就行了;而一般有意的行为,在全部过程中必须有观念、意志的引导。③习惯的行为给人以一种愉快的感觉。人们习惯做某一种事、某种行动,如果要改变其习惯,不让去做,便会感到不愉快。习惯黄昏散步的人一次不去散步,就感到缺少了什么东西。一个习惯打球的人你不让他打球,他就感到不愉快。

二、审美习惯

审美习惯指的是人们对某些审美对象自觉地进行欣赏的特殊倾向。这种审美上的特殊倾向是普遍存在的。宋代周敦颐在《爱莲说》中写道:"水陆草木之花,可爱者甚蕃。晋陶渊明独爱菊,自李唐来,世人甚爱牡丹,予独爱莲之出淤泥而不染。"这是人们对花所表现出来的不同欣赏习惯。至于艺术方面的欣赏习惯就更加显著了。有的人对某种艺术特别喜爱,对于自己所喜爱的艺术,百看不厌。在建筑艺术中,人们对新鲜的建筑物产生美感,对已经很熟悉的古老的或陈旧的美的建筑物如故宫,也感兴趣,学校中优美的旧房子虽常常见到,也并不厌恶。在音乐中,新的旋律和节奏引起人们的审美注意,一些重复了很多次的旋律如山歌、民歌、地方小调等也能吸引人们。在戏曲艺术中,许多表演程式和剧目都是流传了很多代的，但却一直吸引着众多观众，他们对演过多少次的作品仍然有着极大的兴趣。艺术欣赏习惯可以是对整个作品，也可以是对作品的某些方面的因素，如对语言、结构、色彩等，养成某些独特的欣赏习惯，一见到就自然而然地感到喜悦。

审美习惯有许多种类：①民族审美习惯。这是整个民族共同具有的欣赏习惯，凡是具有共同语言、共同地域、共同生活方式、共同心理因素的人们，都会有一些共同爱好的审美对象。②地方审美习惯。在一个民族内，由于地区不同，生活环境差异，会形成一些地区性的审美习惯。各地区的人习惯于欣赏本地区的艺术，对外区域的艺术不大欣赏。例如，北方人习惯于欣赏京剧，上海地区的人喜欢沪剧，河南人喜爱梆子，广东人喜爱粤剧。在一个省内不同地区往往也还会有各种不同的审美习惯。如广东省内，潮州地区的人很喜欢潮剧，海南人喜欢琼剧，梅县地区人喜欢客家山歌剧，只有说粤语的人才喜欢粤剧。③阶级审美习惯。每一阶级都有自己的审美习惯，对某一类艺术作品特别感兴趣，而对某些艺术作品则不感兴趣。如封建统治阶级喜爱歌颂封建礼教的作品，对反对封建统治的作品则不欣赏。④个人审美习惯。每个人都属于一定的民族、一定的地方、一定的阶级，所以每个人除了民族审美习惯、地方审美习惯和阶级审美习惯之外，还有着个人独特的审美习惯，有的人习惯欣赏音乐，有的人习惯欣赏戏剧，有的人习惯欣赏美术，有的人喜爱壮美，有的人喜爱优美，有的人喜爱悲剧，有的人喜欢喜剧。

审美习惯是怎样形成的？其基本原理与一般习惯的形成是相同的，都是由于外物刺激和人的某些有关的动作在大脑两半球内形成了巩固的暂时神经联系的结果。但是，审美行动毕竟不是一般的行动，审美行动是受审美观念制约的。人们虽然普遍存在审美的欲求，但什么对象能满足主体的欲求，什么对象不能满足主体的欲求，以及选择什么对象来欣赏，得由主体的审美观去决定。凡是符合主体的审美观念要求的东西他才觉得是美的，才会去欣赏，否则，就是不美的，不去欣赏。这和饥饿时要吃饭，什么饭都可以充饥的道理不一样。

审美习惯的形成依靠两方面的因素：①集体审美观念的影响。人自从出生起就生活在一定的社会环境中，和社会集体发生关系。这个社会集体是具有审美观念的，例如关于自然事物的审美观念，关于社会事物的审美观念。这种审美观念通过各种渠道输送到个人那里，使其接受这个早已存在的现存审美观念，并刻印在大脑中，形成巩固的暂时神经联系。这些渠道有父母亲戚的口头传播、实际行动的影响，有学校教师的教育，有社会环境的熏陶，等等。当一个人还处在不懂事的儿童期时就开始接受现存的审美观念，根本不容他去选择。审美观念是什么呢？它是人用来衡量美的尺子，符合者则觉得美，就去欣赏，不符合者就不觉得美，不去欣赏。例如，小时候听老祖母讲狼外婆的故事，就对狼反感，以后凡听到有关狼的故事，就习惯地反感。②对某些审美对象进行反复的审美活动，就会形成习惯。各地区的人为什么养成爱好本地区戏曲的欣赏习惯？因为他们自小就经常看到这些戏曲表演，经常听到周围的人哼这些剧种的曲子，稍长以后，他们自己也会哼，脱口而出，十分熟悉，于是这些刺激和他们的有关反应，在他们的大脑半球内便形成了巩固的暂时神经联系。广州市民爱好粤剧的习惯就是这样形成的。他们之所以对京剧不习惯，因为他们过去很少看过，现在偶尔看几次，重复次数不多，无法形成巩固的暂时神经联系。

审美习惯往往是在无意中形成的。一个人喜欢欣赏某种艺术品，开始觉得它好看，或好听，于是多次地欣赏，神经通路在他的大脑皮质上日益加深，便形成牢固的暂时神经联系，成为一种习惯。

审美习惯也能产生美感。我们对某种艺术形成审美习惯之后，虽经反复欣赏也觉喜欢，产生美感，看到它，就像看到老朋友那样感到亲切、喜悦。例如，学校里的建筑和园林，我们经常看到，已经十分熟悉了，但每天起来看到它们，仍然感到喜悦。特别是离开一段时间以后回来再看，尤其亲切。

这种美感源于审美习惯，具有一些与一般美感不同的特点。

第一，是直觉性。由于反复地欣赏，形成了习惯，即使是比较复杂的作品，一眼望去不需思考就可以立即把握得住，进而引起快感。这种欣赏过程不像一般的审美过程那样，在直觉感受以后，还有一个认真思考的过程。例如，欣赏《义勇军进行曲》，一般的欣赏程序是先从乐曲的旋律、节奏去感受它高昂激越的战斗情感，初步产生喜悦之情；进而再从这些旋律和节奏再现出听觉形象，从听觉形象再现出视觉形象；根据这些形象进行思考，深入了解作品的内容，从而引起更丰富和深沉的美感。直觉阶段所引起的美感是不多的、比较肤浅的，因为直觉不能把握艺术的全部内容，只能把握艺术的直接形象，只有通过思考和想象才能把握艺术的间接形象和思想内容。审美习惯用不着这样。它是将思维与直觉这两个阶段紧密结合在一起。当人们对某一艺术品已养成审美习惯之后，思维的内容已经为人所熟悉，不假思索即可把握。

第二，审美习惯唤起的美感往往是无意识的。一些审美客体一旦成为人的审美习惯的对象之后，不管客体如何，主体都自然而然地、不知不觉地产生喜悦之情。审美习惯在某种程度上说是不受思想意志的支配的，带有点本能的性质。例如，有些民族由于崇拜图腾，实行文身、纹面、毁齿、穿唇、穿鼻等，这在过去带有迷信色彩。如今迷信扫除，这种色彩不存在了，但人们仍然保持这种装饰习惯。这种装饰显然是不美的，但因为这是长期流传下来的习惯，这样打扮他们感到喜悦，若换成另一种打扮就会反感。你若要问为什么那些丑陋的装饰也令他们喜悦，我看除了"因为习惯"以外，谁也难于说出别的原因。

有些艺术形式很古老，它们是在科学技术低下、表现能力不高的情况下被创造出来的。例如，戏曲的表演程式，舞台上空空如也，人物在台上转几圈就算是穿州过省，行程万里；几个人物同台说话，可以被视为互不相闻，分别生活在不同的房间。这本来是过去因陋就简的表现方法，现在已有了电影和话剧的逼真布景，完全可以取而代之。可是人们仍然很喜欢古老的戏曲表演形式。这是因为长期以来人们已经对它很习惯，一看到就自然而然地产生好感。应该说，这是我们民族的审美心理习惯。当然，这种程式的表演方式之所以能长期存在，还有着另一个重要原因，这就是具有较强的表现力，能自由地突破时间和空间的局限。

第三，审美习惯基本上只产生快感，不产生惊奇感。惊奇感只在探究中出现。审美习惯的对象都是反复出现过的十分熟悉的事物，这里没有探究过程，所以不会产生惊奇。正因为如此，审美习惯所唤起的美感是不会太强烈的。在审美过程中，最强烈的情感应该是由审美探究所激发起来的惊喜感。这种惊喜感一旦不存在，所剩下的快感就不会太强烈了。例如，我们初次看到一幅优秀的绘画时，心情激动，赞叹不已。买回来挂到墙上去，经过一段时间以后再看，虽有喜悦之感，但不会太激动。因为对它已经习惯，已经熟悉，没有探究过程。

这里所谈的美感特点只是指对作品全部的习惯而说的，不是对其他的习惯情况而言。人对艺术的审美习惯情况有好几种：①对作品从内容到形式都习惯，这是全部的习惯。这种习惯就会产生上述的美感特点。②对全部形式习惯，内容完全是新颖的。这种习惯除了对艺术形式产生无意识的美感之外，其余都与一般的艺术欣赏没有什么区别，既有探究的惊奇感，又有理性的思维。③只对形式上某些部分习惯，其余都是新颖的。这种习惯只对某些形式因素产生无意识的美感，其余从内容到形式都能激发人的探究心理，这种习惯最富有美感。

  审美习惯为什么会引起快感？这得从大脑两半球的神经过程去寻找原因。我们知道，情感是人对自己所接触的事物所持态度的体验。人对各种事物持有一定的态度，因而就会产生各种不同的情感。如果一个人对某些事物采取欢迎或趋向的态度，他就会体验到喜爱、快乐等肯定性的情感；如果一个人对某些事物采取反对或抗拒的态度，他就体验到憎恶、痛苦等否定性情感。人的这些情感体验是大脑两半球各种神经活动过程相互影响的结果。人的大脑两半球并不是以静止的状态来感受外界的刺激作用的。当某种事物对人发生刺激作用之前，人的大脑两半球已在进行着由其他刺激物所引起的神经活动。由各种刺激物先后引起的各种神经活动，必然彼此发生一定的影响。由于各种神经活动彼此所发生的影响不同，人就会体验到各种不同的情感。凡是事物的刺激作用对原来已形成的动力定型发生维持或加强的作用时，就会产生愉快的情感；反之，如果事物的刺激作用对原来已形成的动力定型发生干扰及破坏的作用时，就会产生不愉快的情感。所谓动力定型，就是神经系统受外物反复刺激所形成的比较固定的活动过程，即巩固的暂时神经联系。

  例如，一个人每天下午五点钟就到外面运动，经常如此，这在他的大脑两半球中就形成了较固定的神经活动过程，即动力定型。现在如果他到时就去运动，他的神经过程在进展方面很顺利，原有的动力定型就得到维持和加强，因而他就感到愉快。如果到时偏有人通知他去开会，他的神经过程在进展方面就受到阻滞，对原有的动力定型发生干扰和破坏，因而感到不愉快。

  巴甫洛夫对情感与动力定型的关系曾做过具体的论述。他说："应该想到，大脑两半球在建立和维持动力定型时的神经过程就是通常所谓的情感。情感分为两种基本的类别——肯定性的和否定性的，并且分为无数等级的强度。定型的建立过程，建立的完成过程，定型的维持及其破坏在主观方面就是各种各样的肯定性和否定性的情感。"他又指出："我认为，当通常的生活方式改变时，当习惯的职业终止时，当亲密的人死亡时，更不用说当心理恐慌和信仰破灭时,人常常所体验到的苦痛情感的生理基础,多半就在于旧的动力定型受到改变,受到破坏,而新的动力定型又难于建立。"(转引自杨清《心理学概论》,第412页)通常的生活方式、习惯的职业、信仰以及与亲人的相处,所有这些经常对人发生刺激作用,使人的大脑两半球形成了较固定的神经活动过程,通常的生活方式、习惯职业、信仰改变时以及亲人死亡时,这些神经过程受到破坏,所以产生痛苦。

人的动力定型是很多的,其中有主要的动型,也有次要的动型,各种动型往往是互相制约的。某些次要的动型虽然遭到了破坏,但由于与人的思想意识相适应的更主要的动型得到了维持和发展,也会引起愉快的情感。例如,人有打球习惯、跳舞习惯、饭后散步习惯、交友习惯、艺术欣赏习惯、对某种政治信仰的习惯等,这许许多多的习惯在大脑两半球中就形成许许多多相应的动力定型。在这么多的动力定型中政治信仰的动力定型是最主要的,它对其他各种动力定型有制约作用。在一般情况下,习惯打球的人到时候没有球打是不愉快的。但如果说,不让他打球为的是让他去完成一项比较紧急的政治任务,他还是愉快的。在审美活动方面,也有各种各样的习惯,对艺术形式、生活题材、思想观点、艺术风格、美的形态等各个方面都可以形成习惯,在这些审美习惯中最主要的是思想观点方面的习惯,这是审美观念中的核心,它对其他各种习惯有制约作用。其他习惯是次要的,这些方面的动力定型遭到破坏,而思想观点方面的动力定型得到维持,审美者仍然觉得愉快,只不过没有那么强烈而已。

三、审美探究与审美习惯的对立与统一

审美探究与审美习惯这两条审美心理法则是相互对立的,一个求新,一个求旧,但二者又是统一的。人不能只有审美探究而无审美习惯,或者只有审美习惯而无审美探究,它们是相互渗透的,求新之中要求有旧,求旧之中要求有新。求新与求旧要很好地配合,不能各走极端。

审美探究就是求新,它的好处是促使艺术创作不断创新,越新越能满足它的要求。但如果只有求新,求新心理走向极端,就会造成只有新异的艺术才能引起喜爱、一切旧的作品都会引起反感的现象。这一来,就会出现如下几个恶果:①以往的优秀作品不能欣赏。这些作品是人类长期积累的精神财富,是用之不竭的精神食粮,它给人以无比丰富的美感,可以提

高人的知识水平和培养人的道德情操。美感教育光靠当今出现的新作品是不够的，虽然这是重要的部分。但其分量是有限的。如果一个作品欣赏过一遍就不能再欣赏，试问艺术家怎能生产得出那么多的作品来满足需要呢？②这种极端的求新心理会促使艺术家割断艺术历史，不去吸收继承前人的优点，一切求新，不能有任何旧的痕迹，这就会使新作品不完善，粗糙简陋。我们知道，艺术虽然贵在创新，但应在前人的经验上创新，批判地继承过去优秀的艺术传统，才能创作出完美的新作品来。丢掉过去的优良传统，割断文艺的历史，是无法创作出完美的艺术品来的。从文艺发展的历史看，每一个艺术创作高峰都是在前代或前几代艺术的基础上耸立起来的。一个新的艺术品种刚出现时，一般不会完善，如果为了适应人的求新心理，马上丢掉，又另外创新，永远也难以出现完美的艺术品种。只有经过不断的补充改革，才能使一个艺术品种趋于完善。如我国的古典诗、词、戏曲、小说，都是经过很长时间的发展才达到成熟境界的。

审美习惯就是求旧，这种审美心理的好处是：①使人能够充分享受以往人类创作的优秀文艺遗产。②可以使各种艺术品种逐步发展到完善的境界。③可以促使艺术的民族化，促进风格、流派的发展。

审美习惯心理也有一些害处：①对艺术的欣赏容易产生偏嗜。由于人对某些艺术形式、题材、风格等养成了习惯，就偏爱它们，对其他众多的艺术形式、题材、风格等，往往采取排斥态度，使人不能广泛地欣赏各种各样的优秀作品。例如习惯于古典诗词的人，往往不喜欢自由诗；习惯于自由诗的人，见到古典诗词往往反感。习惯于绘画透视法、色彩光线的人，往往觉得中国画那种注重线条韵律、笔墨意趣、不讲究透视法的表现技巧不可思议；而我国古代画家刚接触西洋画时，也往往不能接受。有的人讥讽西洋画是"笔法全无，虽工亦匠"，"不入画品"。习惯于我国民歌、戏曲唱法和声调的人，听到一些外国的洋腔调，觉得很刺耳；而习惯于洋腔调的人，往往觉得我国民歌、戏曲的唱腔没味道。②阻碍艺术创新。艺术作品总是要拿给审美者欣赏的，如果欣赏者老是喜爱旧内容旧形式的作品，不喜欢新内容新形式的作品，艺术家写出新作品来没人看，这些作品就起不到社会作用，就不能再创作表演下去。审美习惯往往排斥具有独创性的作品和带有革新性的文艺思潮，文学史上每当一种新的艺术形式出现对，总是有一批保守的人起来反对。例如，当苏轼以自己豪放的词风打破"诗庄词媚"的界限，冲出"词为艳科"的藩篱之后，便受到许多强调"尊体"、固守"正统"者的攻击，他的学生陈师道认为其词"要非本色"。西欧浪漫主义艺术兴起时，同样也受到古典主义艺术家及其拥护者的攻击。

由此可见，审美探究和审美习惯各有长处及短处，其中的任何一种都不能满足人的审美需要，都不能促使艺术很好地发展。二者要很好地结合起来才行。这就是说，在审美过程中，既要有探究心理，又要有习惯心理。这两种心理在每一个人身上都是可能存在的。但由于不同的生活实践和审美实践的作用，这两种心理在各人身上的表现各有不同，有的人偏于审美习惯，表现得很突出，求新心理完全被掩盖住了。有的人则偏于求新心理，表现得很突出，习惯心理被掩盖住了。因此，对这两种偏颇的畸形的审美心理应当加以改造。

审美习惯需要不断更新，要将旧的习惯变为新的习惯，不能让一种习惯永远完全地保留下去。时代总要前进，艺术也要不断发展，若不更新审美习惯，就会使艺术停滞不前。更新旧的审美习惯的过程，同时也就是限制探究心理走向极端、促使二者结合的过程。如何更新审美习惯？最好的办法是创造出一种旧中有新、新中有旧的作品供人欣赏。这种亦旧亦新的作品主要是形式旧或半新半旧，新中带旧，内容则是新的。这样的作品既适合审美习惯心理，同时又迎合审美探究心理。这是既适应又提高，在适应中提高。这个办法符合人的情感生理规律。前面曾经说过，情感是由于动力定型得到维持或受到破坏而产生的，凡是事物的刺激作用在人的大脑两半球内所引起的神经过程，对原来已形成的动力定型发生维持或加强的作用时，人就产生愉快的情感；凡是事物的刺激作用在人的大脑两半球内所引起的神经过程，对原来已形成的动力定型发生干扰或破坏作用时，人就会产生痛苦的情感。一个动力定型的形成是经过相当时日的，"冰冻三尺，非一日之寒"，想一下子把它破坏掉，而新的动力定型又未建立，人自然会感到痛苦。旧中有新的作品对动力定型是破坏的，但不是全部的破坏，而是部分的破坏，不是急遽的破坏，而是缓慢的破坏，这就不会使情感上产生痛苦，而且作品中旧的因素是使他感到喜悦的，新因素也使他产生惊奇和喜悦。这样，旧中有新的作品使人乐于接受，人们在接受过程中改变自己的审美习惯，形成新的审美习惯。

从认识的心理过程看，最容易引起人兴趣的不是新异的作品，而是亦旧亦新的作品。所谓兴趣，就是一个人对某种事物抱有积极态度。一个人对某种事物是否产生直接的兴趣，决定于下面两个主要条件：第一，这种事物必须和他已有的知识经验具有密切的联系。一个小学生对《红楼梦》、古典诗词一定不会发生直接兴趣，因为这些作品和他已有的知识经验没有什么联系，不能理解它们。但他却对小人书、少年文艺感兴趣，因为他的知识经验与这些作品联系密切，能够看懂、理解它们。第二，这种事物必须能够使他获得新的知识经验。一个文艺修养很高的人对小人书一类作品一定不感兴趣，因为这类作品形式简单，内容也没有什么新鲜之处。公式化的作品所以引不起人的兴趣，也因为它不能给人以新的知识经验，完全是老生常谈。什么样的作品符合这两个条件呢？是亦旧亦新的作品。这种作品既和人的已有知识经验具有密切联系，为人所理解，又使人获得新知识。因此，它们最能引起人的兴趣。

我们说过，审美探究心理要求新的艺术，但也不是一切新的作品都受人喜爱，有许多具有独创性的新异的艺术作品，并不引起人的审美兴趣。例如20世纪50年代法籍罗马尼亚人欧仁·尤奈斯库的剧作《秃头歌女》在巴黎上演，观众大哗，纷纷退场。有的场次只剩下几个观众，最后只好停演。我们且不去评论这作品的得失，只从其当时演出失败的情况看来，问题不在于艺术手法陈旧，恰好相反，是因为它太新了。这个剧作是荒诞派戏剧的创始作品，其艺术结构、表演、舞美、语言等全是新的。西方一些现代派绘画、小说和戏剧，从内容到艺术技巧都是全新的，还有我国近年出现的一些大家看不懂的诗歌，对我们广大读者说来，也确是新的，但人们并不欢迎，这是明摆着的事实。它们之所以引不起大家的兴趣，重要原因之一就是太"新"，和人们已有的知识经验没有密切的联系，人们看不懂它们。

我们平时所说的新艺术，审美探究所要求的新艺术，并不是纯粹的新、纯粹独创的作品。它同时也包含人们过去曾感受过的、有点熟悉的旧因素。这些旧因素既有语言、结构、节奏、线条、色彩等艺术形式方面的东西，也有生活、人物性格等内容方面的东西。文学史上每一种新艺术的出现，都与前代的艺术有着这样那样的联系，都带有一点旧艺术的痕迹。如四言诗、五言诗、七言诗之间，虽然诗句字数不同，但它们都具有诗的基本特点，精练，押韵，有诗味。词对诗说来，是一种新形式，但它保留有诗的许多重要特点。大家公认鲁迅的小说是"五四"时期的新小说，与中国古典小说有很大不同，但它们也不过是古典小说的一个新发展，保留有与古典小说相类似的艺术特点；有故事情节、人物性格描写、环境描写等。鲁迅小说中的人物也不是天外飞来的新人，他们是在中国土地上土生土长的人物，这些人物的思想性格都具有浓厚的民族传统特色，为广大读者所熟悉。大家都说近几年的优秀作品从内容到形式都是新的，特别是思想内容。但认真说来，应该是新中有旧。在艺术形式上虽有些更新，手法更丰富多样了，但是电影还是电影，小说还是小说，话剧还是话剧，语言也还是中国的语言。至于所写的生活内容，虽然是新的，但这都是我们经历过或熟悉的当代中国人的生活，人物也是大家熟悉的。可以这样说，任何有生命力的新作品都杂有一些旧的痕迹。若没有一点旧痕迹，这个作品就不会是优秀的作品，就不会有生命。

艺术中的新与旧是对立统一的辩证关系。从艺术的发展来说，新艺术是在旧艺术的基础上产生的，没有旧艺术就不会有新艺术。"人们创造自己的历史，但是他们的创造并不是随心所欲的，并不是在他们自己所选择的情况下进行的，而是在既有的、直接摆在他们面前的、从过去继承下来的情况下进行的。"（马克思、恩格斯：《论艺术》第一卷，第187页）即使是哲学，每一个时代的新理论都是由一定的思想资料作为前提的。文艺就更不用说了。整部文艺史就像历史的长河，没有源就没有流。每一个时代的新艺术都是在继承过去传统的基础上发展起来的，没有继承就没有创新；既然有继承，必然有旧艺术的遗传因子。当然，继承不是简单的重复，而是批判的继承，去其糟粕，取其精华，借以滋养出新的文艺。

第十六章　审美对比心理

一、对比的心理过程

对比是一条审美心理法则，人们在进行审美活动的时候，只有运用这条心理法则，才能更好地认识审美对象，获得充分的美感享受。许多艺术家都在自己的作品中运用对比，对比描写成为艺术中一个普遍的现象。

所谓对比，就是一种差别，但不是一般的差别，而是对立。例如高与低，动与静，大与小，明与暗，强与弱，聪与愚，忠与奸，美与丑，悲与喜，等等，都是对比。现实世界中的事物都不是孤立存在的，任何一件事物都处在一定的环境中，都与其他事物共处在一起，其他事物遂就变成这一事物的背景。我们要想从背景中认出这一事物来，使其成为我们知觉的对象，那么它与背景就一定要有差别。如果没有差别，或差别很小，就不容易将它分离出来。有些毒蛇与树叶一样，你碰到它还不知道。夜晚，人往往把井绳当作蛇。对象与其他事物差别越大，人就越容易将其辨认出来。最大的差别是对立，所以对立的事物最容易辨认。夜晚我们需要看到某一个微弱的光点时，如果在我们的视野内同时有比其更微弱的光点存在，我们就容易看到它；如果在我们的视野内同时有比它强烈的光点，那就不容易看到它了。月夜，天上本来有很多星星，但由于月光太亮了，所以我们只看到月亮和少数明亮的星星，造成"月明星稀"的现象。我们吃过很甜的糖后再吃苹果，就会感到苹果是酸的；我们尝过酸的或苦的液体之后，再尝蒸馏水，就会感到蒸馏水带有点甜味。所有这些都是由于对比的结果。人们常说，想要甜加点盐。这是有根据的，根据就是对比。

一件事物与其他事物有了差别，就容易引起人的注意。人的注意可以按其性质分为两种，一是不随意注意，一是随意注意。所谓不随意注意，指的是事先没有预定的目的，也不需做任何意志的努力，自然而然地对某一事物所发生的注意。所谓随意注意，指的是有预定目的，并且经过一定的意志努力，主观能动地对某一事物所生成的注意。审美认识属于不随意注意。人们欣赏艺术虽然有一定的目的，但并不需要艰苦的意志努力。人们欣赏艺术是想得到愉快，如果需要艰苦的努力，说明这个作品并不吸引他，不能使他产生直接的兴趣。一个人发生不随意注意，有主观和客观两方面的条件。客观方面最重要的一个条件就是要有比较强烈的刺激。凡是具有强烈刺激作用的事物，都很容易引起人的不随意注意。按照条件反射的强度规律，刺激物在一定限度内的强度越大，它所引起的兴奋就越强，因而对它所形成的条件反射也越显著。

　　刺激作用的强度有绝对强度和相对强度两种。具有决定意义的并不是刺激作用的绝对强度，而是刺激作用的相对强度。所谓刺激作用的相对强度，指的是这一刺激物与其他刺激物的强度相比较而呈现的强度。同一强度的刺激物在不同强度的背景上可产生不同的效果。例如，在机器声隆隆的车间里讲话，即使声音很大也听不大清楚，若是在家里讲话，不用大声也听得清楚；如果在万籁俱寂的深夜里讲话，即使比较轻声也能让人听到。轻微的钟摆声在喧闹的白天，不会令人注意，在静寂的晚上就会引起人的注意。由此可见，一个刺激物是否能引起人的注意，关键在于它的相对强度。也就是说，关键在于它与其他刺激物之间在强度上的比较，只有比周围其他事物具有较强烈的刺激作用时，它才可能引起人的不随意注意。刺激物与它的背景之间差别越明显，越能引起人的注意，二者差别到对立的程度，是最能引起人注意的。黑与白，动与静，高与低，大与小，所以那么引人注意，就是由于它们的差异达到了对立地步的缘故。

　　审美对比心理可以从人的生理机制方面加以说明。对比之所以在认识上产生这样的作用，是由高级神经活动的相互诱导所造成的。所谓神经活动的相互诱导，指的是神经兴奋过程和抑制过程间相互发生激励作用。兴奋过程的激励作用可以使抑制过程加强；同样，抑制过程的激励作用也可以使兴奋过程加强。人的大脑皮层的某一部分受到某些事物的刺激而发生兴奋时，周围的皮层就会发生抑制过程，这叫作负诱导；人的大脑皮层某一部分发生抑制过程时，它周围的皮层相应引起兴奋过程，这叫作正诱导。相互诱导作用可以在同一时间发生，也可以在先后的不同时间内发生；当兴奋或抑制发生作用时在周围所表现出的诱导作用，叫作同时性诱导，当兴奋或抑制停止发生作用后而在本点所表现出的诱导作用，叫作相继性诱导。

相互诱导的规律是心理活动的普遍规律。事物的对比之所以能够引起人的深刻感受和注意，都可以由此得到解释。我们在机器声隆隆的车间里讲话，之所以不容易被人听到，这是由于同时性诱导造成的。机器隆隆的响声作用于我们耳朵的时候，有关的大脑皮质细胞发生了较强的兴奋，它周围的皮质细胞由于负诱导的作用而加强了抑制，因此听而不闻。在万籁俱寂的深夜里，很轻的讲话声也能听见，是因为于万籁无声中，人的有关大脑皮层细胞处于抑制状态之中，使得它周围的皮质细胞由于正诱导的作用而加强了兴奋，变得很敏感。视感觉方面的情况也是如此。为什么会出现"月明星稀"的现象呢？这是因为，皎皎的月光和闪烁的星星同时作用于我们的视觉分析器，月光的刺激比较强，引起月光感觉的皮层细胞的兴奋，使得它周围的皮层细胞因负诱导而加强了抑制过程，所以对那些星星也就视而不见。这些现象，都可以用神经活动相互诱导的原理去解释。

二、对比心理在文艺创作中的运用

对比心理规律在文艺创作中受到普遍的运用，许多文艺家都曾谈到艺术对比。如我国清代的王夫之说："以乐景写哀，以哀景写乐，倍增其哀乐。"(《姜斋诗话》)法国19世纪浪漫主义作家雨果说："滑稽丑怪作为崇高优美的配角和对照，要算是大自然给予艺术的最丰富的源泉。……古代庄严地散布在一切之上的普遍的美，不无单调之感；同样的印象老是重复，时间一久也会使人生厌。崇高与崇高很难产生对照，人们需要任何东西都要有所变化，以便能够休息一下，甚至对美也是如此。相反，滑稽丑怪却似乎是一段稍息的时间，一种比较的对象，一个出发点，从这里我们带着一种更新鲜更敏锐的感受朝着美而上升。鲵鱼衬托出水仙；地底的小神使天仙显得更美。"(《〈克伦威尔〉序言》)对比的现象在艺术中随处都可以见到，最常见的对比有如下几种。

(一) 景物与景物的对比

要想使那个景物鲜明突出，只孤立去写那个景物，即使写得很详细，用了很多形容词，也不如用对比的写法奏效。孤立地写出来的景物只是刺激的绝对强度，不起决定性的作用，用另一个景物与其对比地描写，便使这景物具有刺激的相对强度，容易引起欣赏者的注意。作家描写景物常常用对比的方法。例如,"蝉噪林愈静,鸟鸣山更幽"(王籍)。蝉噪与林静,鸟鸣与山幽,两组事物互相对比,相反相成,互相把对方衬托得更为突出,蝉噪使树林显得更静,林静使蝉声显得更响。"朱门酒肉臭,路有冻死骨。"一边是豪门贵族的穷奢极欲,一边是饥寒惨死,两相对照,说明"朱门酒肉臭"是在"路有冻死骨"的情况下出现的,而不是因为酒肉生产得很多,大家吃不完才变臭。这种对比具有惊心动魄的魅力。

(二)情感与情感的对比

喜怒哀乐爱恶苦等各种情感,其强度都有许多等级,最高一级的强度是非常强烈的,但如果只孤立地去写一种情感,就不容易写得鲜明突出,若用对比写法,即把两种相对立的情感对照来写,情况就不太一样。《红楼梦》里林黛玉奄奄一息之时,正是宝玉与宝钗成亲之日,两相对照,令人倍觉凄凉。

(三)性格与性格的对比

文艺家想要突出作品主人公的性格,不宜孤立地去描写。采用对比的手法写性格,性格才能更加鲜明突出。在大观园里,黛玉与宝钗这两个人物时时处于对比之中,两种性格泾渭分明:黛玉叛逆,宝钗卫道;黛玉"不识时务",清高自洁,宝钗随机应变,八面玲珑;黛玉遭遇的是"一年三百六十日,风刀霜剑严相逼"的悲剧,宝钗却做着"好风凭借力,送我上青云"的美梦。性格对比不仅是两个人物之间的对比,而且可以是两个以上人物之间的对比。为了突出一个人物,可以找来许多不同性格的人物从不同侧面与其对比。甲同乙对比,可以突出甲的一个侧面;甲同丙对比,可以突出甲的另一个侧面;甲与丁对比,可以突出甲的第三个侧面。多方面的对比,遂使主要人物的整个性格丰满而突出起来。例如,阿Q在赵太爷面前恭敬、胆怯,在小D、小尼姑面前则骄傲、大胆,欺负他们,在县太爷面前奴性十足,画押时恨自己画的圈儿不圆。孔明完美动人的性格是在与许多人物的对比中展示出来的:与曹操的对比,显示出他的忠和仁;与周瑜的对比,显示出他的广阔胸怀和气量;与张飞、关公的对比,显示出他的细致;与刘备的对比,显示出他的智慧。

（四）人物的自我对比

为了突出一个人物的某个方面，可以将他的这一方面同他的其他方面加以对比。为了突出人物的心灵美，可以将其与外貌丑相对比，为了突出人物的心灵丑，可以将它与外貌美相对比。《巴黎圣母院》里的敲钟人卡西莫多，外貌奇丑内心极美，形成十分强烈的对照，给人印象非常深刻；副主教佛罗洛道貌岸然，外表甚美，内心却十分丑恶狠毒，对比之下，其丑恶灵魂更为昭著。《红楼梦》里的王熙凤，明是一盆火，暗是一把刀，相形之下，其阴险毒辣昭然若揭。人物的内在本质和他的外在言行之间的自我对比，可以构成喜剧性。例如，一个心地狠毒的人自炫为慈善家，一个蠢材夸耀自己的天才，这种对比遂变成自我嘲弄。

（五）文学色彩描写的对比

这种对比描写与上述几种对比是很不相同的，上述几种对比是实有其事的，用以对比的各种事物是真实存在的。这里所说文学色彩对比描写与文学上一般的色彩对比描写也不相同。一般的色彩对比描写，两种颜色都是实在的。例如，"万绿丛中一点红"，这种描写应归属于景物对比一类。而这里所说的文学色彩对比，两种色彩并非都是实色，而是一为实色，一为虚色。文学作品是用语言文字来反映现实的，文学的形象比较缺乏直观性，它要通过想象才能再现出来，不像造型艺术那样可以直接为感官所把握得到。色彩是最难用文字去表现的，绘画可以直接画出颜色，人们一看就十分清楚，文学用许多文字去描写一种颜色，也不容易为人们清楚地认识到。诗歌用语精练，想要把一种颜色表现出来并给人以深刻的印象，更是难上加难。为此，诗人在用诗句表现某一种颜色的时候，往往虚设另一种与之对立的颜色放在一起，使之呈现出两种颜色的对比，以刺激读者的感官，这样，便能给人以深刻的印象。苏轼咏牡丹诗云："一朵妖红翠欲流"，明明说是"红"，怎么又说"翠"呢？原来"翠"不是真指绿颜色而言，乃是鲜明妖艳的意思。红是实色，翠只是虚色。加上这个虚色，红色便被衬托得更加鲜明突出。写颜色以虚实相衬，造成两种颜色矛盾的幻象，这是文学艺术特有的效果，造型艺术是无法这样做的。如果有位画家以苏轼的牡丹诗为题材，他只画得出一朵红花，绝对画不出一朵红中流"翠"的花。古诗中常出现"绿酒红灯""青鬓红颜""红亭翠馆""碧野朱桥"等词句，都是为了收到良好的心理效果而造出的。

以上可以看出，对比心理是一条极为重要的心理法则。意欲将形象写得鲜明突出，不能一味孤立地去描绘，不能一味追求刺激的绝对强度，应当注意从形象的对比中去描绘人物，讲求刺激的相对强度。对比的描写应该渗透到艺术的各个方面，这是文艺创作上的一个成功秘诀。

第十七章　审美心理节奏

一、审美心理节奏

节奏是事物运动的一种形式。所谓节奏，指的是运动的规律性。

过去人们也研究节奏，特别是重视研究艺术的节奏，如诗歌的节奏、音乐的节奏；近来对小说的节奏、戏剧的节奏、电影的节奏也重视起来了。这是很好的。但应看到，上述的研究仅限于研究审美客体的节奏，还未认真研究审美主体的节奏。这样，对美审节奏的认识就还不够全面。大家都知道，艺术是为了满足人的精神需要而创作的，它之所以具有这样的运动形式，而不是另一种运动形式，首先是因为人的欣赏需要。诗歌、音乐、舞蹈等各种艺术为什么要有节奏？如果只是由于现实事物有节奏，艺术要反映现实，所以不得不把它反映出来，那么，艺术就不一定非有节奏不可，因为现实中有些事物是没有节奏的。人们为什么一定要求艺术具有节奏？这是由什么心理规律决定的？需要我们认真探讨。

节奏不仅存在于客观世界中，也存在于审美主体之中。作为审美主体的人是一个有机体，非但不是普通的有机体，而且是具有最完善的高级神经系统的有机体。在人的身上充满着运动，而每一种运动都是有节奏的，人的机体上不容许有任何无节奏的现象存在。

先说生理方面的节奏。人的每种生理机能都是按照一定的节奏运动的。人不需要借助闹钟的帮助，每天早上能够准时醒来，晚上也知道大致什么时候入睡。人体内有一种睡眠和觉醒的节律。国外有位科学家在一个深达40米的地洞里生活了205天，洞内既无大自然的昼夜之分，也无任何可以用来确定时间的仪器，但却基本保持了正常的睡醒节律，与洞外大自然的昼夜变化几乎一致，因此有人认为人有"头部时钟"。其实不仅睡醒运动如此，其他生理运动也如此，都具有周期性的节奏，与时间有着某种联系，可以说，每一种生理机能都有一架生物钟。人的心脏每分钟大约跳动75次，每跳动一次费时0.8秒。在安静的情况下，人呼吸一次大约

4秒，每分钟呼吸16次；正常的呼吸、脉搏通常是日快夜慢，在睡眠时心脏的频率每分钟减少20～30次。正常的体温总是恒定在36.5 ℃～37.5 ℃之间，一昼夜升降仅相差1 ℃，但也总是凌晨2—6点最低，下午2—8点最高。人的正常血压也有较稳定的指数。血压也有昼高夜低现象。人在晚上睡眠，尤其是熟睡时，血压较白天一般平均下降10%左右。大脑和其他各种器官都有节奏，甚至关节也有节奏。科学家们坚信，人体中没有一种化学和物理变化是没有节奏的。人体内的各种节奏是不相同的，每一种节奏都有其特殊的周期。

人的心理活动也有节奏，表现在人的精神的诸方面。人的精神活动总的规律是一张一弛，即在相当的紧张以后，跟着松弛下来，不能老是紧张。例如，注意力非常集中地工作了一个小时以后，就开始有点放松。这是由于脑神经疲劳的缘故。稍事休息之后，脑神经疲劳消除了，注意力又可以再度集中。课间、工间休息就是根据注意力的节奏安排的。人有喜怒哀乐等情感，每种情感都有起有伏，不会老是起而不伏，也不会老是伏而不起。例如人不会老是发怒，发了一阵之后便平息了，人也不会老是悲哀，而是悲哀了一些时间之后转入缓解。如果一个人的情感有起无伏，就是没有节奏。

心理节奏不像生理节奏那样精确具体，也没有那样种类繁多。人的呼吸节奏与脉搏跳动节奏的周期是很精确的，偏差几秒钟就不得了。情感节奏的周期可以是几分钟，如果不是太强烈的情感，其起伏周期可以是几个钟头，甚至更长时间。

所谓审美心理节奏，就是人在审美时心理运动的节奏，是生理节奏和心理节奏的统一体。它是非常广泛的，包括人体所有的诸节奏，而非某一生理机制如呼吸、心脏跳动的具体节奏。人是一座包罗万有的生物钟，有非常多样的节奏，审美节奏就是这些节奏的总和。审美节奏虽然包括生理和心理两个方面的节奏，但基本上是生理节奏。因为在这两种节奏中，生理节奏起着决定性的作用，生理节奏失调，心理节奏也会随之失调。再者，生理节奏是很具体、精确和敏感的，稍有失调，反应就非常显著。例如，人的心脏跳动略有失常，人就会感到不舒服。心理节奏比较空泛、不精确，反应也较迟缓。例如，工作学习一小时左右休息一下为最好，但延长至几小时才休息也可以，没有明显不快的感觉。人体的节奏是人类在长期适应自然环境的活动中形成的，有遗传的因素，也有环境作用的力量。

二、审美心理节奏与艺术节奏

人的生理节奏与心理节奏对人的身心都有极重要的作用。生理运动有节奏，人的各种机能就正常，身体就健康。如果生理运动无节奏，身体机能就出问题，发生疾病，甚至死亡，精神上也产生痛苦，注意力不集中，头脑不清醒，缺乏信心，懒散无力。心理节奏对人的精神领域影响是很明显的。当心理运动有节奏时，人就会精神愉快，头脑清醒，思考敏捷。心理运动失去节奏，人的精神就会焦虑、痛苦，没精打采，严重的会罹患神经症。心理节奏失常还会影响人的生理机能。心理节奏正常能使人心情愉快，心情愉快就有利于保持整个机体内环境的稳定，使各种生理机能运转正常。现代医学认为，影响人体健康的恶劣情绪，最厉害的是情绪紧张，以及由它所造成的精神压力。情绪紧张表现为狂喜、盛怒、哀思、惊恐等，这些恶劣情绪是导致和加重许多疾病的重要原因。事实证明，一个人在自己的生活发生剧变的那段时间里，各种疾病的发生率都有增加，人在丧失最近亲的眷属之后的死亡率，会比年龄相似的人高七倍。总之，人的身心节奏如果得到维持，处于正常状态，人就会感到愉快；如果受到干扰和破坏，人就会感到不愉快。这里面既有生理方面的快感，也有精神方面的快感，这两方面的快感是同时产生的，融合在一起的，我们实在无法区分哪些是生理快感，哪些是精神快感。

如何才能保持人的身心节奏？从它与外界的关系方面说，这就是要让外界的节奏与身心节奏保持一致，造成主客观的统一。主客观节奏不统一，南辕北辙，身心的节奏就受到冲击和破坏。所谓主客观节奏统一，是不是要求人的各种生理器官的节奏，都要相应地与外界某些事物的节奏相一致呢？譬如说，心脏跳动次数要与外界某事物的节奏相同，肝肾的活动节奏要与某外物的节奏合拍，是不是这样呢？不是的。外界事物那么多，人体内的各种节奏又是那么多，主客体的节奏怎样吻合？某事物的节奏吻合生理上某一机制的节奏，却吻合不了另一生理机制的节奏。例如，昼夜节奏只能吻合人睡与醒的节奏，不能吻合呼吸、心脏跳动的节奏。我们所说的主客体节奏的统一，指的只是主体是有节奏的，客体也是有节奏的，主体和客体都具有节奏。至于双方节奏的周期长短，倒是可以不管。

审美心理节奏对外界事物筑起了一道自然而坚固的防御圈，凡是合乎节奏的事物它就欢迎，就像会见老朋友一样感到愉快。凡是没有节奏、杂乱无章的事物它就排斥，不乐意和它会合。如果这些东西硬要冲进防御圈中来，就会把审美心理节奏破坏，造成身心不快。

外界事物有美与不美之分，美的事物都具有一定的节奏，我们称之为审美客体的节奏。审美客体的节奏与审美心理节奏统一了，人就获得美感；否则，就不产生美感。例如："床前明月光，疑是地上霜。举头望明月，低头思故乡。"这是很富有节奏的诗。我们欣赏时，觉得它的节奏与我们身心的节奏很合拍，所以感到愉快。如果有人把它改成这样的诗："床前明月光，疑是地上雪，举头望月亮，低头思故里。"这在音韵方面是没有节奏的，使人感得特别"拗"耳，"逆"耳，所以有点不愉快，但也仅仅是有点儿，而不是完全不愉快。因为诗满身是节奏，押韵是节奏，大致整齐的音节、字数也是节奏，诗所表达的情感也有一定节奏。改写后的诗除了不押韵这一点以外，其余还有一些因素是有节奏的。

审美客体的节奏虽然属于形式美，是外在的东西，但对人的美感却起着很大作用。人接触审美客体，首先是用感官主要是耳朵和眼睛接触它的形式，在最初的接触中，审美客体的节奏和审美心理节奏是否和谐统一，关系甚大。二者若不统一，审美主体就会排斥这个对象，即使它其余方面很美，也会一下子被排斥掉，无法进一步深入到人的意识领域中来。例如上面改写过的这首诗，初读时就使人有点抵触情绪。如果再改写成这样："床前明月光，疑是地上铺满了雪，举头望天上月亮，低头思念故里。"这么一改，所有的节奏因素完全失去了。内容虽然与原诗没有多大差别，但初读时它那无节奏的形式，通过听觉和视觉进入人体，与审美心理节奏格格不入，审美心理节奏就对它加以排斥，不欢迎它登堂入室。这样的诗，人们往往初看一下就不想再看下去。如果有一首歌曲，歌词很好，但乐曲杂乱无章，拗耳得很，人们就不想听下去。

审美客体的节奏虽然属于形式美，但它的审美价值和美学意义却比其他任何一种形式美的基本因素大得多。我们知道，形式美的基本因素，除了节奏以外还有和谐、均衡、比例等，这几种因素的美感作用是不可忽视的；但是，这几种形式美的因素只是一些审美客体的规律，而不同时又是审美主体生理和心理固有的规律。节奏则不仅是审美客体的规律，而且同时又是审美主体身心固有的规律。审美客体没有节奏，审美主体就会马上反映出来，不仅引起精神上的不愉快，而且还影响生理机能的正常运动。

审美客体的节奏大致分为两大类，一是声音节奏，二是形体节奏。声音节奏对人的身心影响极大，有节奏的声音是乐音，乐音通过耳朵进入人体，引起身心的快感。许多生物学家和心理学家对音乐的作用都进行过研究，他们发现一根听觉神经纤维只接收和传导相应的一种频率的音响。音乐的生理作用首先是通过音响对人的听觉器官和听神经开始的，进而才影响到全身的肌肉、血脉及其他器官的活动，音乐可以使人的肌肉增加力量，可以消除疲劳，可以使人心情愉快。由于音乐对人的身心有这样特殊的作用，所以外国有些医生运用音乐给人治病，收到了良好的效果。音乐的治疗是针对病理的治疗而不是病态的治疗，它注重的是人的整体而不是某一部分，通过对人的整体乃至生活环境的调整，使其取得协调一致，从而消除心理的与生理的病态。音乐不仅对人的身心起良好的作用，对动物的生理也起良好的作用，因为动物体内也充满着节奏。美国心理学家寿恩曾进行过一次有趣的试验：在动物园里拉提琴，同时观察各种动物的反应，结果是：蝎舞动，随音调的抑扬而变化其兴奋程度；蟒蛇昂首静听，随音乐节奏左右摆动，熊兀立静听，狼恐惧号啼；象常喘气而表示愤怒；猴子点头作势。另外，还有人经过试验证明：让母牛听音乐能增加奶量，让母鸡听音乐能多下蛋。这说明音乐的感动力是极为普遍而又极为原始的。动物虽然不像人那样具有审美能力，不能欣赏音乐，但音乐确实能影响它们的生理及行为变化。

有节奏的乐音使人身心愉快；而无节奏的噪音则损害人的健康，令人心烦意乱。科学家通过临床及动物实验的观察证明：在无防御的条件下，达到一定强度与频率的噪音，不仅对听觉器官有损害，而且对神经系统、心血管等其他系统也有不良影响。90分贝（手表响声为20分贝）以上的噪音，长时间作用人体以后，可引起头晕、头痛、耳鸣、失眠、乏力等神经衰弱症；长期受高于90分贝噪音的影响，能引起心跳加快、心律不齐、血管痉挛、血压变态等病症。

从上面我们可以看到，审美客体的节奏是一种特殊的形式美节奏。

艺术是现实的反映，艺术美是文艺家按照美的规律创造出来的，所以它应该高于现实美。艺术的节奏应该比现实事物的节奏更为鲜明，更为完善，更符合人的审美心理节奏。节奏在不同的艺术中有着不同的表现方式和特点。在音乐中，节奏是通过声音的高低、强弱、长短有规律地交替表现出来的，它是旋律的骨干，也是乐曲结构的基本因素，它的产生比旋律及和声更早，在音乐中具有头等重要的意义。节奏在舞蹈中叫作舞律，是舞蹈三大要素之一，舞蹈另外两个要素是舞情和构图。舞律就是舞蹈动作的规律，它包括动作上力度的强弱、速度的快慢、数量的增减、幅度的大小、高度的浮沉等方面对比上的规律，舞律的各种对比形成了舞蹈形式美的特点。

诗在文学中是最富于节奏的一种形式。诗来源于歌，古代歌与乐相配，所以诗至今保留有音乐的节奏。诗又是以语言作为表现工具的艺术，所以又含有语言的节奏。郭沫若说："情绪的进行自有它的一种波状的形式，或者先抑而后扬，或者先扬而后抑，或者抑扬相间，这表现出来便是诗的节奏。所以节奏之于诗是它的外形，也是它的生命，我们可以说没有诗是没有节奏的，没有节奏的便不是诗。"（《沫若文集》第十卷，第225页）韵律主要表现在押韵上。古典诗歌除了押韵以外，还讲究平仄。诗歌节奏另一重要因素是音节，又称音步，音组，顿。音节是按朗诵时自然的语气停顿来划分的。诗句中一个词或一个词组，往往就是一个音节，每行音节大致相同。如张志和的《渔歌子》。

　　　　西塞——山前——白鹭飞，
　　　　桃花——流水——鳜鱼肥；
　　　　青箬笠——绿蓑衣，
　　　　斜风——细雨——不须归。

小说的节奏没有诗歌的节奏这么强烈，但也是鲜明的。它表现在情节的轻、重、缓、急，波澜起伏上，表现在文字的疏密浓淡上。故事情节就是事物发展过程。总的规律不外是：开端—发展—高潮—结束，但作家具体安排情节时，一定要体现出鲜明的节奏来，这就是情节的发展要轻重缓急地交替出现，使之波澜起伏，跌宕多姿，时而如急风暴雨、雷霆万钧，时而如风和日暖、月下花前。这样，使得欣赏者的精神在高度紧张和兴奋之后，得以缓和舒展；在缓和舒展一段时间之后，又情感激荡起来，以保持其情感的灵敏性。如果不这样做，情感反应就变得迟钝。文字浓密与疏淡也要适当相同。所谓浓密就是细腻的描写刻画；所谓疏淡，就是简略的勾画。小说特别是长篇小说，不能老是详写细写，密度大的文字读起来较费精神，容易疲劳。

绘画虽然是空间艺术而不是时间艺术，只直接展现事物一瞬间的形象，没有时间顺序上的节奏，但画面上也还是富有节奏的。绘画的节奏表现在：笔法及构图布局上的徐疾顿挫、远近大小的变化、色彩及明暗的变化等。建筑和工艺美术也有节奏。凡是线条及形体有一定变化的都可能出现节奏。

在研究审美心理节奏的时候，有几点是值得注意的。首先，它的容量极大。人的生理节奏和心理节奏是比较稳定的，特别是生理节奏，更为固定和精确，但人对外界事物的节奏容量非常大，只要是节奏，不管是什么样的形式，也不管其频率幅度如何，人都能接受。因此，各种艺术作品的节奏，不论是音乐、诗歌的，还是小说、美术的节奏，都应该是多姿多彩、无限丰富的。不能说，文艺作品只能有某一种节奏，而不能有其他种节奏。例如诗歌，从古至今就有多种多样的节奏。先是四言诗，两个字一个音节，一句两个音节；后来出现五言诗，两个字或三个字为一个音节，一句两个音节；再后是七言诗，每句三个音节，一个音节两个字或三个字。词的节律比诗更多样化了。现代诗也有现代诗的节奏，不完全相同于古典诗词。可以预料，我国将来的诗歌节奏一定有所更新，与现在的诗歌节奏不完全一样。古典诗歌的节奏虽然是古人所创，但仍为我们所欣赏，不能说这些节奏已经不适合于今人的审美心理节奏。现在大家仍喜欢读各种古典诗词，一唱三叹，兴味无穷。对现代某些新诗，有不少人反而不那么喜欢，原因之一是它的节奏不够鲜明完美，有的诗相当缺乏节奏。

其次，有些人不懂得审美心理节奏容量大的道理，以为人的审美心理节奏只能适应某一种或数种艺术节奏，不能适应更多的艺术节奏。例如，最近有的人说，现在青年人不喜欢古典戏曲，主要原因是它的节奏慢，今天的生活节奏已经很快，人们的心理节奏亦已随之变快，所以产生了不适应。这种说法是不准确的。今天生活节奏快是事实，人的心理节奏也有一部分随之加快，以适应外界的节奏，但不能说人的心理节奏已完全变快了，只有快没有慢了，对外界慢的节奏完全不适应了。人的生理节奏和心理节奏是比较稳定的，虽有变化，但变化不大，人的呼吸节奏、脉搏跳动节奏，不会因为生活节奏快而与过去大不相同。身心的节奏容量极大，外界增加多少新的节奏它都能适应，快的也好，慢的也好，只要是节奏即可。人的生活节奏快了，会造成人的紧张情绪，理应用一些缓慢的艺术节奏来调节它，使它平静下来，而不应再用紧张急剧的艺术节奏去刺激它，给它火上浇油，这会使其更加紧张。如果仅从节奏方面去看古典戏曲，它的慢节奏正好缓解人们紧张的心理。有些人之所以不喜欢古典戏曲，主要原因在于它的内容陈旧，距离现代生活太远，引不起大家的兴趣。如果事实真如有些人所说，青年人不喜欢古典戏曲，是因为今天生活节奏快，人们的审美心理已趋向于快节奏，对慢的节奏不能适应了，那么，今天的音乐、歌曲只能有快的节奏，不能有慢的节奏，小夜曲之类的抒情作品也应该被淘汰了。

在研究审美心理节奏的时候，值得注意的第二点是，艺术要不断创造新节奏。审美心理节奏虽然容量大，今人也能欣赏古代的艺术节奏，但我们还必须提倡艺术要不断创造新节奏。艺术是现实生活的反映，现实生活的节奏不断变化，文艺自然要把现实生活的节奏反映到作品中来，成为作品的新节奏。艺术节奏虽然是形式方面的因素，有相对独立性，但它不能与现实生活截然分开。许多旧的艺术节奏不能反映新的生活，如四言古诗、五七言格律诗的节奏，就不大适应于反映今天纷纭复杂的社会生活，古典戏曲中一些程式化的节奏，也不适宜于表现今天的社会生活。今天的社会生活有自己的节奏，艺术家应该善于观察并把它提炼出来，创造出新的艺术节奏。这不仅仅是反映生活的需要，同时也是审美心理的需要，它给审美心理增添新的内容，满足人们审美多样化的要求。

最后，审美主体对艺术节奏有选择性。虽然审美心理节奏容量很大，什么节奏都可以适应，但不同民族不同个人对外界节奏有一定的选择性。有的民族喜欢的某些节奏，别的民族不一定喜欢。同一民族的人对节奏的喜爱也有某些个人差异性。例如，有的人喜欢急速的节奏，有的人喜欢缓慢的节奏。但审美主体对外界节奏的选择性并不突出，这主要是由习惯产生的，这种偏爱不难改变。人的心境也是产生节奏偏爱的一个原因。人在悲伤、愁闷时，比较喜欢缓慢的节奏；人在兴奋时，比较喜欢快速的节奏。总的说来，审美主体对审美客体节奏的选择性是有限的，人即使偏向于某种审美节奏，也不会强烈地排斥其他节奏。

整理后记

　　陆一帆先生是我国当代著名美学家、文艺心理学家。其专著《文艺心理学》自 1985 年出版以后,迅即在全国学界引起强烈反响,影响甚巨。愚生曾在《中国社会科学》撰文妄评:"作为中华人民共和国成立以来第一本系统的文艺心理学专著,陆本大胆地在一个新的领域里进行探索,自成体系而又顺理成章";"陆著《文艺心理学》的学术价值,并不仅仅在于它开辟了一个新领域,构造了一个新体系,更为重要的是本书在研究方法上有两点是堪为楷模的"。本书的出版,奠定了陆师在国内美学界的尊崇地位。正是在本书的大纛下,陆师召集起一批中青年学者,用极短的时间撰写出版了一套"文艺心理学丛书",从而形成了在全国有广泛影响的广东文艺心理学学派。

　　迄至今日,时易世变,虽学界兴趣早已物换星移,但陆师的开拓精神与学术胆识却将继续闪耀着智慧的光芒,陆著《文艺心理学》在中国学术史上当具有不朽的学术价值。

潘智彪

2018 年 10 月 20 日